在蛇神身后远眺吴哥窟

里约热内卢基督山下的美丽风光

埃及开罗的金字塔

墨西哥奇琴伊察的玛雅金字塔

"驴爸"走世界 1

范良君 著

目标南极

漓江出版社
桂林

图书在版编目(CIP)数据

目标南极/范良君 著.—桂林:漓江出版社, 2016.5
ISBN 978-7-5407-7744-9

Ⅰ. ①目… Ⅱ. ①范… Ⅲ. ①游记-作品集-中国-当代 Ⅳ. ①I267.4

中国版本图书馆 CIP 数据核字(2016)第 008930 号

策　　划:周向荣
责任编辑:吴云芳
封面设计:何　萌
内文排版:小　荷

出版人:刘迪才
漓江出版社有限公司出版发行
广西桂林市南环路 22 号　邮政编码:541002
网址:http://www.lijiangbook.com
全国新华书店经销
销售热线:021-55087201-833

山东临沂新华印刷物流集团印刷
(山东临沂高新技术产业开发区新华路　邮政编码:276017)
开本:960mm×690mm　1/16
插页:2　印张:22.5　字数:250 千字
2016 年 5 月第 1 版　2016 年 5 月第 1 次印刷
定价:39.80 元

亲身体验，而非他人言辞，才是你的真实向导。

——达·芬奇

前　言

这本书起初的名字是“旅行，我的第一个十年”，字数太多，也不够“响亮”，但标题中的“十年”倒是说了个大实话。我真正意义上的出国旅行，应该是从2006年算起，至今正好十年！在这之前我也出过国，并且有文字见诸报端，但那都是公费的出国学习、考察什么的。2006年我的西欧十一国之行全系自费不说，其意义也非同寻常。我将自己的六十大寿“寿宴”安排在巴黎，虽然光临“宴会”的仅有我老妻一人，但十余天的西欧之旅让我零距离“结识”了欧洲文艺复兴时期的画坛三杰。欧洲早期资产阶级知识分子崇尚科学、追求真理、锐意变革的忘我精神，感染、教育了正处于人生低谷时期的我，让我猛然觉悟到自己的人生道路并没有因为我含屈告别国企而终结，自己年轻时所立下的志愿还有待我继续努力予以实践，于是就有了我花甲之后的“十年坚守”——边工作、边旅行、边写作——有了记录这次心灵之旅的《还愿欧罗巴》，也方才有了这套记录我在近六十个国家的旅行随感的作品。

我十多岁时就尝试进行文学创作，写过小说、吟诵过诗歌，也尝试着写了一些文学评论。致力于旅游文学与我热心旅游大有关系，而且，我以为自己年纪不小，算是有些阅历，旅行中遇见、听见什么，总会联想到自己经历过的许多往事，并从中琢磨出一些道理。我决心在旅游文字上走一条自己的路：不仅仅告诉读者哪些地方有些什么景致，哪里的路该如何走，照片应该怎么拍，更多的是将自己的真情实意与感悟写出来传达给读者。

当我在埃及早上三四点就被宾馆旁宣礼塔传出的高亢的宣礼声吵醒时，我没有因此心生不满，脑海里随即想到的是信仰的存在对于现代人的意义，总觉得不再为生计发愁的我们身边还缺少点什么。

去了朝鲜，我对老子的“小国寡民”有了自己新的理解，凭票购买生活物资的事我在少年时就见识过，一点也不以为怪；但结合当今中国的现实，我想与读者共同温习的是老子的另一段精辟论述，“不尚贤，使民不争；不贵难得之货，使民不为盗”，想急切对读者诉说的是：两千多年前老子的这些话对当今我们中国人的生活也颇有现实意义。

在新西兰吃了颗名为“奇异果”、实为猕猴桃的水果，我想到的是鲁迅的“拿来主义”对于正在从事经济建设的人们兴许也有些“使用价值”；在伏尔加河的游轮上，我对俄罗斯丰富的水资源打心里表示羡慕，为自己祖国水资源的短缺而着急，更为我与我的亿万同胞过度开发利用有限的水资源而深感忧虑。

我所游历的国家有曾经的老牌殖民主义列强，也有长期遭受殖民统治、至今仍位列“发展中”行列的国家，尽管导游不会在旅行途中向我们游客有意提及一些有关殖民主义的“敏感话题”，但本能却让我在文章中直面历史与现实，坦然论及自己对这些历史问题的认识。我在柬埔寨、印度尼西亚与埃及的旅行中，分别了解到吴哥窟、婆罗浮屠以及古代埃及象形文字这些历史遗迹、遗产未为本国学者所继承，而是“仰仗”某英国官员与某法国学者“发现”“发掘”方才“重见天日”，同时联想到同一时期一个叫“英吉利”与一个叫“法兰西”的“强盗”一把火将“万园之园”的北京圆明园烧为灰烬的历史事件后，不禁发出这样的感叹：“贫穷、落后，自己的命运或将听凭他人拿捏。”（见《印尼三问》）

法国思想家帕斯卡说“人是能够思想的苇草”，“我们的全部尊严都在于思想之中”。我希望我自以为的有“思想”的文字能够给广大读者当一个好的“向导”，帮助人们明白自己应该怎样面对其他国家与民族优秀文化的影响，从而改善、改变自己的人生，服务于自己祖国的变革与建设。

当今的中国，思想活跃，信息沟通快速、便捷。作为一个行将迈入“古稀”之年的老人，我的思想难免会打上我曾经生活过的那个时代的烙印。其实，即使是花甲之年以后的我，思想也不是一成不变的，更何况我经常地满世界跑呢？2006年，在我以为的我第一次真正意义上的出国旅行时，我就对导游托尼的关于具有悠久历史的文化既可成为后人的精神财富、亦可变成阻碍人们进步的“包袱”的观点表示赞同。后来去了埃及、希腊、印度、土耳其，还有中南美诸国，了解到历史上的无数次东征西伐让一些古老文化在铁蹄下化为灰烬的事实，我对中华文化得以延续至今感到庆幸，为自己能作为炎黄子孙的一员而感到无比骄傲。一时间，我心中那座万里长城蓦地变为一尊宣示中华历代祖先坚决维护中华文化的丰碑！类似这些看似矛盾的“思想”在本书里面肯定还会有，尽管如此，我在整理出版这本书的时候并未将其一一订正，以求统一；我以为，这样做会让自己的文字显得更真实。

话虽这么说，我也明白：我是在写游记，而不是写政论文章，更何况，旅游本应是一件轻松愉快的事，让一些严肃的政治话题无休止地去“考验”人们的神经也有失妥当。在表达自己感悟、发表自己观点的同时，我也密切关注自己文字的知识性与趣味性，希望通过我的文字将更多的知识性内容介绍给读者，把异国他乡的美尽可能展现给大家——肯尼亚的草原、芬兰的湖、吴哥的石窟、埃及的塔、墨西哥的壁画、罗马的雕塑、新西兰的羊驼、南极大陆的企鹅……其实，在文章中专注于景致的描写与名胜古迹的介绍，远比在文章里谈古论今让我感觉轻松。比如，写哥斯达黎加、写泰国普吉岛、写尼泊尔，许多次，我为自己终于将我心中“异国他乡” 的美，将自己通过理论与实践掌握到的一些新的知识介绍给读者而兴奋不已，我享受到了写作的无穷乐趣。

在国外走得多了，我越来越深刻地感受到，旅行对于我是一种非常好的学习方式；当然，所需经费是够高的，人也累，经常因为换乘、转机而被困在“囧途”，那一刻，年过花甲奔七十的我还真有点像余秋雨先生在《阳关雪》一文中写的那在荒原上飘扬的苇草：疲惫、虚弱。但当我在现实生活中遇见这样的境况——我过去在书本上看到、了解到的“二维”的画面，在我亲身到了那儿后，这些国家、这些地方顿时就“三维”了起来——我常常就“忘乎所以”，不愿停止自己的步伐了！

有人说旅行究其本质是行走：行百里者，看周遭事；行千里者，阅世间情；行万里者，穷天下经。行走万里，我似乎做到了，穷天下经，可不敢吹这个“牛”，我就在“行走”二字上“做文章”得了！

行走，从花甲行走到古稀！于是乎，“‘驴爸’走世界”就这样替代了“旅行，我的第一个十年”，最后被确定为这套书的名字了！

目　录

去迪拜，“见证奇迹”

近年来，关于迪拜的各种各样的传闻不少，有正面的，也有负面的，尤其是听人说到迪拜的房地产在一场席卷全球的金融风暴中“风雨飘摇”，计划中的迪拜一游许久没有再被提及。

我的迪拜之旅最终成行，得益于我那上小学二年级的孙女。一天，我给她解释“耳听为虚、眼见为实”这一成语，不待我将话说完，小孙女插话道：“这样的成语还有‘百闻不如一见’！”

耳“闻”与眼“见”，效果的确是很不一样的。就拿迪拜来说吧，她本是阿拉伯联合酋长国七国中的一个，这七个酋长国各有各的酋长，在联邦内拥有相当大的独立性与自主权。七个酋长国联合组建的联邦最高委员会是国家的最高权力机构，负责制定国内外的重大政策与策

站在号称“七星”的“帆船”旁观赏“海浪”（海浪酒店）

阿联酋人过去与骆驼为伴的穷苦生活

略。联邦的国民议会是一个咨询机构，有权审议政府提出的法律草案、提出修改意见乃至否决。议会的四十名议员由各酋长国提名，但最后的任命需经总统审核批准。阿联酋七个酋长国中最为富有的并非迪拜酋长国，而是一个叫阿布扎比的酋长国，她拥有阿联酋 90% 以上的石油资源，其版图是其他六个酋长国总和的三倍多。因为她富有且疆域广阔，阿布扎比的酋长也就很自然地成了阿拉伯联合酋长国的总统，迪拜的酋长穆罕默德则是联邦政府的总理兼国防部长。据说，联邦的经费基本上是由阿布扎比酋长国与迪拜酋长国共同承担的。迪拜的世界第一高塔有 828 米高，比后来降格为世界第二的台北 101 大楼还高 320 米！我这次在迪拜花了 400 元人民币购票登临到 500 多米的高处，感觉到大楼在空中晃动，一时还很不适应哩！这座高塔是 2010 年 1 月剪的彩，过去一直叫“迪拜塔”，剪彩后易名为“哈里法塔”。哈里法是阿布扎比的酋长、现任阿拉伯联合酋长国总统，这一看似不太起眼的更名，反映了迪拜与阿布扎比、迪拜与阿拉伯联合酋长国之间有关政治、经济的许多事情。如果不是亲身到了迪拜、到了阿联酋，我能对迪拜和阿联酋了解这么多吗？

我于 2010 年 8 月上旬、穆斯林的斋月还没有结束的时候来到濒临波斯湾的迪拜，离开迪拜机场，越过大片沙漠地，不一会儿，一座崭新的现代化城市就展现在我的眼前。千姿百态的高楼犹如参天大树，一幢连着一幢，黝

中国有言“黄山归来不看山”，迪拜是“迪拜归来不看楼”

黑的沥青公路平坦、宽阔，望不到尽头。因为地面温度很高，用在迪拜公路上的高标准沥青据称每立方米数千美元。这哪里是沥青马路，我们这是在一条金子铺就的大道上奔跑啊！在未完工的高楼中，看不到传说中因金融危机而停工待料的迹象，工程仍在烈日下紧张进行着。但当我从大巴上下来，在烈日下亲身体验了一下迪拜的酷热，感觉到有许多台热风机在自己的身后一个劲喷射热气时，烈日下汗流浃背的我很快冒出这么个想法：在迪拜这样一个酷热、少雨的荒漠之地，夏天的气温高达48摄氏度，养一棵树一年的费用上千美元，一吨淡水的价格是中国的十多倍，将成千上万亿的美元丢在环境如此恶劣的地方，值吗？理性吗？

我的这个疑惑，很快在一位很有身份的人士那里得到“印证”。旅游大巴在迪拜城中穿行时，导游指着路边一幢形状像蜂巢的大楼介绍说，这幢大楼名为“世界贸易中心”，是20世纪70年代初落成的，即使是在而今高楼云集的迪拜，它也未见得落伍；落成典礼那天，英国的伊丽莎白女王也来了，可见大楼影响之大。但大楼虽好，当时周边的环境却很差，茫茫沙漠中看不见几幢像样的建筑，因此，一位知名人士对此很不理解，撰文提出了与我一样的疑问，不同的在于他所针对的是某一幢大楼的建设，而我则是对整个迪拜大规模建设的可行性的质疑。

可阿联酋的总统、阿联酋的老百姓不是像我和那位知名人士这样考虑问题的。虽然，“我的家乡并不美”——正如迪拜老城区的一座博物馆里的展品与图片所表现的——20世纪四五十年代，一时还没有得到真主赐给的石油的阿联酋人，一个个都生活在拥挤、低矮、阴暗的土房里，干的是繁重、低报酬的手工劳动，衣衫褴褛，饥肠辘辘，许多同胞终日与骆驼为友，浪迹天涯……但在阿联酋人心目中，这儿是自己的祖国，是自己的一天靠七棵椰枣维持生命的、无数祖先们曾经生活、劳动、战斗过的地方！对于自己热恋的故土，阿联酋人选择的是“改变”，是“建设”，而不是抛弃或者逃避。阿联酋开国总统扎耶德显然比其他中东国家的领导人看得更远，也更有气魄，用他的话说，“石油并不能将干旱的沙漠变成天堂”，“石油在领导人手里只不过是工具，领导人必须学会指挥它、利用它”。真主赐给的石油资源终究会有枯竭的一天，如何让后代到那时不再重新回到与骆驼为伴、以椰枣为生的“过去”，继续自己富足、美好的生活，阿联酋人必须在眼下自己手中有钱、地下尚有石油的时候抓紧将自己的国家建设好，不能满足于已有的一些高楼与高速公路，而是要让迪拜以及整个阿联酋成为未来世界上的一

与“冲沙”的司机在一起

滴灌在迪拜

方高品质的旅游胜地，成为世界商业、金融、文化、教育的中心与枢纽，永远成为阿联酋人、世界各国人民施展本领的平台和享受生活的乐土！

只有出于对祖国深刻的爱，富有崇高理想、抱负，勇于进取，拥有智慧和勤奋的大写的“人”才会有如此气魄，才会为祖国的现在与未来规划出这样的宏伟蓝图！

但是，要让一片气候恶劣的荒漠之地，变成人们乐于前来消费、踊跃投资的旅游胜地，以及商业、金融、文化、教育的中心与枢纽，谈何容易！须知，世界上有太多老牌工业国家——德、法、意，还有英国、瑞士、奥地利等等——那里气候宜人、环境幽雅，不乏名胜古迹，具有比迪拜甚至比整个阿联酋优越许多倍的自然条件，地球人有必要不顾酷热，千里迢迢往迪拜、阿联酋跑吗？迪拜人、阿联酋人显然比笔者懂得其中的利害，从某种意义上说，他们的许多“世界第一”是被逼出来的，而非追求虚荣，以赚得个廉价的喝彩。数十年来，在一个个项目的投资与建设中，阿联酋人的指导思想是：决不能是地球上已经存在的某一建筑、某一设施的重复，在相同的项目中，阿联酋的建设项目必须是世界“第一”或“唯一”。于是，在迪拜、在整个阿联酋就有了我们今天看到的这一切。奇迹！一个又一个奇迹在我的迪拜、阿联酋之旅中得到见证：世界第一高楼、世界第一家七星级酒店、世界第一大的室内滑雪场、世界第一的超大规模购物商场，仅在一座哈里法塔内，迪拜就拥有世界最高的游泳池、世界最高的清真寺、时速六十四千米的世界上最快的电梯……对迪拜人而言，没有做不到的事情，只有你想不到的事情！

在中国有“黄山归来不看岳”之说，在迪拜，在阿联酋，我要说：迪拜归来不看楼！在前往阿布扎比的途中，我在路边看到一幢30多层160余米高的大楼，其外形有如飞扬的鲤鱼旗，扶摇直上天际。整座楼向西倾斜18度，其倾斜角度是著名的意大利比萨斜塔的4倍！这座大楼有一个动听的名字：首都门。导游用略带颤抖的声音告诉我们：大楼的建设者正考虑申报吉尼斯世界纪录。

过去，人们一直以为酒店到了“五星”就算是顶级的了，而在迪拜、阿布扎比，状似帆船的帆船大酒店是“七星”，花费30亿美金建造的皇宫大酒店则是“八星”。以扎耶德的名字命名的清真寺端庄大气，可容纳4万人入室朝拜，建筑所用黄金为32吨！还有棕榈人工岛，这是一株“躺卧”在大海上的棕榈树，在一片又一片棕榈的“绿叶”上是一幢幢造型别致的别墅……面对迪拜，还有阿布扎比一幢幢宏伟、新奇的建筑，我突然觉得自己是那么笨拙、语无伦次，一时不知道用怎样的语言，准确生动地叙说、描绘她们！

据最近的“全球国家品牌排行”报道，阿联酋是全球最佳购物国家第二名、年度瞩目及未来之星第二名、最适合度假与居住国家第一名，阿联酋已不再仅仅是地区金融中心，还稳稳坐上世界金融中心的“宝座”啦！阿联酋人的汗水没有白流。至于阿联酋人民而今的生活，说来更让人称羡，且不说他

扎耶德清真寺

扎耶德

笔者后来在网上所购的《扎耶德传》

们如何依靠自己的双手获得丰厚的报酬，坐拥豪车与豪宅，就是阿联酋人的身份都是他们挣钱的“资本”——按照阿联酋的规定，为外国投资者充当投资担保人就够他们“吃香喝辣”若干年！

与我在此次旅游活动中同房居住的李先生是一位地质科学工作者，他对我说，对于阿联酋人，他最关注的是他们那惊人的想象力，第二是他们如何克服科学的难关，第三是如何达到预设的目标和效果。例如人工岛的设计与建造，这里面涉及海水的流动——既要防浪，又要保持水的自洁功能——还有污水处理等诸多科学的难题，是对从海底到天空整个剖面的数据掌握与科学计算，其难度无法想象。再如哈里法塔即迪拜塔的建设，人们无法想象阿联酋的工程技术人员是怎么根据基岩的具体深度、塔的自重，得出打桩的数量与深度等多项数据的，整个迪拜塔带给了人们有关科学的深远思考。

李先生颇为专业的评说让我对所见的一切平添了许多敬畏。阿联酋似乎很在乎一个又一个“世界第一”，但“第一”不是“吹”出来的，是需要无数极其精确的数据和世界超一流的技术与设备加以论证与保证的。总之，一个个“世界第一”的诞生要让迪拜及阿联酋人比世人多付出许多资金、许多倍的智慧与汗水啊！

不仅仅是建筑，阿联酋人在环境保护方面所创造的“奇迹”也让人惊叹、钦佩。在迪拜城郊，我参与了一个名叫“冲沙”的活动——乘坐吉普车在沙丘上狂奔。这是我生平第一次零距离与沙漠接触：它一眼望不到边际，且又深不见底。面对满目黄沙，我独自兴叹：在这样的环境里，所有需要氧气与水分的生命如何存活？可我在前往阿布扎比的路上，看到的却是绿树成荫、芳草萋萋。这儿可不是天然的绿洲，而全系人力所为。我亲眼看见沙地里许多条还未被覆盖的细细软管，这是“滴水灌溉工程”必用的设施之一，就是依靠这一根根细细的软管将树木所需要的淡水直接送到植物的根部。在阿联酋，家里有几辆“奔驰”“宝马”不值得炫耀，家中院里院外栽了多少棵树木才是小楼主人骄傲的资本！

热爱文化艺术事业的我对于迪拜、阿联酋的这些已经成为或将要成为现实的“奇迹”更为动心：他们不仅要创造无数世界第一的建筑，还着力打造艺术和教育这两张牌。政府制订了一个大型文化发展项目，投资建设萨迪亚特岛。“萨迪亚特”面积 27 平方千米，总预算 270 亿美元，岛上将建 29 家豪华宾馆、一座用于举办艺术节的大型公园、数家世界著名博物馆和高校的分支机构。

当今世界，具有一百年以上现代工业文明历史的国家可以排出一长列名单，作为 20 世纪 70 年代还在贫困线上挣扎的西亚小国阿联酋，竟然在短短的不到三十年的时间内就创造了这么多让世人咋舌的奇迹，您难道不觉得，她自身就是一个奇迹吗？

从迪拜回到家乡湖南长沙的第二天，我就去湖南省图书馆寻找一本名为《扎耶德言论集》的书，我很想更多地了解这位阿拉伯联合酋长国的创立者、伟人，也想更多地了解迪拜、了解阿联酋……

补 记：

本文写于 2011 年，自那以后，笔者没有再去过迪拜。2014 年，因为两次去南美而在迪拜机场中转，尽管没有离开机场，迪拜仍让我见识到他们所创造的新的“世界第一”：机场的载客电梯有我们平日所见的普通载客电梯的十几倍大，其间可站立百多人！

就在笔者编辑本书时，又有媒体传来有关迪拜最新的“世界第一”的报道，让笔者不禁眼前为之一亮：

据英国《每日邮报》2015年6月20日报道，迪拜奇迹花园是迪拜最大的户外休闲度假胜地，也被称为“世界最美的花园”。迪拜奇迹花园的建造耗费了4500万株鲜花，目光所及，色彩缤纷，其明艳的花朵装饰着一周长长的围墙以及长达4千米的蹊径，在日光下灿烂生辉。园内4500万株鲜花分为各种不同的主题，不少花种更是第一次在中东地区种植。

这“世界最美的花园”不是诞生在“地球上最后一片净土”的新西兰，不是出现在号称“花卉王国”的荷兰，而是横空出世于高温干燥的荒漠之地迪拜！对于迪拜这又一个“奇迹”，笔者何日再去“见证”？

Luck，尼泊尔

我是2011年国庆节这天踏上赴尼泊尔的旅程的。九月初刚从北欧回来，不到一个月又想利用国庆长假再出国一回。我在办理赴尼泊尔旅行手续时，心里一直嘀咕：我这样接二连三地满世界跑，不会也碰上个交通事故什么的吧？联想到平时很少听说出事故的地铁前不久也“凑热闹”出了个追尾事故，还是在大都市上海，我对此次的尼泊尔之旅不得不有了点担忧，但想到自己是前往佛祖释迦牟尼的故乡，佛祖一定会一路上为我祝福的，心里似乎又舒坦了些。恰好，这些天互联网正热传美国股神巴菲特为自己出生在当代美国而感到幸运的访谈录。无形之中，我的九天八晚的尼泊尔之旅从开始到结束都与“Luck”（幸运）这个词语结下了“不解之缘”。

尼泊尔人，大自然的宠儿

从尼泊尔回到祖国的第二天，当我再一次上网查阅巴菲特的访谈录，我发现自己曾经看到的信息已不复存在。对于七岁起就读了大量关于投资的书籍，“骨子里有对资本分配的狂热”的巴菲特，“报酬十分丰厚”的美国市场经济环境给了他数不尽的好处与机会，他为此觉得幸运，毫无自我夸耀之

在奇旺国家公园探险

意。但当我置身在尼泊尔的山山水水之中所想到的是，从自然环境而言，能对世人骄傲地宣称自己无比幸运的应该是尼泊尔人，而不是他巴菲特，当然，也不是我这长期生活在中国湖南长沙的普通市民。

我们一行18人是从加德满都开始尼泊尔之旅的。在加德满都逛了新旧王宫和大佛塔后，我们就坐上印度出产的大客车不辞辛劳地往奇旺国家公园奔去。所谓奇旺国家公园实际上是昔日王室的狩猎地，离加德满都有五个小时的车程。随后，我们一行人又从奇旺转赴一个叫博卡拉的位于喜马拉雅山南坡的风景地，从那儿可以近距离地观赏雪山，可以从身前的佩瓦湖中欣赏到雪山的倒影。最后，折身回往加德满都，在一个叫作那嘎库特的地方落脚，这里有一座海拔1900多米的山峰，曾经是尼泊尔上层人士的隐居地。

在上面所说的三处游览胜地，导游五次安排我们观赏日落与日出，这是我在国内外别的旅游地从未遇到过的。因为观赏日出，我两次在当地时间凌晨3时多就睁着眼睛等候宾馆的“morning call”。尽管我的英语不够熟练，当地导游缺乏表达的能力，但我从尼泊尔导游的安排以及自己的亲眼所见深深感到：尼泊尔人为自己拥有无比美妙的自然生活环境而深感骄傲。

尼泊尔日出的美是世界上所有远离雪山的地方欣赏不到的。太阳在霞光里露出自己的面孔之前，先是把远处雪山的巅峰涂抹上一层柔柔的橘黄，像是有只无形的手将火炬点燃。一座，接着一座，缓缓地又一座，在每座“火炬”被“点燃”时，远处观赏的人群都会迅即发出一阵欢呼，煞是有趣。然后，朝阳才从云层里露出她的真容，先是弯弯的一道橘黄，比霞光颜色要深，也更有质感些，其实，这时的她更像一顶扁扁的、弧形的草帽。随着时间的推移，这“帽儿”慢慢变得大了、圆了，最后才是一个对称的、没有丝毫缺陷的“圆”。

尼泊尔的日落有一种极其平和、柔顺的美。圆圆的落日就像一颗被裹在蛋清中的“黄”，浑圆、柔润。那“下山”的神态就像是一位娇羞的少女用自己长长的绣袍掩盖着脸，缓缓地、缓缓地隐遁在纱幕后，让观赏的人难以掩饰心中的爱怜。霞光也有一种特别的美，我在澳大利亚悉尼海湾曾见过“落霞与孤鹜齐飞”的景致。在那儿，晚霞色彩的分配与使用近乎“铺张”“奢侈”，可用“壮观”“辉煌”等词汇来赞美（见《悉尼歌剧院门厅前的思索》）。但尼泊尔的霞光，无论朝霞还是晚霞，就“朴实”、含蓄得多了，没有“色彩斑斓”，也没有漫天飞扬，就在太阳落下之处，呈现一长抹由浅入深、由淡渐浓的“橘黄”……

尼泊尔的清晨

在尼泊尔欣赏日出与日落，你的心境会因此平静，你会突然想到佛祖释迦牟尼。生于斯、长于斯的释迦牟尼立志献身佛教是否得益于此地的山水，吾辈不敢妄言，但在欣赏尼泊尔的日出与日落之时，我的确产生过一种正在聆听佛祖教诲的感觉，眼前的佛祖在教我如何做人、如何处世……

值得尼泊尔人为之得意的还有雪山。因为天气与时间的原因，雪山有时离你很远，在多云的下午，你只能在缭绕的白云间辨认出她，但也仅仅是她的巅峰。当你辨认出她时，你才会觉得她比白云更白、更晶莹，也更有质感，就像一座有棱有角的水晶体悬浮在空中，甚是奇妙。如果是在清晨就大不一样了。我是10月6日早上6时许坐车离开博卡拉的。那时，空气清新，万里无云，车出博卡拉，我以为自己的记忆发生了错误：雪山竟在我眼前不远处，连绵起伏、洁白无瑕，跨过几道田垄，越过一道山冈，我就可以投入她的怀抱！

不仅博卡拉有雪山，在那嘎库特竟可以270度观赏到雪山，让你觉得自己被雪山所围绕，而被雪山围绕的你此时可能因为气候炎热正穿着短袖衬衫哩。面朝雪山与朝阳照相是千金难买的享受，雪山的“白”与朝阳的“黄”涂抹在“模特”的脸部，柔和、鲜亮。我在山坡上替四位操广东口音的女孩子照了几张合影，让她们赞不绝口，甚至大声说，她们一生中从来没有照过这么美的照片，自然，她们是夸我的技术好，我心里说：这哪儿是我的本事！

在那嘎库特，我还欣赏到被我们旅行团其他团员错过了的一个精彩“节目”：看星星。因为盼着看日出，我醒得早，导游本来说五点钟叫早，我四时许就握着手电筒出了房门。我有过躺在祖母身边的竹板床上高举手臂数星星的记忆，此刻却被眼前的景象惊呆了：我看到了自己从来没有看到过的星空。漫天星斗又亮、又密，而且离我很近，仿佛就在20层楼房的高处，只要爬上楼去就可摘到。因为近，也因为亮，我试图在空中指认出“启明”与“北斗”，但这就像在万人丛中试图寻找到自己的孩子那样难。一时，我恍惚觉得自己在哪儿见过眼前的景象，终于，我想起来了，不是在自然界，而是在北京的天文馆演示大厅，在詹姆斯·卡梅隆的科幻影片中。

就在我为眼前的景象所陶醉时，我突然发现离我不远处的一幢楼房的房顶升起薄薄的雾，星星也没有刚才那么亮了，又过了几分钟，满天星星竟然非常神奇地全部消失。我跨前几步，想看看山下街市的灯光，它们也不见踪影。一时间，整个天空都被沉沉的黑幕遮盖，又黑，又静。坚持着在这“黎明前的黑暗”看个究竟的我，不肯离去，不一会儿，我终于看到，正前方的黑幕被一只巨手悄无声息地撕开了一道缝，缝隙里透出悠悠的光亮，先是淡蓝色，慢慢地，它露出一长线“喜色”……

天亮了，又是一个艳阳天，想到自己就要离开那嘎库特，离开尼泊尔，我心有不舍，但也无奈。这儿是属于那嘎库特人的，是属于我身后一幢幢面向朝阳、建有观景楼台的小楼里的尼泊尔人的。

他们，是大自然的宠儿。

Good luck，汽车顶棚上的旅行者

尼泊尔人深信是佛祖赐予了他们如此美丽的自然风光。在这个几近全民信奉印度教与佛教的国度，有旧言“庙塔之多，多过民宅”，虽未免有些夸张，但庙塔在山间田头、街头巷尾随处可见却是不争的事实。

我没有权力妄自推测尼泊尔人时时处处祷告、请求佛祖祝福的缘由，但我以为，我所密切注意到的那些汽车顶棚上的旅行者，他们坐在汽车顶棚上不会很轻松、愉悦，一路上一定会不停地默默念叨着佛祖的尊号祷求佛祖赐给他们平安。

尼泊尔显然不够富有，这个国土面积 15 万平方千米的国家竟然没有一米铁路。这个国家的公路也不多，高标准的高速公路还没有问世，导游指给我瞧的那条起点为首都加德满都的尼泊尔最好的公路，比我们国家的一级公路也强不到哪里去。没有铁路，公路建设也不发达，2900 多万尼泊尔人的出行自然就不会十分方便，于是，汽车顶棚上载人也被当局默许，乃至于众多长途汽车的尾部都安装了供旅客上下顶棚的铁质的梯子。

在尼泊尔，有旧言：庙塔之多，多过民宅……

我在尼泊尔，从加德满都到奇旺国家公园，再到博卡拉、那嘎库特，算来有二十多个小时的车程，公路上时时可以遇见顶棚上载客的长途汽车。有的汽车顶棚上甚至将人与羊混载在一起。平地上行驶不说，可要知道，尼泊尔是个多山的内陆国家，我所下榻的那嘎库特的一座山峰，海拔1900多米，有的地段弯道呈“S”型，坡度有50度，坐在车厢里的我们都不免有些紧张，而山路上仍见有顶棚上载人的长途汽车。因为是来往于旅游胜地，顶棚上的旅客比我在其他路段见到的还多，有成年人，也有小孩，一辆车上人数甚至超过30！汽车顶棚上的旅客以及开车的司机们绝不是超人，他们不会不知道这样做的后果是什么，但他们眼下能够做的就是：祷求佛祖保佑。我在几辆长途汽车后背的车体上看到这样的英文字母：左边是Good，右边是Luck，两个单词合在一起就是Good luck（祝你好运）。不见这英文单词倒好，见了，难免心存恻隐，很不是滋味。也许，作为释迦牟尼的家乡人，佛祖给予的保佑会让他们少些车祸。但几十人挤坐在车的顶棚，风吹日晒，飞沙对人的折磨也不是很好受的呀！难道这一切真如股神巴菲特所言，因为不是出生在美国，所以尼泊尔山民没有巴菲特为之得意的“幸运”？

我想为之向佛祖祷求的还有加德满都街头身体残疾的乞童。我们来到尼

车顶载客的长途大巴

街头的乞丐与戴口罩的交警

泊尔的第一天正值尼泊尔的德塞节，一个相当于中国的春节的重要节日。加德满都街头人如潮涌，我们一行刚下汽车就被一群乞童包围，其中有两名儿童，一个没有了手掌，一个没有了右小腿，年龄都不会超过五周岁。那没有手掌的是个女孩，所伸出来的脏兮兮、光秃秃的手臂让人不敢朝她多看一眼；而那没有了一只小腿的男孩竟然靠已经变形的左腿跪着，右腿依赖大腿骨支撑着一颠一颠朝行人的身前窜，遇行人躲避，他竟然比健康人的速度还快，一下子又窜到了行人的前面，但所获甚少。在这里的几天，我看到更多的是并非残疾也并非赤贫的幼儿，常常是我们的车子一停，附近的民房里就有成年人驱赶孩子们来向游客乞讨，旅客朝地上扔些糖果什么的，他们会一窝蜂地奔过来哄抢。

我想为之向佛祖祷求的还有尼泊尔城乡的交警。其实，尼泊尔交警应该算是尼泊尔的一道风景线。也算细心的我注意到，尼泊尔人普遍都不太高大，即使是男人，身高一米五的也不少，也许正因如此，尼泊尔的一些古旧建筑，包括众多正在营业的旅游产品门店，其门洞都很低矮。但，尼泊尔交警身高一般都在一米七五以上，浓眉大眼、身板挺直，配上浅蓝的制服，很精神，很帅气。只是他们的工作环境很差很差，比负责垃圾清理的工人都差。街头车多人多，交通事故多，灰尘更多，而给予他们的保护仅是一个黑颜色的口罩！我在国内听说有人研究过，长期在街头工作影响了交警的寿命。但比之尼泊尔交警，中国的交警应该算是“幸运”的。

我想为之祷求佛祖的还有……

留在尼泊尔的关于 luck 的感言

其实，尼泊尔正在变化，正在向好的方向转变。在城乡结合部的泥泞的小道旁、碧绿的稻田间，一幢幢色彩斑斓的小楼告诉我：这儿，“一部分人”也正在“先富起来”。楼房的装饰不同于我们中国，外墙多用彩色瓷砖组成各种图案，像栏杆什么的则涂上不同颜色的油漆，也还美观。对于城市的交通、卫生环境，尼泊尔“有关方面”也并非毫无作为。我去尼泊尔的那天，尼泊尔的德塞节刚刚开始，加德满都街头不仅脏，而且臭气熏天，前往新王宫的路旁垃圾堆积如山，臭气显然就是从其中的腐烂的菜叶与水果里发出的。大道上，机动车横七竖八，乱成一锅粥。尼泊尔给刚下飞机的我的第一印象是：脏，比印度还脏。可五天后，我从博卡拉回来经过此地，完全就是两个模样：成堆的垃圾消失了，街道上人来车往井然有序。以至于我不敢相信自己的眼睛，忙问导游：这儿是不是我五天前来过的那个地方？回到加德满都的两天里，我与团队的朋友上街购物，街上的卫生与交通状况也给我留下了好的印象，当然，这与正逢德塞节，众多加德满都外来人员都回乡下过节去了有些关系。

所见，让我不能不再次提起“幸运”这个话题。

“幸运”，或曰“好运”，无非是指好的时机、好的地方，有贵人相助，简言之：天时、地利、人和。但在实际的生活与工作中，同样的时机、地理

城乡结合部新建的小楼

和人事条件，作用在某个具体的人身上，结果不会是一样的。股神巴菲特以为自己“幸运”，但不能说所有同时代的美国人都幸运。他是美国富豪，但他的某些下属却加入到了今天“占领华尔街”的示威游行的行列中，就此而言，与巴菲特同时代的美国同事的“幸运”感就要大打折扣了。比之尼泊尔公路上那些汽车顶棚上的旅行者，享受着远比尼泊尔优越的交通硬件设施的广大中国公民应该是非常非常幸运的。

可见，好的物资条件、自然环境，作为一种条件，是客观存在的，即使“偶然”出现的“机会”——姑且称之为“运气”吧——从本质上说也是一个客观存在的“条件”。但人是不能依赖这一次次“偶然”和“客观”的生活条件，等待着“幸福”来敲门的。“美好生活”有待人的“主观”努力才可获得，这就是为“追随自己的直觉和心灵的指标”（乔布斯语）让自己的思想“合乎客观外界的规律性”，不断付出自己的无穷智慧与辛勤劳动。就在我来尼泊尔的第五天，苹果公司前总裁乔布斯去世，这位丝毫不比股神巴菲特逊色的“世纪巨人”青少年时也命途多舛，曾经是个“没有人要的孩子”，甚至还被自己亲手创建的苹果公司除过名，最后靠他自己与“厄运”的一次次顽强抗争才获得而今让世人称羡的巨大成功。

尼泊尔人享有如来佛祖赐给的美丽大自然，他们是“幸运”的，但从坐在汽车顶棚上的旅行者身上，从以乞讨为生的残疾儿童身上，从戴口罩执勤的交警身上，我强烈感觉到他们物质生活条件的艰苦，在祈求佛祖的同时，他们还需要通过种种变革、通过自己的辛勤劳动来改变自己的生活。

正在学习英语的我，前不久曾将比尔·盖茨的一句语法并不复杂的英语短句抄录在自己的笔记本里，现转录如下，并以此作结：

Life is not fair，get used to it.（生活是不公平的，要去适应它。）

南海拾贝

20世纪八九十年代，中国游客出国旅游首选的国家多为“新马泰”，我也没有例外，就像一个青年的初恋，虽然时隔久远，回顾往事，仍让人怦然心动。

“一天一个公园”

我是1993年去的新加坡，这是我生平第一次出国，一家外资控股的药厂将“营销论坛”安排在了这个国家。新加坡1965年才建国，在此之前的建筑都被作为历史文物加以保护，会有多少名胜古迹值得人们一看呢？更何况这个国家面积仅700平方千米，一个蕞尔小国，从“鱼尾狮”所在的新加坡河河口坐车直达与马来西亚有过海铁路相接的边境仅20多千米，半个小时就走到了头。“鱼尾狮”是必定要看的，也务必要留一个影的，最后就是那树立着莱弗士塑像的广场，最后就是一条也算宽阔、平坦的公路。据说，一旦发生战争，这条公路可以在寸土寸金的新加坡充当飞机的临时跑道。

当然，值得新加坡人骄傲的东西也不少，她的经济，政府机构的廉洁与司法的公正，效率较高的行政管理等。但给初来乍到的我印象最深的还是她的城市公园。直至今天，我不是像别人一样以“花园城市”来赞美新加坡，而是直接称其为“花园式的国家”。我能这样，得感谢“营销论坛”的组织者们。

“营销论坛”的组织者对我们在新加坡近十天的学习、进修作了这样的安排：每天早上6时整起床集体前往公园晨练。八天，八个早晨，一天一个不同的公园！几天下来，学员们没有一个缺席的。这一方面归功于“营销论坛”组织者的精心安排，另外新加坡公园里确有“东西”可瞧是最主要的因素了！

新加坡的公园都是免费开放的，仅这一点就让我们议论了好一阵，因为在20世纪90年代，我们很多的公园仍在实施收费管理。更引起大家议论的就是公园里的花草树木了。热带海洋性气候的新加坡降雨量丰富，很适于花草树木的生长，代表性的热带植物椰树、仙人掌、剑麻等自不待言，更多的是一些我叫不出名的奇花异草,所有的花草树木都透着一种至善至美的气息。一些树木还有不尽相同的造型，有的像是可以遮阳的伞，有的像圆圆的球，有的像一只只活泼可爱的动物。鲜花就甭说了，进了公园，你嘴里除了“啧啧”赞叹，说什么都会显得多余。所有的花中，兰花最引人注目，其品种有两千之多。我尤其喜欢一种名为蝴蝶兰的兰花，她兼有我们许多中国人喜爱的君子兰的高雅、华贵，而其优美的造型、艳丽的色彩更让她别有一种超凡脱俗的风采。过了十多年，我在自己家乡的花木店里见到了她，也许是数量少、不够新鲜的缘故，觉得远没有我在新加坡所见到的那样让我陶醉、震撼。蝴蝶兰柔润如同婴儿小手的花瓣像蝴蝶飞舞的双翅，灵动、鲜活，这让我联想到新加坡这个国家的历史和她在世界经济中的地位。1965年后方才向世界宣布建国的国家,在短短二十年不到的时间就一跃进入亚洲四小龙的行列,人均GDP等各项数据在世界处于领先地位。这个在名称中有个“新”字的国家给世人的感觉是：她全身上下都洋溢着蓬勃向上的青春活力。活泼的蝴蝶兰花不就是她的象征吗?

因为树多、草多，花更多，公园里的空气中弥漫着花草的芬芳。香气氤

新加坡鱼尾狮公园，十年后重返新加坡所摄

氲、花红草绿，在这里，人们全方位地得到美的熏陶。此时前来晨练的我们俨然就是蓬莱仙境的贵客，“温柔富贵乡”的主人。

因为每天清晨享受到新加坡公园的美，我“掂量”到了“花园式国家”这头衔的“质”与“量”。在新加坡这个国土面积仅仅700平方千米的国家里，大大小小的植物园、公园与花园共有300多座，这一个个我去过的和我未来想前往的公园、花园告诉我：她们就是新加坡这个国家70%的森林覆盖率的参与者。但想到自己在新加坡街头看到有清洁工不仅仅用扫帚打扫街道，甚至用手指在石砖的缝隙中去“抠”纸屑，政府对违反公共卫生条例的人所实施的包括鞭刑在内的严苛的惩处措施，我感到：新加坡人的70%的森林覆盖率不仅仅表示他们在用花草树木给大气层提供充足的负氧离子，同时，更为重要的，他们在努力为世界创造美！这是所有经济指标与数据无法替代的一种美。

大美新加坡！

蝴蝶兰

“自轻自贱”新证

20世纪90年代我去过菲律宾，还有印度尼西亚。马尼拉是菲律宾的首都，已经是20世纪末了，你能相信这儿的大马路上会看不到公共汽车吗？这儿，供市民代步的竟然是一种用吉普车改装的载客用车：车斗里面很矮，乘客不可站立。靠窗有两排座位，可挤坐十余人，遇到客人多，后面上车的乘客只能手抓着顶棚的栏杆站立在车尾部的脚踏上。就是这样简陋的交通工具，车子的主人还将其打扮得花花绿绿，身上满是涂鸦与广告，大有首都老百姓代步工具舍我其谁的气概！

雅加达作为印度尼西亚的首都显然要进步一些，马路也还宽阔，商店也多，一些景点里值得一看的东西也不少。在那儿，我亲眼见到了用手抓饭吃的场面。在雅加达五星级宾馆里，我还生平第一次享受了托运行李被侍者从机场直接送进你所住宾馆房间的待遇。离开宾馆时也如此：将行李放在房间门口，会有人将其直接送到机场的行李安检处。得到旅客给的两元人民币的小费，宾馆侍者会高兴地咧开嘴笑，用眼神向同伴传达自己的满足与得意。

印度尼西亚货币质地的粗劣，让我感觉到这个岛国经济不够发达。兴许是铝矿丰富的缘故，印度尼西亚的硬币含有较多成分的铝，比我所见国内外的硬币轻许多，捻在手上如同薄薄的木片。因为质地较软，在市面上流通一些时日后，上面的图案多被磨损得难以辨认了。但毕竟是一国之“币”，喜爱在旅行中收集一些小玩意的我，决定用手中的印度尼西亚纸币在宾馆大厅里的一家银行代理所换一点硬币。可当我向柜台里的工作人员提出要求，这位女士迟疑片刻，竟退还了我送进柜台的纸币，在桌上抓了大概六七枚硬币，意思是：“全都送给你，不用换。”

我先是一怔，过了好一会儿，心里仍在嘀咕。我是搞企业的，常识告诉我，在银行，费用的计算是要到小数点后几位的；何况，银行的职员就像企业里的会计与出纳员一样，公款是一个子儿都不容许任意处置的。银行女职员虽然是出于一分善意，但她的行为客观上给予我的暗示是：我们国家的硬币根本不能称其为货币，不要将它当回事。

这位印尼女士的不恰当行为突然让我觉得，我收藏印度尼西亚货币也是没有丝毫意义的了。据此，我悟出一个道理：在社会生活中，你一言一行里所表示出的“自轻自贱”，同样会让他人轻视你，从心底里蔑视你。

多少年过去了，印度尼西亚所遇很快被我丢在脑后，最近，菲律宾总统阿基诺三世在国际舞台上的一些异常表现又让我回忆起了这件事，并以此为素材写下了以上这些文字。我对菲律宾这个国家过去了解不多，印象谈不上是好还是坏。但数年前发生在其首都马尼拉的香港人质案中，那些用铁锤敲打车身以对付持枪劫匪的菲律宾警察的行为，让我对其政府产生了很大怀疑。2012 年伊始，菲律宾政府与中国在南海黄岩岛问题上发生争执。中国一直主张双方坐下来一对一地谈判，可菲律宾政府却执意将美国拉过来。你既然不把自己当一回事，别人自然也不会仰视你。

印度尼西亚那普通银行职员的不恰当的举动，是她个人的错，作为当事人的我决不会因此对她的祖国、对她的政府有什么非议。阿基诺三世不同，

吃手抓饭的印尼人

他身为一个国家的元首，自己的一言一行会影响到世人对他所任职的这个国家的看法。

圣方济各神父塑像，我心中的“地标”

马尼拉街头的载人摩托

人们对一座城市里最为突出、别有特色的建筑往往冠以“地标”的称号，马来西亚首都吉隆坡的双子塔毋庸置疑就是这座城市的“地标”了。来马来西亚旅游的人没有不去那儿一睹其风采的。双子塔竣工于1996年，我与妻子2003年“新马泰游”见到它的时候，它还没满七周岁哩！双子塔是两座并列高452米、88层高楼的俗称，由马来西亚本国石油公司投资建造，设计建造时是当时世界第一高楼，尽管后来有了台北“101”和阿联酋的“迪拜塔”，但直至今天，双子塔仍名列世界最高楼的名册里。

我与妻子是乘着夜色去的双子塔。双子塔的入口与大厅过道上人流如织，大厦下面几层的外墙被争奇斗艳的霓虹灯广告所包裹，名品店里陈列的奢侈品和前往购物的客人一起向路人展示其富贵与奢华。不甚喜欢购物的我仅在大厦里待了几分钟就走出大厦来“透气”。站在草坪仰头上望，见大厦的顶部云雾缭绕，云雾下被彩灯“勾勒”的楼体犹如一架直插云霄的天梯，蔚为壮观。我不禁感叹：如果不是亲身到了这儿，我决不会相信在经济并不十分富裕的马来西亚会有这世界级的高楼，能有这么繁华、阔气的大商场！

后来去了马六甲市，我发觉自己心目中青睐的“地标”并不是吉隆坡的双子塔，而是马六甲市升旗山上俯视马六甲海峡的圣方济各雕像和其身后的圣保罗教堂，许多年来，我时常会想到它，脑海里浮现出它的影像。教堂建立于1521年，圣方济各雕像则是在圣方济各神父1553年病逝后由荷兰人设立，前者因为一度作为圣方济各神父遗体的掩埋地，也与圣方济各神父一同受到世人景仰。体积两倍多于真人的圣方济各神父石质的雕像通体洁白，神父微微低首站立，右手缺少了半截手臂。相传圣方济各神父死后肉身不腐，有荷兰人不信，将其尸体搬出，斩其右手，果见血流如注，荷兰人大惊，视其为神，立即将其尸体移葬于印度的果阿。没有右手臂的雕像显然含有证实这一传说的意思。但传说归传说，贫病交加的圣方济各神父不畏艰苦远涉重洋，从欧洲来到亚洲各地传播圣经教义确实是有正史记载、为后人所争相传颂的事实。

圣方济各神父出生于葡萄牙贵族家庭，对于欧洲殖民主义者的不道德、贪婪和暴力，他“倍感沮丧”，认为他们破坏了基督教的诚信，在传教活动中，他注意学习所在地的语言和文化，与当地老百姓积极沟通交流，从中发现所在地人民群众“潜在的力量与美德”，这一切增强了他对穷苦百姓的同情与热爱，他决心让更多的穷人接受基督教，进而获得美好幸福的生活。

圣方济各神父仅仅活了四十六岁，从他学成之日算起，一直到他在中国病死，“上帝”给予他工作的时间仅仅二十三年。这二十三年中，他先是到了马六甲，然后去了印度、印度尼西亚，在他遇见一位日本青年后，他觉得日本人身上有许多过人之处，于是又漂洋过海去了日本。在日本期间，他发现日本的许多文化都来源于中国，因此对中国产生了极大的兴趣，又千里迢迢来到中国，最后在贫病交加中死去。以上所有这一切，都发生在五百年前，那是一个还没有诞生飞机、海轮，也没有汽车的年代，那个年代里的圣方济各神父一贫如洗，饱受疾病折磨。

圣方济各神父如此坚持自己认为正确的、对贫穷者有益的事业，他会因此得到某位权势者的褒奖吗？不会！他会因此得到“舆论”的追捧吗？不会！他所做的每一件工作，包括他多次冒着生命危险远涉重洋前往目的地，有某位“上级”事先指示、命令吗？也没有。这种对自己所立志追求的事业无比忠诚的精神，与信仰共产主义的马克思，与献身科学事业的居里夫人，难道不是息息相通的吗？人类社会正是因为这一精神的存在，才会出现蒸汽机，才会有了飞机、火轮，才会有了人造卫星，才会有了“iPhone”。这种精神难道不值得今天我们所有从事正义事业的人们继承发扬吗？

双子塔

曾经，我喜欢带着“有色眼镜”分析判断所遇见的人与事：所有皇帝、王室一律是地主阶级利益的最高代表，所有资本家都是工人阶级的吸血鬼，所有西方传教士在东方殖民地所干的一切都是为了麻痹受压迫者的灵魂，他们在中国的所作所为是不折不扣的文化入侵，等等。在马六甲市升旗山上的圣方济各石像前，导游对其生平事迹的介绍让我非常震撼，对我后来最终抛弃“有色眼镜”帮助颇大。2013年的夏天，我趁到上海办事的机会去了上海世博园，在中国馆里看到了一些反映利玛窦与中国明代的徐光启在科学研究开发上友好合作事迹的展览。利玛窦，一位比圣方济各神父稍晚一些来到中国的意大利传教士，在中国期间与徐光启合作翻译了欧几里得的《几何原理》，他的另一部译作《实用算术概论》后来被清代政府收录入《四库全书》中。在上海世博园的展厅里，我又一次想起马六甲市升旗山上的圣方济各神父塑像，还有许多与圣方济各神父相关的故事。

圣方济各神父雕像

我曾有幸在长江边的金山寺下观赏过一泻千里、气势如虹的长江，江风拂面，荡气回肠；而今伫立圣方济各石雕下，面对马六甲海峡，见碧波万顷、天低云阔，尤其想到海峡的一头连着浩瀚南中国海，海峡西头是流淌着“黑金”的中东，一年中过往海峡的船只，包括我们中国的共八万多艘，心情激荡、酣畅淋漓。

此时的我如是想：双子塔曾为“世界之最”，但不需要很长时间，世界的各个角落会有很多新的“101”和“迪拜塔”取代它，而圣方济各雕像和它身后的圣保罗教堂，整个地球上只有一个，永远！

在狮城，羊年新春的精神大餐

犹豫许久，我们还是去了“金沙娱乐城”。

我们来到“空中花园”的购票窗口，排队的倒是没见到一位，空荡荡的售票室外挂着的告示告诉我们：空中花园因团体包场，暂不对外售票。

“空中花园”应该是金沙娱乐城的亮点，站在滨海广场与莱弗士广场的任何角度都可以瞧见横跨三幢大楼的船型建筑上面高高的棕榈，据说那上面有实实在在可被称作“空中花园”的花圃与园林，还有设备一流的泳池。百无聊赖中我们只得在底层的商场闲逛，这儿依然到处是人，和我一样黄皮肤的中国人！一天房费4000元人民币的宾馆是不允许我们进入的，赌场的门倒是像“鱼尾狮”的大口一般张开着，站在门外的我可窥见大厅里幽幽光亮照耀下的赌桌，但我没有让自己往它那“口”里钻。

站在“城”下的坪地里远观海湾对面的滨海广场上的高楼大厦，稍可慰藉自己失望的心情，我尝试着躺在睡莲池塘边拍摄对面滨海广场的景色，成功地让榴莲大厦、金融大厦等在水池中的倒影留在了我的相机中，很美，我颇为得意！也让孙女学着这么做——我所有的努力都是为了能让孙女高兴起来。

还是孙女心细，她在一张娱乐城的“指南”上找到了科学博物馆的所在；

远眺金沙娱乐城

躺在睡莲池塘边拍摄的滨海广场景色

不然，我们会为选择在新加坡度过羊年春节后悔许多时日的。

科学博物馆坐落在金沙娱乐城的副楼中，有四层。我让已累得不行的妻子留在睡莲池塘边等候，带着孙女买票进去，方知这里正在办一个关于达·芬奇的专题展出。

达·芬奇与米开朗琪罗、拉斐尔并称欧洲文艺复兴画坛三杰，达·芬奇的名画《最后的晚餐》《蒙娜丽莎》的威望、在艺术领域堪称典范的地位，是世上至今无人能企及的。

达·芬奇知识广博，他在某科学领域的成就是可以与那个领域的领军人物相提并论的。这是我在金沙娱乐城“科学博物馆”的亲身体验：已经看了三个展厅了，脑子里仍旧下意识地将达·芬奇与达尔文混为同一个人！我并非不知达尔文是一位伟大的生物学家，他的“进化论”被恩格斯称为19世纪自然科学的三大发现之一。但展厅里对达·芬奇在生物学上的学识的介绍，不能不让你感觉到这是一位在生物学上有伟大建树的科学家。作为飞行器的发明者，莱特兄弟是世人皆知的传奇人物，有谁能相信早在1504年，达·芬奇就根据飞鸟的特性进行了飞行器的研制，比莱特兄弟早380年！

达·芬奇还通晓天文、地质、物理、生理，擅长音乐、雕刻、建筑与发明。他称音乐是绘画的妹妹，他是先当“妹妹”——音乐家——后来才成为画家的。达·芬奇在数学上的成就尤其值得一书，他对柏拉图的多面体，欧几里得的代数、几何都有研究并有自己独特的建树，没有受过正规教育、不懂拉丁文的他运用绘画去理解欧几里得几何图形的原理……

天才出于勤奋。科学全才达·芬奇的勤奋是让世人钦敬的，他留给后人的手稿有6000多页，在今天可以编印20本各30万字的书籍，这是他全部科研成果的汇集。爱因斯坦以为，达·芬奇的科研成果如果在当时就发表的话，世界科技可以前进30—50年。这次，金沙娱乐城的科学博物馆展览了他《大西洋手稿》中的13页。《大西洋手稿》共12卷、1119页，年代分布为1478年到1519年，是达·芬奇手稿中最大的一部，这13页是首次在东南亚现身。比A4纸稍大一些的泛黄的页面上，一个个几何图案和人物素描清晰可辨。羊年春节能在新加坡看到这些珍贵文物，是我与晓杭的幸运，相信它会给我们带来好运。

达·芬奇的博学留给我的启示，首先是他在科学道路上勇于探索与实践的科学态度。他说，没有什么能不通过人类的探求而称之为科学的，除非它通过数学途径得到解释和验证。我以为，数学——对某一公式的验证——实际上也是一种科学实践活动，它不像研究生物，非得像达尔文一样远涉重洋跑到澳洲的乡野中去。为了证实音乐的“有形”成分，达·芬奇亲手设计、制作乐器，为的是让音乐变得更加“形象”，乃至出现“完美的第三和弦”。达·芬奇不满足于对建筑知识的一般了解，为了将他掌握的几何原理与“化圆为方”的技法运用于建筑，他亲自参与教堂的设计与建造；在所有自然界元素的研究中，达·芬奇在水的研究上所下功夫是最大的，研究常规条件下的水，更研究水在不同形态下的特性：雨水、血液、泪水与河流。他认为“水是大自然的驱动力”，因此亲手制作各种水利工具，力图将水的破坏性转化为造福人类的力量……

我想将达·芬奇下面一段话作为我这本旅游书的“篇首语”，这就是：亲身体验，而非他人言辞，才是你的真实向导。

达·芬奇给我的另一个重要启示是：如何将自己所学、所研究的成果运用到你热爱的事业中，让你致力的那个专业精益求精、尽善尽美！

达·芬奇对人类的最大贡献自然是他的绘画，就像莎士比亚对人类最大的贡献是他的戏剧、爱因斯坦对人类最大的贡献是他的狭义相对论与广义相对论一样。达·芬奇凭借自己对植物长期的观察，创造性地将自己对花草树木的研究运用到自己的绘画中，他研究植物的形态与结构，检查它们的年龄，

受到达·芬奇启示的现代画家的画作

并对枝条的形成是否符合几何规律进行推导，与此同时，他也不忘在绘画中运用有关光影的技巧。总之，他不是孤立地对待科学与绘画，而是将两者结合，创作出堪为世界典范的伟大作品。达·芬奇喜爱数学同样也是为了自己热爱的绘画，他将自己对数学的理解用到对人体结构的分析上，用自己对几何、代数的研究成果去验证自己在绘画中对黄金分割法的理解与运用，收到了显著效果。他将黄金分割法在绘画中成功运用，在二维平面上准确表现三维的物体的理论与实践，被五百多年后的当今美术界奉为圭臬，岂止美术界，据称连芭蕾舞人物的舞蹈动作与人物造型都受到达·芬奇及他所成功实践的黄金分割法的影响。因此，达·芬奇可以这样骄傲地对人宣示：“不懂数学的人，看不懂我作品中的原理。”

从达·芬奇身上我们体会到科学研究范围的宏伟与艰深，也感受到将科学成果成功运用到自己热爱的事业中所带来的无限喜悦与幸福！

展览结束前，科学博物馆还用动画手段演示了黄金分割法运用在达·芬奇名作《最后的晚餐》中的一些细节，观众席上的我突然觉得绘画不应再简单地叫作美术，而应以“科学”二字称呼它！

在走出科学博物馆时，我给晓杭背诵了毛泽东的名言：知识的问题是一个科学的问题，来不得半点虚伪与骄傲，决定的需要的倒是其反面——诚实和谦逊的态度。我还想对她说更多一些自以为对年轻人勉励的话，但我没有说出口，达·芬奇用他自己的一生给后人讲述了许多许多！

门外望见翘首等待的奶奶，晓杭高兴地迎上去，连声说：真好！真好！见此，我大大地舒了一口气！

仰望华灯初上的金沙娱乐城，我想说的是，好在决意“旅游立国”的新加坡国家领导人在花费近70亿美金建造金沙娱乐城这“摇钱树”时，没有忘却给少有钱赚的博物馆留下了这一小块位置，这才出现今天这样的场景：因为大堂的餐厅需要等候三小时，只好用三碗面条对付新年“晚宴”的一个中国小家庭，在羊年的第一天享用了科学博物馆所赐予的、所有山珍海味都无法替代的一顿精神大餐！

还是这里的“蓝色”美

——泰国普吉岛印象

我第一次去泰国芭提雅是十五年前的事了，那时的中国游客只知道泰国有个芭提雅，没听人提到过普吉岛。在那个年代，芭提雅对于曾经谈“性”色变的中国老百姓还是有一定吸引力的，但神秘感与新鲜感一旦过去，人们就会理性地面对真善美与假丑恶。记得我第二次也就是十年前陪妻子去芭提雅，那天，经过一个色情表演场所，突然，只听门厅内有女人在大声叫骂，不到一会儿，一位五十来岁的妇人被人夹着往门外拖，女人挣扎着，口里仍在不停地骂。渐渐地我终于听了个明白，这女人是在骂自己的儿子花钱让自己来这看她认为的“下流”“恶心”的节目。

从那以后，我没有再去过芭提雅，也很少与人提及芭提雅，甚至泰国；虽然，那儿也有幽静的海岛、金色的沙滩，虽然至今仍有很多中国游客往那儿跑。

我 2011 年春节前去了一趟普吉岛，后来谈到泰国的旅游景点我就再也没有丝毫顾忌了。面对朋友，我如是说：相对芭提雅的灯“红”酒“绿”，我更喜欢普吉岛的“蓝”，普吉岛蓝色的天，普吉岛蓝色的海！

普吉岛在泰国的西南面，是泰国最大的岛屿，岛内有攀牙湾、007 岛、皮皮岛、珊瑚岛等多处景点。有些景点因被好莱坞影片选作外景地一时成为世界旅游热点，乃至于它们原来的名字渐渐被电影中用过的名字取代，一直沿用至今。

我们一行登上普吉岛，没有去理睬岛上的人妖表演，也没有去逛街购物，第二天就租了一条快艇直奔攀牙湾、珊瑚岛、007岛和皮皮岛而去。

攀牙湾有“小桂林”之称，我以为，叫她“海上桂林”更为确切。这不仅仅因为桂林奇特的山峰是平地而起，攀牙湾的是突兀耸立在大海之上，而且是因为，相对桂林，攀牙湾的山除了造型的奇特，还给人冷峻、坚毅、悲壮的感觉。攀牙湾的山崖是海水“舔舐”的成果，以至于这儿的山许多都是“脑袋”大“身子”小，其接近海水平面的“脚”多向里凹进去许多，且参差不齐，像女人的短裙朝里折叠的裙边。即使同是石灰岩质，攀牙湾石头的成分也应该是不同的，因为这里的在液体与空气的作用下形成的钟乳石，不像桂林芦笛岩那般圆润、滑腻，而是剑拔弩张、龇牙咧嘴、嶙嶙峋峋。“割喉岩”——这名字可不是用来吓人的，那洞穴中下垂的钟乳石如刀斧般锋利，真的可以割断人的喉咙、刺破人的肌肤。我们让船工划着小舟试图从“岩”下穿过，抬头不得，非得将身体整个伏在船上，甚是惊险。

“大白菜”

攀牙湾的山也不是不懂得“柔润”之美，白菜岩算得上是她的“代表作”。初见白菜岩，我脑海里立即浮现出台北“故宫”“玉白菜”的模样，两者同样具有以假乱真的效果。只是，一个在股掌之中，一个则“亭亭玉立”于大海之上。攀牙湾这“白菜”高近 30 米，上身硕大，接近海水的“根兜”像茶杯的底座，其“腰围”仅是白菜身子的三分之一，灰白的岩石是白菜的“菜帮”，岩石靠近头部的周边长着的小树与绿草宛如“白菜”碧翠的叶，鲜活逼真，让你不能不感叹大自然的鬼斧神工！

据说，这棵身子大根兜小的“白菜”若干年后会消失在大海上，这，仍是因为海水！因为大自然！

在普吉岛的四天里，我的许多时间是在海上度过的。我到过深圳的小梅沙、海南的亚龙湾、广西的北海，还有巴厘岛、塞班岛的海滩，也下了海，但相对我在普吉岛与大海的亲密接触，那些只能算作打水漂。普吉岛的海太美了，她让我对她着了迷。

碧绿湾，天然的泳池

在珊瑚岛，我生平第一次戴着潜水镜潜入海水里观赏珊瑚，形态各异的珊瑚如花似玉，琳琳琅琅，我仿佛进入了神话电影中的东海龙宫，而我就是那前往龙宫索借兵器的美猴王。因为是第一次使用潜水镜，进行所谓的浮潜，我显得十分笨拙。吸气管时常让我不小心灌进海水，多次被迫中止观赏珊瑚，但当我熟练地掌握了要领，就有趣得多了：整个人背朝蓝天，平平地“睡”在海面上，双手像海龟的鳍状前肢轻轻地、慢节奏地在水中拍打，眼前就是让我着迷的神话世界。这时，时光神奇般倒流，我，回到了自己的童年……

在皮皮岛前的海域，我先后三次从沙滩上奔入海中。皮皮岛沙滩上的沙细腻、柔润，色似白银。在沙滩上行走犹如踏步在波斯地毯上，感觉很舒适。有不少游客则干脆躺在沙滩上酣睡，细细的沙盖住他们的胸、他们的肚、他们的大腿。皮皮岛前的海水尤其蓝，也十分干净，而且这蓝也很有层次感：接近沙滩的海水是浅浅的蓝——说它是“绿”似乎更贴切——往外十余米处的海水是蔚蓝，再往远处，是几近墨色的蓝。站在沙滩上看得发呆了的我突然觉得，“上天”是不是在这里给我演绎那句“青出于蓝而胜于蓝”的现象？

在皮皮岛沙滩上

我仰面躺在碧绿湾的水面上欣赏普吉岛的蓝天，这和我背朝蓝天观赏海中的珊瑚是两个截然相反的姿势。碧绿湾就在燕窝崖旁边，离皮皮岛不远，峰回路转进入其中，眼前所见的俨然就是一座天造地设的露天泳池。“泳池”方圆不过千余平方，四周是七八层楼高、峻峭的山崖，似木桶的桶板围着“泳池”。因为有“桶板”遮挡阳光，更觉幽静，“池”水清澈，“池”底的沙石清晰可见。此情此景，令我们一群男性游客等不及细听导游的交代，就一个个争相跃入“池”中，根本不担心此处会有鲨鱼、暗礁和潜流。下水没游一会儿，我就优哉游哉平躺在“池”面上，尽情欣赏蓝天了！普吉岛地处印度洋，紫外线比曼谷高出两倍，但阳光因为有山崖给挡着，不能直射到我的脸与身体上，也没有风，这给我的“欣赏”带来了极大的便利。天，仿佛刚刚被水洗过，看不见一缕烟尘，连云彩也没有，浅蓝浅蓝，又高，又远。此时，水面上的我，水天之间的我，让碧蓝海水“托举”的我，似乎生平第一次觉得天空是如此之高，世界是如此之大；相较之下，自身无比渺小。大千世界，匆匆过客，吾辈有什么个人恩怨、私心杂念不可以抛弃，不可以忘却？我如是想。

我们这个旅行团老老少少共计 25 人，我是其中的“长者”，唯一的一个年纪超过六十岁的人。在回普吉岛本岛的路上，导游总结，这个旅行团里在水中时间最长的就是我们中年纪最大的团员。还用往下听？他肯定是说我，中国湖南老范是也。

我去过国内国外许多地方，也写过许多与风景名胜有联系的文字，写完上面这些，我回头发现，在这数千言中，我竟然没有一处地方提到与人力有关的建筑和设施：宫殿、庙宇、陵墓、摩天大楼……笔下全是自然风光，这是过去从来没有过的事！难怪此次用笔感觉到从来没有过的轻松，看来，回味与大自然的亲密接触的确是一件十分轻松、有趣的事情。

我永远不会忘记你，普吉岛的蓝天、普吉岛的大海！还有蓝天下、大海中那棵美丽的、让人垂涎的“白菜”！

农妇的宝贝

——漫话吴哥窟

曾经听人说过这样一个有趣的故事：一天，一个古玩商只身来到一个山村，遇见一位正在庭院里喂猫的农妇。精明的古玩商很快发现农妇手里盛装猫食的瓷盆是一件价值连城的古董！于是，古玩商向农妇提议，要用高价购买农妇的猫，当然，农妇得将那瓷盆顺带送给自己……

很多年过去了，2010 年 11 月的一天，我走进吴哥窟里没一会儿，脑海里就突然浮现出这个古玩商买猫的画面！

吴哥窟就是柬埔寨这个文明古国“手里”的一件稀世珍宝！

吴哥窟，位于柬埔寨西北的暹粒省境内，因柬埔寨历史上的吴哥王城而得名，现代考古学家把她与中国的长城、埃及的金字塔以及印度尼西亚的婆罗浮屠并称为东方四大奇迹。奇迹，身世不同凡响、让人惊奇之谓也。被称为奇迹的吴哥窟确有很多让人感到惊奇的地方。

首先是她的建筑之奇。吴哥窟绝非人们从字面上理解的一个地下的洞穴，或是古人依山而凿的石窟，她是公元 802 年时吴哥人为其国王建造的一座庙宇，其面积与中国的故宫相仿，里面有东南西北四廊，由参道、正门、三重回廊及以主殿中央尖塔为中心的五座尖塔所构成。中央尖塔笔直耸立，其顶

19 世纪，法国植物学家穆奥所见到的吴哥窟

吴哥城古城门

女王宫，原名湿婆宫，“吴哥古迹的明珠”

层的殿堂代表“天堂”，通往“天堂”的台阶陡且滑，攀爬者必须手脚并用方能到达目的地。据说，这是为了让信徒在攀爬过程中体会到通向天堂之路的艰辛，曾经就有游客失足跌落致死。还好，我们这次去吴哥窟，所看到的通往“天堂”的呈 70 度角的“路”上，游览区的管理者们已铺设了木质的扶梯，只是等待攀登的游人太多，让许多游客望而却步，这其中就有我们旅行团的一些成员。

不是亲眼所见，任谁都不会相信吴哥窟这么宏伟的建筑竟然没有使用一根木料、一颗铁钉，全部是用石块搭建起来的。每块石头都以“吨”为单位计量，在建筑时，没有使用灰浆或其他黏合剂，也没采用传统的拱券技术，而是依靠石块自身的重量和形状的吻合，将它们一块又一块地叠合在一起。即使是今天的建筑专业人士，也难以想象当年柬埔寨人是怎样将这一工程完成的！我按捺不住小声询问导游：一千多年前的高棉帝国气候温暖、雨水充沛，绝不缺乏巨木良材，人们为什么不在建筑中采用可以让建筑难度降低许多的木料呢？导游小黄的一句柬埔寨俗语给了我答案：“神住石头，人住木头。”这石窟是给至高无上的“神”居住的——一千多年前的高棉人是满怀对神的崇敬不畏千辛万苦建造吴哥窟的，是神，是心中的“佛祖”给了他们智慧与力量。

一千多年前的高棉人所具有的建筑技术以及与建筑相关的其他学科与工艺达到了何等水准，今天的人们无法评价，我们对古代柬埔寨人所能表达的只有钦佩、钦敬！

吴哥窟的石雕之美也是让世人为之惊奇的所在。吴哥窟的石雕有东方人细腻、质朴的美，尤其是她的浮雕，“细腻”到仙女的裙装上小小的四角梅花都一丝不苟，世界著名品牌 LV 的产品设计者据说在这里受到不少启发，眼下吴哥窟浮雕前数位盘腿坐在地上专心致志临摹的金发女郎就可提供佐证。女王宫，又名湿婆宫，是高棉帝国国王作为奖赏“特批”给国师建造的一座庙宇，被誉为“吴哥古迹的明珠”，是古代柬埔寨人石雕艺术的巅峰之作。在回廊的内壁及廊柱、石墙、基石、窗楣之上，柬埔寨的艺术家们一点也不吝惜自己的气力与智慧，满是流畅、细腻的线条，有花草，有人物，让人目不暇接。女王宫使用的多是当地的一种近似礁石的粉红砂岩，它比大理石坚硬，但质地远没有大理石细腻，在这样的砂岩上雕花作画，要比在意大利大理石上挥刀用锉困难许多！面对这一件件精美石雕，可以想象当年柬埔寨工匠们的艰辛。

吴哥寺回廊上的浮雕多以印度史诗《罗摩衍那》和《摩诃婆罗多》中的神话故事为题材，人物众多，场面宏大。第一回廊壁上的浮雕宽 80 米，高 2 米，演绎的是《罗摩衍那》中罗摩与妻子悉多的爱情故事。场面中的人物被近千只正在奋勇战斗的神猴所环绕，场景复杂、气势恢宏。人物、动物形体动作自然、优美，表情极为丰富，是世上罕见的群雕杰作。作为一名文学爱好者，我很早就知道印度有《罗摩衍那》和《摩诃婆罗多》这两大史诗，但看到作品中人物的名字，弥提罗、吉伽伊等，不由望而却步。可站在回廊的浮雕前，耳听导游将罗摩与妻子悉多的爱情故事娓娓道来，我如醉如痴，突然觉悟到印度史诗中的神话故事同我们的《西游记》一样极其优美、动人。我能有此感悟，应该好好感谢吴哥寺浮雕的创作者们。

吴哥窟里的浮雕

“高棉的微笑”

有吴哥窟图案的货币与国旗

谈到石雕，人们不可能不说到巴戎寺的“高棉的微笑”。在大小十六座宝塔组合成的一座巨型宝塔上雕刻着 54 面罗曼七世的面容，每座宝塔东南西北四个方向各有一张笑脸。同是微笑，有眼帘低垂的笑，有嘴角微翘的笑，有舒畅的笑，也有含而不露的笑，形态各异，惟妙惟肖。站在宝塔的甬道上，任你左顾右盼，“高棉的微笑”都朝向你，让你陶醉！

今天的柬埔寨显然还谈不上富裕，像金边至今还少有公共汽车之类的公共交通设施，高等级公路不多，铁路运输也不够发达，与先进国家相比较，这个国家工农业生产水平落后百年甚至更长的时间。如果将一些西方发达国家比喻为家境殷实的青年小伙，柬埔寨很容易地让人联想到一位饱经风霜的老年农妇。但这“农妇”的先辈曾经有过的“辉煌”，是一些“青年小伙儿”包括那古董商人所没有且无比羡慕的，如果世间果真有这么个买猫的古董商人的话。正是基于这个认识，吴哥窟对于柬埔寨，对于全世界，绝不是一尊简单意义上的珍稀宝物，而是柬埔寨曾经具有辉煌悠久灿烂的古代文明的象征，是高棉民族对于整个世界物质与精神文明的发展曾经作出过巨大贡献的见证！

丛林中的吴哥窟被世人发现，虽然迟了许多时日，但一旦拥有了她，柬埔寨政府与她的人民就表现出了无比的热情，就像做父母的突然找回了走失多年的孩子！如今的柬埔寨王国国旗的主图图案就是吴哥窟。柬埔寨的纸币，无论面额大小，上面的图案没有像世界上众多国家那样采用国王、总统或名人的头像，而是吸引人们眼球的吴哥窟的倩影！就说这次去吴哥窟观光吧，我们事先要在景区的售票处拍摄一张相片，工作人员要将你的头像印在绘有吴哥窟图案的门票上，验票人员凭借它对你验明身份后，你才被允许进入各景点游览，这个“待遇”即使是去同样拥有价值连城宝物的巴黎卢浮宫，也是“享受”不到的。

我隐隐觉得柬埔寨人上述这一切极不寻常的举措，不应被简单地理解为仅仅是在表示对失而复得的“珍宝”的爱怜，他们似乎是在竭力实施某种补偿：补偿其先辈对本民族曾经无比灿烂的文化少有系统、完整的文献记录的“缺憾”，抑或是代表所有高棉帝国的后人，为没有能尽到对本民族宝贵文化遗产的保护、发扬责任而表达自己深深的愧疚……

一切都是因为你，吴哥窟！

伟哉！吴哥窟！

在佛都，我观瞻，我寻觅

——缅甸见闻之一

有心选在2014年中秋节这天去缅甸，显然与我对仰光的大金塔有所了解有关。仰光——Yangon——意思是离开战乱与敌人，它与月光、阳光没有一丝一毫联系，就像老挝的首都“万象”是指檀木，和大象没有什么关系一样。颇有点浪漫情怀的我，其实是盘算着如何能在明月高悬时欣赏到仰光大金塔。飞机是下午四时许降落于仰光的，见时辰尚早，我与前来迎接的导游老谭商议：先不忙着去旅馆，朝拜著名的大金塔事大。双足刚一迈入缅甸大地，我就抑制不住内心的激动，急切地盼望夜幕中“银汉无声转玉盘”时刻的到来。身前金灿灿的仰光大金塔，仰面“转朱阁，低绮户，照无眠”的圆月，那该是一幅多么奇妙的画面啊！

仰光大金塔不愧是与印度尼西亚的婆罗浮屠、柬埔寨的吴哥窟齐名的东南亚古代奇迹，是一件夺目的艺术瑰宝！大金塔之所以名中有“大”，我为之总结了三点：首先是由于她历史悠久，这是婆罗浮屠与吴哥窟不能与之相比的，尽管后者也有千余年的历史。仰光大金塔的高龄要从公元前500年开始计算，两千五百年前，那可是释迦牟尼的时代，是中国的老子与孔子的时代！是时，佛祖释迦牟尼所赠予的八根头发收藏于当时还不甚雄伟高大的佛塔中，接下来的两千五百年间，历任缅王及缅甸政府为拓展与完善她多有“投入”，费尽了心思……

大金塔所占面积大，是其被尊为“大”的第二个原因，我的双足可以为其作证。我是下午五时许从塔的北门乘坐电梯登上大金塔的塔基的，环绕着金塔我走了一个来小时，边走边观瞻，都有些迈不动步了，老谭望着萌生退意的我说：才不到一半呢！明天再来吧！我方才承认，大金塔面积的“大”远非我心目中同样宏大的北京天坛、杭州的六和塔可比的。大金塔的塔基为115平方米，围绕中央金塔的是由64座形状各异的小塔组成的金塔群，由塔基往下是四座风格不一、有长廊相通的塔门。金塔显然“高不可攀”，仅可仰视的是金塔身下与64座小金塔相伴的各种各样的佛殿、玉佛、神像、神龛、铜钟、牌坊、生肖雕像……让人眼花缭乱！

大金塔上黄金与珠宝之多，是其被尊为“大”的第三个也是尤其重要的一个原因，如果听主人道出塔上面黄金与珠宝的数量与重量，足可让前来游览的人们瞠目结舌！

大金塔塔身高112米，在塔的顶端部分，镶嵌有一颗76克拉的金刚钻，宝钻的周边还镶嵌了7000多颗各种罕见的红、蓝宝石与钻球。当然，要清

大金塔夜景

楚地观赏到它们，得借助大金塔管理者安放在塔基各个角落的望远镜。塔身的四面从上至下全部用金箔包裹，所用黄金的总重量超过7000千克！说到这里，即使是没有身临现场，闭上双眼也可想象得到大金塔的灿烂与辉煌！对佛教颇为诚心的老谭对我说：尽管缅人多信佛，为人诚实善良，但对金塔见财起心的人也不是没有，有在黑夜中登塔图谋塔顶的钻石者，其结局是从高处摔下死去，身体瞬间化作石头。从高处摔下死去的话我是相信的，老谭所说的肉身变化为石头就只能姑妄听之，信不信在乎我啦！

观赏月光下的大金塔是在晚餐后进行的。仰光的九月还属于雨季，圆月的身前身后尚见浮云缠绕，一时半会儿没有飘离的意思，月亮也还明亮。只是灯光映照下的大金塔熠熠生辉，比较白日更觉金碧辉煌，将半边天空都映红了。将圆月与金塔同时留在我相机里的工作，总算在我的不懈努力下得以完成。画面中，浩浩夜空里未有星星相伴的圆月与地上金光璀璨的大金塔遥相呼应，宛若仙境，此刻的我不由在心中吟诵了元好问“此景只应天上有，岂知身在妙高峰”的诗句，旅途劳累一时被扔在了脑后。

后来的三天时间里，我即使是去邻近仰光的几个省区游览，也似乎没有离开过仰光的大金塔，一辆专供我与老陈使用的小车一天中会在她身前经过四五回。其实，在缅甸，在仰光，何止一座大金塔！无论城区还是乡野，金塔抬头可见，它们一座更比一座高，一座更比一座辉煌。在距离仰光80余千米处的勃固古城，城中一座名为瑞莫都的佛塔就有115米高，为全缅甸第一高塔！再往北去，到了蒲甘古都，那里的金塔有4000余座！有金塔，自然会有佛像，多以释迦牟尼为“模特”的佛像也是一尊更比一尊高大、一尊更比一尊精美。佛像有坐的、站立的，也不乏半躺着的。仰光城区里的乔多吉佛像系由整块重达500吨的纯白玉石雕琢，高逾10米，晶莹剔透、高贵典雅，堪称国宝中的国宝。乔塔基卧佛就坐落在仰光市区，号称世界最大的卧佛，高30米、长75米，其双足足底刻有108个图案，象征天地万物尽在佛的足下。这尊释迦牟尼佛像，有女人相，眼眶里的眼球据说是玻璃制作，似能说话。卧佛坐落在室内，一座可容纳2000人的篮球场大小的场馆是为其遮风挡雨的“广厦”。

在仰光的游览，让我深深体会到佛教在缅甸所受重视的程度，佛教在缅甸显然已经成为人民政治、经济生活中不可或缺的内容。

为所见“狂热”了好一阵后，开始冷静思索的我，逐渐将自己的注意力转移到当地僧尼的起居、普通老百姓的日常生活及这个国家对生产生活设施的投入了。

老谭显然也发现了我兴趣的转移，她没有再让我们去看金塔、观佛像，没有将我们的缅甸之旅弄成佛教文化之旅，而是带领我们去住有僧尼的庙宇，去民间的医疗机构以及一些公共设施参观访问，去了解“藏”在金塔与佛像身后的缅甸人的真实生活。

我们是在来仰光的第四天到一座寺庙参观这里千名僧尼用膳的。

千名僧尼所用的全部膳食是当地的一个大家族施舍的。寺院的走道两旁

仰光大金塔近景

乔塔基卧佛

各自摆放着盛有米饭与菜肴的大盆，先是和尚，后是尼姑，他们依次排列，一个紧接着一个接受布施。我们赶到时，布施活动已经开始，和尚们正在接受布施，坪地里，尼姑们排着长长的队伍在静静等候。尼姑们粉红色的上装搭配橙红的纱笼甚是靓丽，远远望去，像是依恋在丛林间身披霞光的云。整个活动，没有一个人吱声，更不会有僧尼在这里嬉笑打闹，尽管这些僧尼大多是二十来岁的年轻人，有些还是六七岁的孩子。趁着尼姑们在排队等候布施，老谭用缅甸话询问队伍中个子最矮的一名小尼姑，她稍有些羞涩地回答老谭，自己才六岁，父母都不在了！当老谭将这些话翻译给我与老陈，我俩不禁唏嘘。老谭还介绍，在缅甸，男人一生中都会来寺庙当一次和尚，表示自己是佛祖的弟子，何日还俗是他们的自由；结了婚，生了子，有还想回来当和尚的，寺庙也接受。对于一些贫穷的农家，出家就意味着不愁吃穿，因此，在一些农村，送孩子“去吃饭不花钱的地方”是值得庆祝的事。女人当尼姑就不同了，有一种说法是，女人一旦出家，一生都不能还俗，也有说可以还俗的，但一旦还俗，就不得再入佛门。在缅甸，男女显然是有些不怎么平等的。难怪我在千名僧尼用膳场地所见到的尼姑大多面无表情，心事重重

化缘的僧尼

的样子，更有尼姑走过我们身前时，头垂得很低，步履匆匆，恨不能快快逃离人们的视线，远不像小和尚们那样神态自若。

愁容满面的沙弥

其实，我以为，即使是不愁吃穿的和尚也不见得个个惬意，就在僧尼们排队等候布施的时候，我瞧见两个孤零零站在窗下和门厅前的小沙弥，年龄在七岁上下，正是尚可在父母面前撒娇的年纪。他俩听凭人们在他们面前照相、谈论，眼珠也不转动一下。许多天了，孩子那充满忧伤与期盼的眼神，一直在我眼前晃动，久久不能消失。我一直在琢磨：他们是在接受惩罚，还是受了谁的欺负，或是在思念自己的父母亲？须知，根据缅甸僧人过午不食的习性，他俩错过了中午这次用膳，就得等到第二天早上化缘的和尚回到寺庙后才有得吃呀！

在仰光市区，我们一行还参观了许多家医疗机构。在缅甸民间，看病同样是需要掏钱的，不花钱的医院也有，多是宗教人士与信徒捐赠的，但条件很差：没有宽敞的过道与厅堂，屋子里人满为患，空气浑浊，光线阴暗。唯有僧尼们专属的医院条件好，我在那儿看到候诊大楼外有一个庭院，花池里的红花绿草非常显眼。医院里里外外都很清洁，候诊的和尚不是很多，在大厅的几排靠椅上静静地等候着。

仰光作为缅甸的第一大城市、曾经的首都，城市的基础建设及其他硬件设施只能与我们国家现在一些地级市的水平相比。这里，少有现代化的高楼，几乎见不到高架路与地下通道，其他公共设施也很难让人冠以“现代”二字。就说我所下榻的旅馆吧，距离大金塔仅一千米多路程，应该算是繁华市区，

雨中运砖的缅甸女孩

正在医院候诊的僧人

可旅馆的用电得依赖自己备置的发电机。我在里面住了四晚，仅一个晚上用了热水，也就是在我用热水的这个夜晚，因电压超负荷，旅馆里两次停电。可让我不解的是，一千米之外的大金塔却彻夜亮着灯。一天夜间，旅馆的wifi 突然没有了信号，旅馆人员告知：邮局的电话线路出了问题，整座旅馆的有线电话都无法使用了！在旅馆所在的街区，我每天早上都会在旅馆前的街道上跑步，但是我从未看见一辆公交车从这里经过。我在大金塔附近见到的公交车都脏兮兮的，因人满为患连车门都无法关闭。也许是我的所见有限，在仰光几天了，竟然未能在这座昔日的首都见到一幢可以吸引人们眼球的现代化体育场馆，而这座城市显然是有建造这样的体育场馆的能力的，乔塔基卧佛的所在证实了这一切。坐落在仰光世界和平塔附近的“万人石窟道场”，建造在一座高约百米的人造山丘中，如果不是读了道场外的简介，我绝不会相信这座为世界佛教徒第六次代表大会而建造的宏伟建筑是 20 世纪 50 年代缅甸人的杰作！

黄香楝木带给我的美学思考

——缅甸见闻之二

缅甸的与众不同，不仅仅因为她那抬头可见、信手可指的金塔，或是那出门可遇的满街僧尼，还因为那大大方方走在马路上、在黝黑脸颊上涂抹着白色药膏的缅甸人！

在中国京剧舞台上，脸上涂抹白色油彩是奸臣、丑角们的“专利”，缅甸虽然是异域外邦，其所持有的审美标准总不至于与我们中国人距离太远吧？迈步缅甸仰光的街头，我感到深深地疑惑了。

缅甸朋友告诉我，这白色药膏来源于一种缅甸特有的黄香楝树，这树与我们中国的樟树一样有一种芬芳的气味，将它的枝干研磨成粉末涂在皮肤上，不仅幽香沁人，且有防止蚊虫叮咬、保护皮肤的效用。但这种解释并没有说服大半生从事药业工作的我。仅就对人体的健康而言，保护皮肤总不至于比消灭结核杆菌、祛除艾滋病毒来得紧急吧！我以为仅仅为了保护皮肤是完全可以像中国的女人一样将护肤“大事”放在夜间或家中进行的，完全没有必要在大庭广众前以损害自己外在的美为代价，何况坚持这么做还会让来自异域的客人觉得怪异呢？

脸庞上涂抹药膏的缅甸少女

缅甸人似乎不认为他们在脸庞上涂抹药膏是一件有碍观瞻的事。我们一行三人在来仰光的第二天清晨驱车前往大金石塔游览，停车在一个加油站休息，加油站旁的一家超市规模尚可，有吃的有喝的，还出售许多缅甸土特产与工艺品。咖啡吧台里的几位妙龄女郎很快引起我们的关注，她们脸庞上抹上了厚厚的白色药膏，对于我们一行的“密切”关注，她们一点也不在意，还十分乐意摆出姿势让我们左一张右一张地给她们拍照！

让我更加难受的是一些成年男子，虽然人数少一些，年纪轻轻、高高大大的，竟也将白色药膏涂抹在自己的脸颊上，不管不顾地在大马路上行走！

难道是缅甸人不懂得什么叫美、什么叫丑，根本不在乎别人对于自己容貌的关注及态度吗？

我的担忧显然是多余的。试想，缅甸人如果不爱美，不在乎他人对自己外表的看法，他们有必要昼夜不分地在自己的脸上涂抹白色药膏吗？我们甚至可以这么以为，缅甸人对外在美的追求比我们中国女孩子还要积极！百思不得其解的我，将疑虑从缅甸带回到中国，带回到家中的书房，渐渐地，我想到了美学，于是去翻阅一些讲述美学的书籍。

“美不自美，因人而彰”，唐代诗人柳宗元的意思是说，审美对象离不开人的审美活动，需要人的意识去“发现”它，去“唤醒”它，去“照亮”它。用现代美学的理论解释就是说，美在审美关系中才能存在，它既离不开审美主体，又有赖于审美客体。美是精神领域抽象物的再现，美感的世界纯粹是意象世界，而意象世界是人创造的。

如此说来，我，一个中国人，完全没有理由去批评缅甸人在脸颊上涂抹白色药膏的举动，缅甸人他们自己也完全没有必要在乎某个外国人的说三道四。

如果我们了解缅甸人大多信仰佛教的现实，对于他们所持有的审美观就比较容易理解了。

与现代美学“美是精神领域抽象物的再现”的理论有异曲同工之妙的，是佛教理论中所强调的美的意象世界的观点。佛教对事物的审美强调“观照”，这所谓观照既没有脱离视觉的作用，同时又是心灵的关注，某种程度上，心灵的关注起到更加重要的作用，“观山则情满于山，观海则意溢于海”所表达的就是这个意思。佛教经典《般若波罗蜜多心经》说得更加透彻：“色不异空，空不异色，色即是空，空即是色，受想行识，亦复如是。”既然真实世界里没有物质这个概念，自然就不存在人类对物质世界的感受和认识。眼、耳、鼻、舌、身、意这六种感官对于真实世界没有任何意义，自然也就不存在所谓的颜色、声音、香气、味道、感觉和概念……

毋庸多言，在众多缅甸人心里，白色药膏涂抹在脸颊上不一定就表示丑，女人画了眉、抹了口红也不意味着就是美！做什么事，自己高兴、自己满意就可，就是美！美，在自己心中。

接待我们一行的缅甸导游也是一名佛教信徒，是一位外表看起来五十多岁的女性，姓谭，其父早年从中国福建来到缅甸，她与自己的另外六位兄姐均在缅甸出生。老谭成天身着一套显然有了“年纪”的谈不上精致的便装，未施粉黛的脸颊上可见褶皱与凹坑。她从事导游工作二十多年了，对业务显然很熟悉，口中说出的一些景点的数据精确到个位数，与资料上的介绍没有一点差别。相处时间久了，难免会互相打听对方家庭的情况，我不经意地问到她的子女，不料她的回答是“我还是单身呢”！我不禁哑然。她又告诉我，她的家就在我们第一天路过的中国街里，那是一条由许多五六层高的砖房组成的街区，让我联想起20世纪60年代我在中国广州见到的老街。后来一些天，看到老谭将桌上的剩菜打包带回到车上，我就想，她会将这些剩菜带给谁呢？难道是留给自己做第二天的早餐？如果这样，那她一整天都可不必打开自家的煤气灶了！

大金石塔

我后来知道，老谭一家七姊妹，四男三女中，不仅仅她，还有一个哥哥、一个姐姐也是单身！可以想象当时我是多么惊讶！我对老谭的关注蓦地增添了许多，还掺杂有些许怜悯。

但面前的老谭对于自己姊妹中有三位未婚的事安之若素。“未婚的二哥在大哥家吃，没有嫁过人的三姐在四姐家里过，自己哩，常年在外跑，习惯了，时间多就去寺庙里待上一天两天，给寺庙捐点，挺好的！”

老谭对生活的态度以及她的“幸福感指数”，教给我的仍然是一个审美课题，同样没有离开“意象世界”这个范畴。

由黄香楝树所引起的有关审美、佛教教义的思考，以及缅甸、尼泊尔等一些佛教国家的老百姓与非佛教国家老百姓幸福感指数上的差异，我联想到很多，一时觉得自己还有很多话没有来得及说，很多，很多！

印尼三问

十年之后再访印尼，雅加达城区里多了些高楼，巴厘岛狭窄的街道上多了许多“摩的”，别的什么嘛，变化似乎不多，倒是我脑子里的想法比上一次多了许多。看见巴厘岛上的家庙我有所思，听了郑和下西洋的事迹我有所想，第一次见到婆罗浮屠、听到这座庙宇的遭遇我感慨颇多，竟然将其与国家的命运联系到了一起……这难道是因为自己年长了十岁，或是这儿的一切的确有许多耐人寻味的地方？

之一：假如明成祖是亨利王子……

三宝垄是一座人口数百万的大型城市，在印度尼西亚排名第五，我在导游自绘的印度尼西亚简易地图上看到“三宝垄”三个字，两眼一亮，立即将它与三保太监郑和联系在了一起。

从印度尼西亚的首都雅加达乘坐飞机去三宝垄，只花了不到一个小时的时间。我们下了飞机，就在当地一位华侨朋友的带领下径直去了坐落在市区的三宝公庙。面积相当于一个有标准跑道的运动场的三宝公庙，是一座由院墙围隔的建筑群，内有典型的中国建筑风格的三重飞檐的主殿、将数座别的庭阁与大殿相连的回廊，还有一座形状与巴厘岛的发呆亭相似、远观如同一座大戏台的阁楼。坪地里有一座高约十米的巨型石雕，我立刻就将它与郑和的名字对上了号。郑和头戴梁冠，身着官袍，低首凝眸，似正思索船队下一步的行动方略。

大殿身后有一座光线暗淡的洞穴，传说当年与郑和一同“下西洋”的明朝将士王景弘曾在洞内养过病，这是整个三宝公庙唯一有公职人员守护的景点，不准许游客在内摄像留影，可见主人对这个被称为“三保圣洞”的纪念地的重视。圣洞外与大殿咫尺之隔的墙面上有数尊气势恢弘的浮雕，表现的是当年郑和在“西洋”开展“外事活动”的场景。浮雕下方有用标准的黑体汉字刻写的说明文字，每一幅都有三个多平方米的面积。“三保圣洞”入口上方一块烫金匾额上的“寻珍留芳”四个字，可以理解为主人对浮雕上的内容，即郑和“下西洋”壮举的历史意义的概括与态度。

面对这些浮雕和文字，我很有些感慨。在印度尼西亚这个近几十年间有过几次大规模排华事件的国家里，直至今日仍不准许简体汉字在各个城市的街道与建筑上出现，而在三宝公庙，一色的简体汉字对一个六百多年前的中国官员竭尽全力予以讴歌，充分肯定其所做事业对于自己国家的积极意义，对此我深刻感受到印度尼西亚政府这一表现的非同寻常！

三宝公庙所见给予我思想上的冲击，没有因为观光活动的结束而消失，离开公庙好一会儿了，我思想的波涛还在脑海里久久激荡，难以平静。我2013年末刚从葡萄牙、西班牙回来，不到一个月我又来到印度尼西亚，在这一个多月时间的空隙里，我一直在研读《世界通史》。长期以来，人们印象中的航海大发现始于16世纪初的葡萄牙与西班牙。继葡萄牙人越过非洲好望角登陆印度次大陆后，哥伦布又在西班牙王室的资助下航海探险发现美洲新大陆，从此拉开了西方国家对亚非拉地区和国家的殖民统治的序幕。我的葡萄牙与西班牙之旅让我对此说法坚信不疑。此刻，三宝公庙所见颠覆了我的这一认识：世界大航海的开创者应该是郑和，他比达·伽马、哥伦布的航海探险提早了近百年。史料记载，郑和船队一度到达了东部非洲。英国前

三宝公庙内的郑和石雕像

浮雕与说明文字

海军军官、海洋历史学家孟席斯在21世纪初出版专著《1421年，中国发现世界》，他根据郑和在1423年精确绘制的航海图认为，是郑和首先发现了大洋洲、美洲与南极洲，而不是哥伦布，因而他尊称郑和为“环球航海第一伟人”！

我们姑且不去争论究竟是郑和还是哥伦布率先发现了美洲新大陆，郑和率领的由两百多艘海船、近三万战斗与非战斗人员组成的“海上特混舰队”，先于葡萄牙人、荷兰人近百年到达印度尼西亚是谁也无法否认的事实。问题在于，随着郑和的离世，明王朝的航海事业从此日渐衰落，一直到后来清王朝灭亡，郑和以后的五百余年，世界航海史册上再没有出现过中国远洋船队出使海外的记载，郑和时代的中国海上力量从此风光不再！

可是，有些令人难以相信的是，人口仅200万的葡萄牙，仅凭几十条吨位比郑和舰船小许多的海船万里迢迢来到非洲、亚洲，从此一发不可收拾，继其绕过非洲好望角发现印度之后，很快在全世界包括印度尼西亚在内的很多岛屿、重镇建立军事基地与贸易据点，势力范围横跨欧、非、亚、拉美数个大洲！步葡萄牙、西班牙人之后尘通过大航海来到亚非拉世界的荷兰与英国，则更是相继将菲律宾、印度及许多非洲国家占为了自己的殖民地，其中仅印度尼西亚一个国家就被荷兰统治了三百多年！

同样都是“大航海”，一个日渐衰落，一个则借此暴发、称霸世界，比较之下，我们的确可以感受到当时的明王朝对邻国的大度与友善，它没有扩张领土、称霸世界的野心。

但明成祖也“笨”！他对友邻国家没有领土野心，中国人是可以理解的；但明成祖笨就笨在他根本不懂贸易，不懂得以商养船，就这一点言，他远远不如葡萄牙的亨利王子！

当年亨利王子殚精竭虑、力排众议支持达·迦马们的航海冒险，一心想的就是寻找一条“通往香料产地东印度群岛”的航线。在这之前，亨利王子已经体验到了“国际贸易”的无穷乐趣，他渴望开展与印度的贸易，自然很快得到葡萄牙王室的大力支持！

亨利王子的航海探险船队即使是去从事前途未卜的探险，也要随船队带去许多可供与当地商人进行贸易的本国制成品，这样做的结果是，即使航海探险失败，船队也可只赚不亏，维持自己的生存。而郑和的规模宏大的“海上特混舰队”每一次远航，民间都被明令禁止“片板不许下海”——民间海商的船队不得跟随其后。整整一个“海上特混舰队”，两百多艘海船和近三万战斗与非战斗人员沿途的开销都要依靠国库的支持，成为明王朝极其沉重的经济负担——白银600万两，是当时明王朝国库其他项目年度总开销的两倍啊！

说到此，明王朝郑和的下西洋行动，为何在郑和死后，在后“永乐盛世”时期难以为继，原因不是很清楚了吗？

反之，明成祖如果像亨利王子当年那样，通过郑和的航海加强与周边国家的贸易，明王朝后期会是一番什么样的景象呢？会不会与欧洲一些国家一样有自己更加强大的海上力量？会不会因此大力发展商品经济，加速商品货币化进程，使封建主义开始向资本主义制度的转变呢？回答是肯定的。

往事如烟，我们为明成祖当年的“愚笨”而惋惜，也为20世纪末中国的邓小平们的“聪明”感到庆幸！

当我将郑和的大航海与葡萄牙人、荷兰人对印度尼西亚的“殖民”联系在一起，意欲对华侨朋友发表自己的感想时，这位华侨朋友不待我往下说，高声抢着对我说：你的问题提得好！

显然，他明白我将要往下说些什么！

之二：贫穷、落后，自己的命运或将听凭他人拿捏！

从婆罗浮屠的石梯三步一回头往下走，不等踏上地上的草坪，久久未语的我脱口对身旁的旅伴说了句：婆罗浮屠，印尼的吴哥窟！

话虽出口，婆罗浮屠与吴哥窟的“比较”仍在我心底里继续进行着：两者的高度、两者分别所用石头的重量与数量、它们的历史……

婆罗浮屠与中国的长城、印度的泰姬陵、柬埔寨的吴哥窟并称“东方四大奇迹”。婆罗浮屠来自梵语，意思就是“山顶的佛寺”，它坐落在一座海拔200多米的山丘上。说其是庙，它没有庙门，也没有宽阔的庙堂；说其是庙塔，它上面分别有几百座可供祭拜者供奉的各种姿态的菩萨，还有露天的回廊。我私下给婆罗浮屠另外取了个名字——露天的寺庙——不知专家们能够认可不！我想，这不正是婆罗浮屠所独具的奇妙之处吗！

这座“露天寺庙”下宽上窄，灰灰黑黑的颜色，那是饱经风雨侵蚀的石头的本色，这也许是我将其与吴哥窟类比的一个视觉上的直接原因吧！与没有用一块木料与铁钉、全是石头垒就的吴哥窟相比，婆罗浮屠的“内容”也一样丰富多彩！婆罗浮屠共有10层，四个方向的正中各有一条笔直的石级通道可直达顶层。第一层至第六层是四方形，称作“地界”，第七层至第九层像是顶塔的座脚，呈圆形，称作“天界”，第十层是钟形的大塔。让我流连忘返的是几层“地界”石壁上的浮雕与顶层部分的钟形小塔。浮雕是刻在回廊两旁的石壁上的，内容多为佛教故事，也有反映当地老百姓生活习俗的，人物、花草、鸟兽、果品一应俱全，刀法生动、娴熟，每一件都堪称精品，

婆罗浮屠

让我不由联想到吴哥窟里同样是表现宗教故事的浮雕。我捧着摄像机不停地跑、不停地拍，最后还是没能顺着两旁全是浮雕的石壁坚持跑完一个整圈。身边的旅伴告诉我，所有的浮雕连接在一起总长度有三千米！为这，我惊叹不已！顶上“天界”的钟形小塔十分有趣，每个小塔内供奉一尊成人大小的盘坐佛像，佛像被钟形的带孔的石罩罩着。游人可以把手伸进孔洞去抚摸里面的佛祖。有言，如果有人能用手摸到佛祖的手掌会福星高照，隆运亨通。也许是为了便于人们与石罩内佛祖的“交流”，一座钟形小塔的石罩被打开来，端坐在石基上的佛祖慈眉善目，仪态大方。在婆罗浮屠，这样被石罩罩着的佛像有72尊，如果加上下面几层四方平台上分别供奉在佛龛里的佛像，再加上顶上的一尊大佛，整个婆罗浮屠有佛像505尊！他们的面部表情各异，手势也不尽相同。我的印尼旅伴看来对佛教知之甚少，无法向我们解释这些佛像不同表情、不同手势所要表达的意思。

唯有露天庙堂上一个个张开大嘴的石头兽首，我们一行三人不需要他人解说都能猜想到这是排水设施。这样的设施在整座建筑中有100个之多！只是我们来此游览时，天空艳阳高照，没能看到这些设施一显其能。

婆罗浮屠所供奉的佛祖是我们中国人熟悉的释迦牟尼，婆罗浮屠的存在证实当下流行伊斯兰教的印度尼西亚曾经有过一段信奉大乘佛教的辉煌历史，佛教曾在一个时期内得到当地统治者无比热心的支持与倡导。在婆罗浮屠的回廊，我一边观赏浮雕，一边在想：鉴于佛教的兴盛未能延续到而今的印度尼西亚，如今呈现在世人眼前光彩照人的婆罗浮屠一定也有一段由盛到衰、劫后重生的兴衰史。一打听，果然如此。

佛教在印度尼西亚的命运与在印度有些类似。印度的佛教因阿育王创建的孔雀王朝的灭亡而日渐衰落，印度尼西亚的佛教的兴衰与该地区统治者的变更也有一定的联系，所不同的是：在印度，是印度教取代了佛教；在印度尼西亚，取代佛教的是伊斯兰教。随着奉行伊斯兰教的王朝的国都迁移到东爪哇，本已被冷落的婆罗浮屠从此更无人问津，再加上附近几次火山的爆发，婆罗浮屠逐渐被埋没在火山灰与莽林中……

具有一千两百多年历史的婆罗浮屠的重见天日与柬埔寨吴哥窟被发掘的故事十分相似。1811年英国殖民者继统治印度尼西亚三百多年的荷兰人之后短时期里统治了爪哇，组织寻找婆罗浮屠的就是一名叫莱弗士的对爪哇岛历史颇感兴趣的英国总督，而发现并在西方宣传那被湮灭达六百年之久的吴哥窟的则是一名叫亨利·穆奥的法国植物学家，时间也是在19世纪，在法国殖民统治柬埔寨的时期。

塔庙上正在摆弄手机的穆斯林

此刻，我没有心绪去评判作为殖民统治者一分子的莱弗士、亨利·穆奥们，在发掘殖民地历史文化遗产上所作“贡献”的意义，也无法细说古代埃及象形文字被一名法国学者破译的故事留给我的感慨，我更多感觉到的是一个国家、一个民族的贫穷和落后的可怕与可悲：曾一度辉煌的古代文化的命运尚且如此，人民何以堪！民族何以堪！

同样，也是在19世纪中期，在中国北京的圆明园，这个被称为“万园之园”“东方的博物馆”的艺术文化瑰宝，突然间被一个叫“英吉利”、一个叫“法兰西”的两个“强盗”（雨果语）闯了进来，一把火给烧了！如今中外游人所能欣赏的可不是今天婆罗浮屠式的壮丽与辉煌，而是残壁断垣！

在圆明园上演的是悲剧，在婆罗浮屠与吴哥窟上演的姑且就叫作悲喜剧吧，但无论悲剧还是悲喜剧，它告诉今天的人们，告诉所有曾经饱受殖民统治者欺侮、蹂躏的民族的都是同一个道理：

贫穷、落后，自己的命运或将听凭他人拿捏！

之三：巴厘岛家庙，让我想到自己的“家”……

巴厘岛是美丽的、神奇的！浮沉在印度洋波涛汹涌中的海神庙，伴随着动人爱情故事的望夫崖，被称为“巴厘岛富士山”的京打玛尼火山，还有可供尽情观赏落日美景的金巴兰海滩，一路有原始森林风貌相伴的急流漂游……只是，我仍觉得，值得我留恋的还是岛上形形色色的家庙，我想，即使将它称为一种文化现象也不为过。

巴厘岛上的道路不像一些国际大都市那样纵横交错、四通八达，在岛上逛了几天，发觉自己走过来走过去的几条街道都似曾相识，后来我明白了，是街道旁的一幢幢富丽堂皇的家庙让我产生这一感觉。几天来，我在车上手忙脚乱地一直在给沿途所见的家庙照相，尽管明知在颠簸着的车辆上“生产”出来的摄影作品很可能会不尽如人意。

巴厘岛庙宇的第一个特点就是“多”，多得难以形容。据当地人介绍，整个岛上有庙宇十二万多座！我相信这话不是吹牛。信奉印度教的巴厘岛人虽然村有村庙、县有县庙，我们见到最多的还是家庙。在巴厘岛，除了一些现代气息浓厚的商业区，路旁的民居几乎家家都有“庙”，当然，与主人的经济能力及住房面积相关，家庙有大也有小：占地四五百平方米者有之；不足百平方米，与卧房挤在一个小院里的也不少；有的家庙干脆就建在屋顶上，有塔、也有神龛，游人在马路上抬起头就可欣赏到它们的英姿，就像是在观赏天上的彩虹与明月。

巴厘岛家庙第二个特点就是“讲究”。我不熟悉印度教，说不清这些建筑的内在的含义，好在它们大同小异，庙门、神龛、庙塔，其样式相差无几，但都不失精美，没有一点敷衍、随意的痕迹。有些家庙的“讲究”甚至有“奢华”的感觉。最“讲究”的当数家庙的门，棕红颜色是它的基调，“门页”上面满是精细的雕刻图案，让我联想到我们国家天安门广场上的华表，一边一扇，相对而立。看到个别大型的庙门后面没有庙宇相连，我怀疑，

巴厘岛的家庙

这精美的庙门无形中已成为巴厘岛人展示其印度教文化的一个标志性建筑。内有家庙的庭院的门倒是有门楣与顶梁的，门洞多不宽大，门楣、门页与梁柱上雕刻着花草或动物，凸出的线条上多有金粉描画，一扇门就是一件技艺上乘的工艺品！家庙多与主人的住房连接，但院中有院，庭院里另有围栏保卫的家庙，向前来拜访、观赏的外姓人强调了自己的私密性。围栏内，神龛、庙塔与茂盛的树木相伴，静静地伫立其中，令人肃然。

此刻，我心底升起一股温暖的感情，巴厘岛的家庙，让我油然想到了“家”这个字。

在信奉印度教的巴厘岛人心目中，人的死亡不过是对躯体的摆脱，并不是一件非常可怕的事情。家庙是祭祀神灵的，也是自己祖先灵魂的安息之所。据说，某家庭成员一旦离开人世、躯体被火化后，其生前所拥有的珍贵的物品——项链、镯子、戒指什么的——会被安放在家庙或村庙的庙塔与神龛里供奉着。这是否象征居住在庭院里有活着的我和你，同时也包括业已与自己躯体分离的祖先们呢？我想，家庙无疑有这么一层意思。试想：夜以继日、朝朝暮暮，有祖先与自己相伴该是多么幸福的事啊！

尽管小院的主人出于友善一再示意我们可以更近一些观赏，考虑到家庙的私密性，作为游客的我不敢贸然进入，时间也不容许我们在家庙中久留，因此我未能亲睹家庙里的祭拜场景。

在巴厘岛的几天时间里，我之所以尤其关注家庙，与我潜意识里觉得巴厘岛的家庙文化与我们中华民族的传统文化有某种联系是大有关系的。在中国的所有近邻中，印度尼西亚与中国的联系非常特别。据史料记载，15世纪明王朝郑和七次下西洋，五次到了印度尼西亚；近几百年来更有大批华人侨居印度尼西亚，总人数以千万计，他们在印度尼西亚的政治、经济、文化生活中发挥着十分重要的作用。中国与印度尼西亚既然有这么一种特殊的关系，两个国家的文化存在某种程度的互相影响是很自然的事情。说到家庙，它在《红楼梦》这部名著中多次出现

出售祭祀品的摊点

过，证实家庙在中华大地是早有存在的，姑且不论一些乡镇至今还留有遗迹的各种祠堂了。但这些都是其次，关键是关于“家”，关于亲情与家规、家教的理念，在中华文化中有很重的分量。中国传统文化十分强调家庭关系的维系与亲情：长幼有序、上慈下孝，“家和万事兴”；“家”，作为中国社会的一个细胞，一条与社会联系的纽带，它的存在不是孤立的，它与国家民族的兴亡、社会的稳定密切相关。“修身齐家治国平天下。”中国的儒教经典有言：古之欲明明德于天下者，先治其国，欲治其国者，先齐其家。家庭是国家的缩影，把自己的家经营好了，才可以把国家建设好。

感谢巴厘岛的家庙，是它，让我想到“家”，以及与这个词汇相关联的一些理念……

三宝垄机场的雨伞

——印尼见闻

回首婆罗浮屠

游览完婆罗浮屠已经是下午时分，我们没敢在一旁的纪念品商场久留，就驱车直奔三宝垄机场。赶到机场，离飞机起飞的时间不到一个小时了，我为自己没有耽误登机时间而庆幸，可在候机室里刚落座不一会儿，风云突变，只听候机室的顶棚噼里啪啦一阵急促的雨点声，抬头望外，乌云翻滚，天色顿时暗淡了许多。我心里嘀咕：完了，飞机会晚点啦！可偏过头一瞧登机口，只见别的班次的旅客仍在验票进站，看那机场工作人员的表情，大有对外面的风雨不管不顾的意思。

瞧着瞧着，我发觉三宝垄机场的一些特别之处：同一个登机口可以在极短的时间里安排几个不同班次的旅客登机，标示客机班次的指示牌一会儿就变换一次，这情景让我联想到自己家乡的长途汽车候车室，不由摇了摇头。

原以为会延迟许久，结果只比票面规定时间推迟了二十来分钟，我就听到身旁的旅伴吆喝着要登机了！可再望窗外，大雨根本没有停歇的意思，远处的天空似有电光闪烁。验完票，来到机场边，尽管头上有屋檐遮挡，雨点依旧飘打在我的脸上、身上。这是一个没有廊桥的机场，因为飞机停在不远处，机场也没有给安排摆渡用的大巴。看来，我们只能徒步登机了。此时的我倒是没有为尽早登机而着急，而开始为飞机将在这样不良气候条件下飞行的安全问题担忧了。我真希望听到机场的传声器里发出本次班机因天气缘故延迟起飞的通告。

等候登机的队伍没有因为我的犹豫而停止前进。就在我为自己没有能像别的旅客那样有一把随身携带的雨伞发愁时，有人递给了我一把长柄的雨伞。“伞？”很快，我看见工作人员脚边的一个一米多长的大木箱，里面有大半箱同样规格的长柄雨伞，它们显然是经常提供给旅客使用的。人们用这撑开的伞搭建成一座奇异的廊桥，廊桥移动着，通向不远处的飞机。待我踏着坪地里浅浅的积水来到飞机舷梯前，又见一位地勤人员守候在飞机旁，不是像我们国内的机场那样查验旅客的机票，而是收回旅客手中的伞，他的身旁是与我刚才见到的同样大小的盛装雨伞的木箱！

伞，三宝垄机场的雨伞，一下子让我忐忑的心安定下来。这伞提供给我的信息是：下雨，即使是倾盆大雨，印度尼西亚机场的飞机都是会按时起飞的，冒雨乘坐飞机对于生活在热带雨林气候的印尼人是司空见惯的事情。

这是一架可以容纳百余乘客的中型飞机，我的座位就在机翼靠后一些的地方。从开着的舷窗里，我可以看见远处天空的闪电，在有亮光照射的机翼上，雨点溅起的水花清晰可见。飞机很快就升上高高的天空，好一会儿都没有惯常所见由空姐负责的航空安全知识的宣传，也未见有谁来给旅客送茶端水，“廉价航空”四字在眼前一闪而过。

是飞机突然产生的剧烈颠簸像电击一般惊动了半睡半醒的我。我下意识地用双手紧紧抓住座位上的扶手。颠簸继续着，没有减弱或停歇的迹象，此刻的飞机简直就像一辆在乱石路上奔跑的破旧汽车，在颠簸最为厉害时，甚至让人产生机翼都将被折断的感觉。但更让人恐惧的是舷窗外的景象：闪电不是在远远的天际，而是在飞机的身前身后施展淫威，不知是否错觉，那闪电有好几次像是直接从机翼上穿过似的，我吓得直打寒噤。此时的机舱里没有人说话，也没有谁亮灯，舷窗外倒是可见微弱的灯光，让我能看到雨水敲打机翼的细节：豆大的雨点拼着全力往螺旋桨里钻，飞动的螺旋桨毫不示弱将雨点绞杀成细细的水沫……

我经常乘坐飞机，也经受过飞机的颠簸，这一次雷雨中的飞行经历是第一次，身旁与我做伴的华侨朋友是一位二十来岁的年轻小伙，此刻正紧闭双眼、双手合十做祈祷的姿势。可奇怪的是，尽管恐惧，我没有过绝望，没有以为悲剧就要发生，潜意识里，我以为面前的一切就是一场戏、一个梦。因为，就在飞机颠簸、闪电飞扬的时刻，我眼前也不时闪烁着那盛着长柄雨伞的木箱，和里面的长柄雨伞的影子！

长柄雨伞似乎在宽慰我：眼前的一幕在印尼是经常可以遇见的，它很快就会过去。

飞机的颠簸戛然而止。此刻，一轮皎洁的圆月出现在舷窗外高高的空中，圆月四周是被雨水刚刚洗过的一尘不染的黛蓝，与刚才所见到的天空有霄壤之别。机舱里电灯瞬间亮起，没有欢呼，也没有掌声，好像什么也没有发生过似的，唯见几位性急的旅客站起身来收拾行李，因为，飞机已经来到雅加达上空，灿若繁星的灯火出现在舷窗的下方！

斯里兰卡：腰果树下买腰果

我们的航班从广州飞往斯里兰卡的首都科伦坡。在斯里兰卡的六天时间里，我们时而下榻在湿地旁，时而落脚在丛林中，即使住海边，身后也是一片森林。斯里兰卡，给人的感觉就像是一座植物园。

“腰果树下买腰果”“肉桂树下买肉桂”，这个只有在“植物园”才可能有的经历，让我对斯里兰卡平添了许多新奇、亲切的感觉。

买腰果是在来到斯里兰卡的第二天上午。车从宾馆开出来近三小时的时候，有游客叫着要导游找个方便的地方，没多一会儿，大巴停在一个小店前。店里仅有一个伙计模样的人在，货柜里外全是大包小包用透明塑料袋包着的白花花的腰果，没有任何别的卖品，这肯定是家腰果专卖店。因为是刚来斯里兰卡，采购物品似乎还不到时候，何况腰果这东西在哪儿没有卖呢？我无意在此照顾老板的生意就急急地回到车上。可待我在车上坐下后发现，大多数游客都似乎被什么吸引住了，根本没有回到车上赶路的意愿，于是我又好奇地走下了车。

人们都聚集在门店前的一棵大树下高抬着头数点树上的果实。这是一棵高约十米的大树，枝叶繁茂、苍翠欲滴。绿荫里那被人们认作果实的很像一颗颗下垂的香梨，只是颜色是粉红的；果身向下吊着一颗带壳花生大小的白

树上的腰果

证明卖品“身世”的植物

白的东西，像是这“香梨”的蒂。导游老杨告诉外行的我：那质感厚实的像香梨一样的东西其实是个花托，不是什么果实，连接在它上面的那肾形的花生大小的东西就是经过处理后可供人们食用的腰果。

一朵香梨大小的花托就“供奉”着这么一颗果实，仅小小的一颗啊！而且是在一株高约十米的大树上，顿时，腰果在我心目中的地位提高百倍。很快，我又通过门店前的宣传图片了解到许多从未认真琢磨过的有关腰果的知识：腰果树适宜在日照时间长的热带地区生长，其果实含有很高的营养成分，其中脂肪47%，蛋白质21.2%，碳水化合物22.3%，还有多种维生素和矿物质，具有抗氧化、防衰老、抗肿瘤和抗心血管病的作用。腰果的外壳含油率很高，用腰果油油漆的家具可以耐高温，美国的航天飞机就是用经过科学处理的腰果油作为机身保护层涂料的……

腰果树下买腰果这样的趣事，我又在第二天的旅行里遇见了。我们一行观瞻了丹不拉金寺后继续前行。一路上，寺庙里精美的壁画与卧佛们栩栩如生的仪态久久地在我的脑际萦绕，让我有一种微微的醉意。没多一会儿，大巴停在了一处庭院模样的建筑的门口，这儿俨然就是一座小型的植物园，满眼是各种叫不出名字的花草树木。很快，有工作人员出现在我的视线中，没有什么客套话，立刻将我们带到一株五六米高的树木前。宽阔的船型的绿叶，棕黄色、细腻光滑的躯干，比较昨日所见的腰果树，这树显得精干、爽朗，俨然有名士气度。它有个响亮的名字——锡兰肉桂！

"肉桂"二字前还要冠以斯里兰卡国曾经的国名"锡兰"，可见这一植物的"特别"。工作人员在介绍了"锡兰肉桂"的特性后，将人们带到一座棚屋前，让我们观赏盘腿坐在地面上的工人如何将一根根棕色的树条用刀一层层剥开，然后卷成一根根一米长的树皮筒。

紧接着，我们在檀香树下观赏了檀香树和大树前木架上陈列的瓶装檀香；在可可树下见识了树前木架上陈列的可可粉；胡椒是我从小就熟悉的食品佐料，可第一次见到胡椒树却是在年过花甲后我万里迢迢来到斯里兰卡之时；在一丛丛形似剑麻的芦荟前我还见到了在中国火过一段时间的芦荟制成品……

这哪是一般意义的商品推销活动，这是一场极为生动的珍贵经济植物的科普教育课，它让我这从北温带过来的中国湖南人，在生产现场了解到许多热带经济植物的生长特性与功用。但我以为，最为重要的是它让我更具体、更真切地了解我生平第一次来到的斯里兰卡！

斯里兰卡是一个紧贴着印度半岛的岛国，世界地图上的斯里兰卡很像偌大的印度洋上的一滴眼泪，而今，这"眼泪"状的岛国就是我心目中的一颗蓝宝石！一座遍地是宝的福地、宝岛！

年少时就在史书上获悉，当年葡萄牙人殚精竭虑组织探险船队探寻一条通往印度的航线，其目的就是为了得到印度的香料。来斯里兰卡我方才了解到，斯里兰卡的香料在亨利王子那个时代比黄金还贵重！

在我下榻的科伦坡市郊的一处宾馆附近有一条并不宽阔的河道，名叫荷兰河，全长 70 多千米，是荷兰人当年殖民这儿时开挖的。进宾馆时，我好

正在制作肉桂的工人

香料制成品展柜

几回经过荷兰河，脑海里时时浮现出一艘艘装满腰果、肉桂、檀香、可可、胡椒、芦荟还有宝石的船舶从这儿驶向欧洲王室、上流社会餐室的情景……此刻我想说的是：殖民者没有给斯里兰卡人修建可生产摩托与汽车的厂房，他们忙着在殖民地挖运河、修公路，为的就是如何更多更快地将殖民地的宝贵资源掠夺走。

而今，斯里兰卡这颗“蓝宝石”重新回到了斯里兰卡人手中，一时还是农业国的她，正在用自己国土上生产的腰果、肉桂、檀香、可可、胡椒制成品换回一捆捆美元，供自己的孩子免费从小学读到大学，让自己的子民享受免费医疗……这，我从一群群着装统一的孩子的笑脸上感受到了，在这个至今仍旧没有国产摩托、汽车的国度。

斯里兰卡：僧侣也疯狂！

二十多年了，我还没忘记一部名曰《修女也疯狂》的美国电影。影片中的黑人女歌手迪劳丽丝为了逃脱杀手的追击，在警察的帮助下藏身一家修道院。生性好动、乐观积极的迪劳丽丝的到来，让原先沉闷的修道院充满生气，一些渴望新生的修女得到救赎，连一贯保守的院长也接受了迪劳丽丝带来的新思想，教皇也因为迪劳丽丝的创新之举大驾光临这家有可能关闭的修道院！

这次，我来斯里兰卡，也“结识”了一位同样“疯狂”的僧侣。迪劳丽丝修女的身份是假的；斯里兰卡的这位僧侣可有案可查，没有一丝一毫虚假的成分。

那是来到斯里兰卡的第三天，我们一行来到斯里兰卡王朝的最后一个古都康堤。和我沿途见到的斯里兰卡的城镇不一样，康堤城颇具大都市气质。秀丽的康堤湖坐落在繁华市区，绿树掩映下各种不同风格的建筑环绕康堤湖而建，与各自在湖面上留下的倒影相映成趣。来康堤没有不去佛牙寺瞻仰金塔内的佛牙的，传说，当年印度公主把释迦牟尼最重要的牙舍利藏在发髻中，远涉千山万水来到斯里兰卡，于是就有了佛牙寺。历史上曾有过一个说法，谁拥有寺内的牙舍利，谁便拥有统治这个国家的权力。因此，许多年来，收藏了牙舍利的佛牙寺成为了世俗信众朝拜的圣地，也是一些民族、宗教势力集团相互厮杀、争斗的凶地。我来佛牙寺时正赶上朝拜牙舍利的吉时，有幸目睹了万千信众手捧鲜花、怀着虔诚的信念面向耀眼的金塔顶礼膜拜的情景。但是，即使是与金塔咫尺相隔的时刻，我脑海里仍旧闪现着佛牙寺前坪里耸立的一尊僧侣的雕像。那是一位身披黄色袈裟的僧侣，下垂的左手里用力攥着一面米字图案的旗帜，右手臂高举，食指直指蓝天，让人觉得此刻的他正在高呼一句振聋发聩的口号。僧侣大义凛然的表情告诉人们：此刻的他早已将个人安危置之度外。

自打见到这僧侣雕塑起，我就缠着导游，向他打听这僧侣的身份，汉语水平不敢恭维的斯里兰卡导游因为忙着照顾别的游客，只是简单地告诉我：他是一位斯里兰卡僧侣，一个反对英国殖民统治的斯里兰卡僧侣。

拉弗勒雕塑

反对殖民统治？不是双手合十去与殖民统治者“理论”，而是将他们的国旗从旗杆上扯下来，这显然是需要以生命作代价的“疯狂”行为。这个僧侣叫什么名字，他为什么要这么做，最后的结局如何？我产生了很多疑问。

从佛牙寺出来，我又一次驻足在僧侣雕像下，雕像石座上的介绍文字斑驳脱落，已无法辨认，

佛牙金寺里的僧人

科伦坡市区，印度制造的没有空调的公共汽车

不然，我可以用相机拍下，以备查考。对于斯里兰卡人的这一疏忽，我表示理解。斯里兰卡毕竟还是名义上的英联邦国家，长年累月地将一面米字旗置于如此窝囊的位置供人指点评说，这是需要勇气的！

我对这僧侣身份、事迹的咨询，是在离开斯里兰卡前利用导游的空余时间分三次才完成的。

这名僧侣叫拉弗勒，他的壮举出现在1815年英国殖民统治者正式实施对斯里兰卡殖民统治的那一天。是时，斯里兰卡王朝的旗帜已被英国的米字旗所代替，突然间，拉弗勒从人群中跑到旗杆前，以迅雷不及掩耳的动作将旗杆上的米字旗扯下，然后毫不迟疑地将其踩在脚下。面对前来干涉的英国殖民统治者，拉弗勒振振有词：按照斯里兰卡王朝与英国殖民统治者的协议，现在还没有到你英国人正式实施对斯里兰卡统治的时间，眼下这个旗杆上应该悬挂的还是我们斯里兰卡的旗帜！最后，拉弗勒的壮举让自己付出了生命的代价。

对于一位遵循“众生平等，慈悲普度”佛教教义的僧侣而言，拉弗勒的举动非同寻常。塑像石座上的他与我这几天在寺庙、街头见到的温文尔雅的斯里兰卡僧侣大相径庭。

拉弗勒一反佛教徒常态的“疯狂”，所表达的是斯里兰卡人渴望国家与民族的独立自主、坚决反对殖民统治的鲜明态度与立场。

在公元前3世纪佛教传入后，斯里兰卡逐渐变为一个单一信仰的国家。释迦牟尼的佛牙被迎到斯里兰卡是公元4世纪的事，供奉佛牙的佛牙金寺与王宫相互依存于斯里兰卡王朝的首都，充分表明王朝的行政能力与宗教的影响是维持国家延续与发展的中坚力量，斯里兰卡僧俗完全有能力管理、建设好自己的国家。在维克拉玛巴胡王朝时期，斯里兰卡人凭借自己的力量完成康堤湖的挖掘，康堤一天天变得繁华、美丽证实了这一切。殖民统治者对殖民地的统治不仅仅限于行政权力的控制，思想文化方面的奴役是同步进行的，在许多情况下，思想文化上的奴役还走在了行政控制与军事占领的前面，外来宗教理念的灌输、官方语言文字的改变均是其主要表现形式。所以，殖民统治者的种种侵略伎俩不仅仅会受到斯里兰卡世俗社会的强烈反抗，也必然受到宗教界广大僧侣的唾弃。了解了这一切，对于拉弗勒的“疯狂”就可以理解了。

在斯里兰卡的几天时间里，除了表示对拉弗勒事件的关注，我对斯里兰卡政府何以在拉弗勒事件两百多年之后仍坚持用塑像的形式还原当年的场面很感兴趣。我以为，这实际上表达了在殖民统治从地球上消失数十年之后，原殖民地国家人民对待殖民统治的态度与立场。

拉弗勒，一个“疯狂”得十分可爱的僧侣，就像《修女也疯狂》里的迪劳丽丝。我喜欢拉弗勒的“疯狂”，我崇敬这样的僧侣。当然，还有眼前这些至今仍在纪念拉弗勒、坚持走民族自主独立道路的斯里兰卡人！

意犹未尽说斯国

——有关斯里兰卡旅行给李晖先生的信

李晖先生：您好!

正如您所知道的，我的每一篇游记写完后，都会迫不及待要发给你。我是非常想听到您的意见的，虽然您每一次都对我“手下留情”。这一次，您收到我第一篇写斯里兰卡的文章《斯里兰卡：腰果树下买腰果》，您邮件中说:应该还有吧？不过瘾。看到这话，我只是笑了笑:您难道不知道我性子急？第二天收到我的第二篇文章《斯里兰卡：僧侣也疯狂！》后您的话是：文章读过，但觉得意犹未尽。知我者，李晖先生也！多说说斯里兰卡，正是我准备做的事。

李晖先生，您可不知，当有朋友邀我去斯里兰卡，我是很兴奋的。少年时印象里的斯里兰卡离我们国家很近，好像就在离越南不远的地方。那个年代，两个国家来往很多。班达拉莱克夫人，一位黑黑的、富态且很有气质的中年女人，我至今还记得她的音容笑貌。周恩来总理去过斯里兰卡两次，还在那里植了树。我这次去斯里兰卡，在他们的皇家植物园里见到了这树，还看到旁边邓颖超在周总理逝世后不久访问斯里兰卡时所植的树。在首都科伦坡，我在中国政府于 20 世纪 70 年代援建的“班达拉莱克国际会议中心”大

中国政府20世纪70年代援建的“班达拉莱克国际会议中心”

狮子岩

门外留了影，那是一幢至今还熠熠生辉的建筑。美好的过去是值得留念的，“穷朋友”之间的情感别有一番滋味。

这次来斯里兰卡之前做“功课”时，我了解到这么一条消息：2014 年，在“世界正义工程”（一个由“世界律师协会”等律师组织发起的对各个国家法治情况进行调查、评比的活动）对世界 99 个国家的问卷评比中，斯里兰卡排名在整个南亚地区最前面，印度在其后 18 位，孟加拉在其后 44 位！斯里兰卡在我印象中是不怎么发达的国家呀！此刻的我，对斯里兰卡有点刮目相看啦！来到斯里兰卡，本想收集一些相关材料，可条件不允许我在这方面有所作为，我们的斯里兰卡导游从没听说过“世界正义工程”。只是，在斯里兰卡的几天时间里，有一个似乎很平常的现象引起我的注意：几乎所有公共场所——博物馆、公园、植物园、大象孤儿院、佛牙金寺等——都有有组织的学生队伍出现在那儿，而且穿着统一的服装，漂亮的运动鞋，都有老师带队。这可忙坏了喜爱摄影的我。

如果这个现象出现在欧洲某个国家或者韩国、日本，我不会当回事儿，而这可是在并不富裕的斯里兰卡呀！学生队伍接二连三地在我眼前出现，让我对这个连三轮摩托都依赖进口的农业国的社会福利与青少年教育问题产生了极大的兴趣。当我了解到，这个人口 2000 余万的南亚国家有 16 所公立大学，每年招收的两万名学生，不仅学费全免，每月政府还发给每个学生 20 美元生活费时，我非常惊讶。这个国家的小学与中学就更别说了，也是一律免费。他们的公立医院看病也是免费的。如果此刻有人对我说读书、看病不收费有什么值得大惊小怪的，我会厉声训斥他站着说话不腰痛。

现在不是有“幸福指数”之说吗？为这，我一直想去一下不丹，一个传说中并不富裕但老百姓幸福指数很高的紧邻中国与印度的小国。来过斯里兰卡，我想是不用再去不丹了，斯里兰卡人的幸福指数是可以达到靠前的世界排名的！

斯里兰卡也是一个历史悠久的文明古国。早在公元前 4 世纪印度阿育王时期，斯里兰卡在经济与文化上就与当时的印度有广泛的联系。这方面您是

丹布拉金寺石窟里的卧佛与壁画

专家，我就不班门弄斧了。我这次所去游览的几个名胜可都是在“世界文化遗产”册上留有名字的，不妨给您汇报一下，让您分享分享我的快乐。丹布拉金寺距离古都康堤仅有60千米路程，已有2200年的历史了。这里有五座石窟，都建在山崖之下，因头顶有往外突出的山体为之挡风遮雨，石窟里的佛像与壁画都得到很好的保护，这一点很像我国恒山的悬空寺。所不同的是，悬空寺不是藏在洞穴里，而是悬在半空的山崖上。丹布拉金寺的五个石窟内共有157尊石雕佛像，或坐、或立、或卧，个个体态丰满，神情自如，没有看见一尊佛像缺胳膊少腿的。其中有几尊巨型卧佛雕像，闭目沉睡，物我皆忘，让你不由自主地放慢脚步，不敢去惊醒他们。石壁及石窟顶上的彩画最是神奇，据说是僧人们根据自己在修行中亲眼看到的天堂的景象而描画的。因为使用的是树木的液汁，两万平方米的世界最大“油画”至今鲜艳如新。

离首都科伦坡170余千米的西格利亚古城堡与一个古老的历史故事密切相关。相传公元5世纪时，在斯里兰卡的莫利亚王朝，妃子所生的长子卡斯亚帕杀了父亲夺取王位，王后所生的弟弟因此逃到南印度，哥哥担心弟弟回来报仇，就放弃了有六百年历史的古都，迁移至西格利亚，新建了一座王城。西格利亚这里有一处从灌木林中突兀而起的石岩，垂直高200余米，形同狮

佛牙寺

子，俗称狮子岩。在岩顶方圆不过 20 余亩、没有水源的土地上建有王宫，岩下的城区里建有兵营、贵族与平民的生活区。城外有护城河，当年人们还特意在河里放养了许多鳄鱼，它们可真算得是一些身披“盔甲”的守城卫士啦！真亏卡斯亚帕国王想出这么个主意！

在我们眼前的西格利亚古城堡已看不到一座完整的建筑物，唯见岩下几处昔日僧侣们栖息的洞穴和一些建筑的残垣断壁。王宫所有的木质建筑都被杀过来替父报仇的弟弟一把火烧毁了。

攀爬狮子岩是我此次斯里兰卡之游最开心的活动。《旅游须知》中交代：狮子岩山势陡峻，年老体衰者不宜。我可没有理睬那么多，不仅攀爬了，还走在整个旅行团队伍的最前面。半山上，我看到几幅当年的壁画，据说是弑父的儿子为了减轻自己的罪孽，聘请国内技艺最高的画师在光滑的石壁上画了 500 余幅仙女图，意在让画中这些仙女陪伴其父。一千多年过去了，父亲、儿子们都已作古，壁画中的仙女所剩无几，留下的多是我等登山人的气喘声声。登上岩顶，眺望四周，莽莽丛林不见边际，凉风习习不断吹来，让辛苦登上岩顶的我无比惬意。说来不怕您笑我老来疯，我竟让人给我留下了一张从石砖上腾空跃起的照片，如果让我将它作为插图用在文章中，我还真有些不好意思哩!

在下岩的路上，瞧着这陡峻的山路，我一边走一边想：篡位的卡斯亚帕即使得了王位，看来也是整日坐卧难安。在这陡峻的山岩之上，热季来避一下暑倒是可以的，把它当作王宫，不但苦了建造王宫的工匠，也累坏了前来商议朝政的大臣。看来，为人一生，亏心事还是少做、不做为好。

另一处值得说说的名胜就是我在《斯里兰卡：僧侣也疯狂！》中提到的佛牙寺了。什么叫金碧辉煌？进了佛牙寺，您什么都会知道了！金色的佛、金丝编织的画与幡旗，满目都是。面对佛像与金塔，信众们目不斜视、心无旁骛，眼中充满着虔诚与谦卑。在佛牙寺，我感受到了佛教在斯里兰卡至高无上的地位。

李晖先生，信看到这儿，您感觉到我有些忘情了吗？在斯里兰卡的几天时间里，耳濡目染，我的心灵仿佛也得到一次洗涤。如果再说下去，我可就要与您继续有关信仰的讨论了！还是留到我们以后见面聊吧!

祝

春安!

老范

2014 年 4 月 10 日

掠影“胡志明”

从柬埔寨的首都金边乘坐一个小时飞机就到了越南南部最大城市胡志明市，这里曾经作为南越政府的首都存在了二十年，由西贡更名为胡志明市是1975年越南统一后的事。从那一年起，整个越南再没有发生过内战。

我这次去越南，缘于铁道部宣布将修建云南连接缅甸和老挝的高速铁路的消息。这条消息很让世界吃惊，尤其是我们东边的那个邻居，因为这条连接缅甸和老挝的高速铁路再往前延伸，就是泰国、柬埔寨、越南，整整一个中南半岛哟！这消息对我的震撼也很大：当今中国，今非昔比，在某些领域的发展速度甚至大大超过我们老百姓的想象。不在连接缅甸和老挝的高速铁路建成之前去看看这些东南亚国家，更待何时？

“胡志明”，一个被“摩托”所“主宰”的城市

刚进入胡志明市，我们就被满街飞奔的摩托车吓住了。不用导游特别关照，即使是在绿灯亮时，我们过马路也左边瞧瞧，右边望望，远比我们在国内时小心谨慎许多。

摩托多，而且跑得快，算得上是胡志明市一道独特景观。胡志明市值得

胡志明市前南越“总统府”里的展品

一看的名胜古迹本来就寥寥无几，在昔日南越政府“总统府”前的草坪上给几辆旧坦克、旧飞机照了几张相，然后来到市区的大街上，我的相机就一心一意去“关照”马路上飞奔的摩托车群了！

最为壮观的景象出现在上下班时间各条主要街道的十字路口。等待红绿灯时，成千辆摩托聚集在斑马线之后，黑压压的一大片，就像战场上整装待发的千军万马！时有几辆大巴被摩托包围在马路中间，就像大海之中的一座孤岛。

摩托齐奔的场面最为壮观，摩托毕竟有别于身材高大的战马，加上车又多，骑手都戴着头盔，车阵一动，只见头盔难见人头，那阵势更让人联想到密密的蝗群、蜂阵，虽不能说可摧枯拉朽，但也咄咄逼人，令人望而生畏。

很快，我又发现了另外一个现象：胡志明市的主要街道上步行者极少，结伴同行者几乎为零！当我将自己的观察所得与导游交流后，他的回答让我忍俊不禁：如果马路上有步行者，十个中有九个必定是外国人，另外一个本地人，很可能就是“鸡”（妓女，当地人称为“飞鸡”）。因此，当地人，尤其是年轻女子，因为害怕被路人误认作“鸡”，不到迫不得已是不会到大马路上闲逛的。经导游“指点”，我再仔细观察，果真如此：背着挎包，东张西望，不必去留意他们的金发碧眼，一瞧就可知他们的身份。

不仅马路上步行者极少，人行道上也是“人迹罕至”。这就给摩托的驾驶者带来方便，人行道于是成了他们的车道，你在中国见过摩托车把行人挤在一边自己却傍着墙脚奔驰的奇观吗？我在胡志明市就“捕捉”到了。

最为壮观的景象出现在上下班时间各条街道的十字路口

待起初的兴奋冷却下来之后，我对胡志明市的“摩托现象”就有些不以为然了。根据导游的介绍，目前胡志明市的常住人口是900万，而摩托车有400万辆，除了老人与小孩，平均1.5人拥有一辆摩托，一个家庭拥有几辆摩托的情况在胡志明市比比皆是。

当然，胡志明市摩托“成灾”的现象也可折射出市民的收入水平。这十多年，越南经济得到了发展，与老百姓至今还在挤坐三轮摩托的菲律宾、柬埔寨、老挝、缅甸等东南亚国家比较，越南算是富裕些的，尽管他们目前还没有达到平民百姓竞相购买轿车的水平。

在胡志明市两天的时间，不仅仅我两眼盯住街上的摩托，与我同旅行团的旅伴也成天议论胡志明市的摩托。有内行人发现，街上日本牌子的摩托最多。有人问，过去不是听说在越南有许多中国生产的摩托吗？是的，那是20世纪90年代的事，当时的中国廉价摩托占领了越南70%的市场，但因为质量不过关，售后服务也跟不上，没有多久，中国的摩托就被日本摩托代替

行驶在人行道上的摩托

路上的步行者，十有八九是老外

了。从导游那儿，大家还了解到，现在日本摩托的价格并不低，因为大家都在“玩”摩托，自然就会出现有人买名牌摆阔的情况，名牌在很多情况下是消费者自己给捧起来的。

议论到此，我不禁唏嘘：成千上万辆同一个国家的知名品牌的摩托在胡志明市的大街上飞奔，这是何等有威力且又何等廉价的广告宣传啊！我问自己，如果胡志明市大街上飞奔的摩托都是“MADE IN CHINA”，我将会是一种什么感情？我对胡志明市的“摩托现象”又会是个什么样的评价与议论呢？人，是个有情感的动物，真是奈何不得！

湄公河，一条意为“母亲”的河流

当天晚上，旅行社安排我们夜游西贡河，第二天，我们一行乘车离开胡志明市区前往一个叫美拖的小镇。车上，我在自己的脑海里给这小镇画了张图：小桥流水、椰影婆娑……但真正到了这儿，我失望了：在小岛上过一下小船的瘾，听了听唱歌，吃了点土产。这些，我在韩国济州岛、泰国的普吉岛，还有塞班岛上都见识过，所以很难提起我的兴趣。倒是坐在湄公河的游船上回首北望，心中顿起波澜。

湄公河，发源于中国青海省玉树藏族自治州杂多县，全长 4880 千米，是亚洲最重要的跨国水系，世界第六大河流，流经中国、老挝、缅甸、泰国、柬埔寨和越南，注入南中国海。湄公河上游在中国境内称为澜沧江，下游三角洲在越南境内，我现在所在的美拖就地处湄公河下游，再往下走，就是南中国海了。临近入海口的“湄公”，天低河阔，气象万千。

这是坐在办公室里看地图所无法产生的感觉，我在湄公河上的这一“北望”，让我生平第一次强烈感受到中国西南方向这一大片可长远开展经济合作的邻国地域的广阔：越南、老挝、缅甸、泰国、柬埔寨，还有地处南亚次大陆的印度、巴基斯坦、孟加拉，以及与我国西藏、新疆接壤的尼泊尔、阿富汗等。这些国家紧邻盛产石油的中东，离非洲、欧洲也近，且多濒临印度洋，日后“MADE IN CHINA”远销非、欧，可绕过马六甲海峡，节省许多时间。中国在西南亚地区所拥有的如此良好的政治地缘条件，是东边的日本和地球那边的美利坚非常羡慕且无法攀比的。目前，中国的这些邻国无一不急切地盼望着发展进步，需要中国给予他们支持合作；中国作为世界第二大经济体，也需要这些国家的支持与理解，这不仅因为“MADE IN CHINA”需要广阔的市场，需要和平安全的外部环境，与近邻国家的良好外交关系也将极大地有利于中国自身的发展繁荣。正因如此，我们应该很好地珍惜与这些邻国的关系，加强与这些邻国的联系与合作。过去，也许是“亲极反疏”的缘故，几个相邻国家间曾有过磕磕碰碰的事情发生，即使眼下，相互间也存在有关领土边界的争端，但想到有利双方长远的发展，念及国家、人民的福祉，有什么矛盾不可解决？有什么怨恨不可抛弃呢？我相信所有这些国家的领导人，他们的智慧可以让他们做得比我想象得要好得多。坐在湄公河上的越南游船上，我默默为自己的祖国祈祷，为整个东南亚的人民祈祷。

由湄公河，我联想到一条人们所憧憬的连接中国、老挝、缅甸、泰国、柬埔寨和越南六国的不流动的“河”——从中国云南通向中南半岛、直达南中国海的高速铁路！

我这次从长沙出发，到广州乘飞机前往柬埔寨的吴哥窟，国内这一段路就是乘坐的高速铁路。因为小雨，我七点半钟就从家里出来，临时在高铁车

临近入海口的“湄公”，天低河阔，气象万千

站购的车票。长沙到广州的车次很多，有的车次相隔仅十分钟，很便利。两个半小时的路程，上午 10 时 30 分我就到达广州，比飞机省时又省钱。武广高铁已经运行将一年了，安全、正点，得到了广大乘客的认可。有内行介绍：列车时速上升到 350 千米时，车厢内水杯里的水几乎纹丝不动！中国高速铁路“高平顺、高稳定”的性能得到了国际同行们的一致赞扬。日前，连美国、英国这些现代铁路的“祖师爷”都主动与中国铁道部联系，商谈在他们国家与中国合作共同修筑高速铁路。我以为，中国与世界各国合作建造高速铁路已超出了对外贸易的范畴，一位铁道部负责人道出了我的心声。他说：高铁实施“走出去”战略，对于实现“MADE IN CHINA”由低端向高端发展、由劳动密集型向技术密集型发展，具有十分重要的作用。这位铁道部负责人眼下成了我心目中的英雄，真正“太有才”了。

想到由中国工人铺设的高速铁路有朝一日可能从越南的首都河内，经过胡志明市到达我现在所在的位于湄公河下游的美拖，我为自己的祖国感到自豪！因为祖国的摩托在越南的“失败”而产生的不悦也因此烟消云散。

船到岸边，双足懒抬，看看脚下向南流淌的湄公，远眺云天之外的澜沧，思绪万千的我依依难舍。上善若水，一水连接六国的湄公河让我想到一脉相承、血脉相连这些中国成语，也巧，“湄公”在柬埔寨语中本来就是“母亲”的意思。此时我想：不论你是越南人、泰国人，还是柬埔寨人、老挝人、缅甸人、中国人，如果说我们之间有所区别，这区别也仅是在某段历史时期里我们各有不同国籍，但严格意义上说，你、我还有他，我们都是地球村的村民，都是大地母亲的儿子，我们的祖祖辈辈都是因为这母亲河乳汁的哺育得以繁衍生息！因此，我们之间没有什么冤仇不能化解，没有什么一己之私难以抛弃。想想在泰国、缅甸、老挝、柬埔寨，还有中国西部少数贫困地区，那里还有许多孩子没有书读，还有许多穷人仍在依靠上街乞讨延续生命，我们大家没有理由不共同携起手来为人民谋求福祉，走共同富裕、和平发展的道路！从中国云南通向中南半岛的高速铁路的建设仅仅是个美好的开始，今后需要我们做的工作还很多很多。

湄公，一条意为“母亲”的河流！

感受祥和，温习历史

——岘港、顺化、会安、美山之旅

已经去过一次越南的我，对第二次越南之旅充满着期待。不料，当我将自己的第二次越南之旅的“一揽子”计划跟李晖一说，却遭到这位“越南通”的竭力反对。我的河内—下龙湾—顺化旅行路线被李晖很不留情地予以否决，最后敲定的路线图是：以岘港为立足地，顺访附近的美山、顺化与会安。后来的情况证实，李晖的意见是符合实际的，效果也是很好的。

这里，了解越南历史与文化的窗口

越南是个地形狭长的国家，陆地面积仅 33 万平方千米，南北长达 3000 余千米，而从东到西最窄处仅 50 余千米，有人将它比喻为一条蛇，我觉得它更像是一只身材颀长的海马。在至今没有高速公路与高速铁路的越南，想仅花七八天时间就将这个国家的一些重要景点跑个遍，很不现实。但来到越南中部的岘港，北有顺化，南有会安、美山等著名都市与历史遗址，方圆不过百多平方千米，游客不必很费力气就可通过这些“窗口”将越南的历史与近现代文化了解个大概。

我与李晖是乘坐越南国家航空公司的班机到达岘港的。岘港这两字我在20世纪70年代的“越战”时期听得耳朵都起茧了。当时，它是美军的军港所在地。也许是有意提醒人们不要忘却那段历史吧，不然，岘港市政府的决策者们决不会让几孔棚状的水泥建筑——那是美军当年使用过的飞机仓库——至今还伫立在岘港最著名的皇冠大酒店的对面。每次大巴经过此地，总听车上的人比比画画提到它，而没有时间去打量对面富丽堂皇的皇冠大酒店了。

第二天吃过早餐，我们就直奔离岘港仅仅70余千米的美山，这儿是信奉印度教的占婆王朝君主们数百年间潜心建造的印度教圣都中心，有“越南的吴哥窟”之称，在整个东南亚地区是与柬埔寨的吴哥、印度尼西亚的婆罗浮屠佛塔齐名的宗教圣地。因为王朝后来的迁都及灭亡，也因为战争，如今的美山已没有一幢完整的建筑，后人的维护与重建也十分有限，其可观赏性与吴哥、婆罗浮屠不可同日而语。

踏进景区没几步，我就没有了再往前移步的兴趣，早年去过吴哥又刚从婆罗浮屠归来没有一个月的我，第一眼瞧见的美山给了我很差的印象。按照同样也是信奉印度教的吴哥人的话说，人住木头，神住石头，吴哥窟全是用几百千克重一块的石头搭建，即使是信奉大乘佛教的印尼爪哇人，他们建造的婆罗浮屠，上面的佛像与浮雕也一律采用当地的砂岩！可美山的建筑多系一块块普通的砖块搭建，且让其裸露，这能叫宗教圣地？还是被联合国认定的世界文化遗产？靠谱吗？

可当我听到当地导游介绍这里的砖块的不同寻常处时，我的双颊蓦地感觉到火烤过一般发烫。它可是一些连21世纪的现代人都还没有弄明白其制作原理的砖块！砖块的大小一律为31×17×5厘米，宛如一个模子里出来的，据说它的硬度也很均匀，因为没有现代人所制砖块吸收雨水的缺憾，尽管年代久远，它仍如新出炉窑的砖块一般干净、光亮，没有丝毫松动的迹象，远不像一旁墙体里那些后人修补时砌上去的砖块满是青苔、霉点，且呈松动状（这种现象在空气湿度较大的越南不足为奇）。更令人吃惊的是，原始建筑

美山——“越南的吴哥窟”

不用灰浆的墙砖

上砖与砖之间并没有使用现代人砌墙时必用的灰浆，至于当年的美山人使用的是何种粘结剂将这些砖块紧密连接，能让卫星上天的现代人至今也没有将这一切弄个明白！

当我通过美山遗址进一步了解到占婆王朝的历史，我更为自己的无知而惭愧啦！

占婆国领土范围大致在今天越南的中南部（再往南去的湄公河三角洲是当时的真腊王国即今天的柬埔寨的属地），与现柬埔寨区域内的真腊王国，以及现印度尼西亚爪哇地区的诃陵王国并称为“东南亚三大古代王国”。在东亚、东南亚甚至亚洲和世界的文化、经济史上，占婆王国都占有过极其重要的历史地位。占婆王朝自公元1世纪末从中国东汉政权治下独立，到后来成为北方黎朝的属地，在自己的领地里延续一千五百余年之久。这一千五百余年间，占婆王朝也一次次遭受过南面的真腊王国和北方政权的侵扰，当然，它也一次次尝试着去争夺本属于真腊王国和北方政权的领地，虽然有过

古城会安

一些挫折与付出，但都一次次挺过来了，直至最后被北方的黎朝彻底征服。

我与李晖告别美山的第二天，租车前往顺化古都，这是一个与占婆王朝瓜葛颇深的城市。顺化在很长时间内被中国数代王朝的地方政权管辖，占婆国兴起后多次与这些地方政权争夺这座离自己的领地很近的古城，导致这座古城多次易手。斗转星移，到了20世纪中期，顺化又因靠近1954年《日内瓦公约》划定的17度的南北越分界线，再一次成为南北两个越南政权争夺的对象，皇城里石兽上的枪弹痕迹，还有皇城里的断壁残垣可以反映战斗激烈的程度。

16世纪中期直至20世纪中期的四百年间，顺化先后作为广南阮氏、西山阮和阮朝等王朝的都城实施对越南的统治。其与中国王朝仍旧维持藩属的关系，文献说，“越南”的国名都是经清朝嘉庆皇帝“终审”确定的。顺化皇城就是一座缩小版的北京故宫，也有金銮殿、后宫花园。从我在顺化古都看到的许多中国风格的建筑，还有在灵姥寺所见到的“七级浮屠”，尤其是皇宫内处处可见的汉字的对联与匾额、回廊墙壁上的一色汉字的状元榜以及状元们的典型的中国姓氏间，我们可以了解到这里的人们受中国文化影响之深。严格地说，他们所接受的就是地道的汉文化，人们所信奉的宗教也是佛教，随着占婆王朝被以顺化为皇都的北方政权征服，即使是原占婆王朝统治的区域也莫能外，最后以占婆民族的被同化作为结局。

著名史学家冯承钧先生的话很是精练：一部越南史，就是一部越南与占婆的交争史，就是中国文化与印度文化的交争史。因此，我，还有李晖也可以这么说：一处美山、一处顺化，把这两地方的历史弄明白了，近两千年越南历史与文化的大致走向也就清楚了！

这里，让我感受到久违的祥和与安宁……

来到岘港的游客，没有不去附近的古城会安的。耳畔响起“会安”二字，我就条件反射般想起我们国家的福建省惠安县，想到被人们许多次提到的惠安女。越南的会安与中国福建的惠安同为历史悠久的著名的商埠、古城。早在 17 世纪时就有不少从商的华人到会安经商、居住，因而这里被称为越南地区最早的华埠。如果说人们在顺化皇都感受到的多为越南上层社会所受到的正统汉文化的影响，在会安古城感受到的就是汉文化在市井民间的广泛存在了。这儿，灯笼、牌坊、妈祖庙、龙的雕塑、关帝的画像，让你宛如回到中国的某个海滨古城，尤其醒目的是古城最为繁华的街区里的华商会馆了。在一座匾额上写有“广肇会馆”四个秀丽、端庄的汉字的牌坊后面，是一幢具有典型中国风格的门楼，琉璃瓦映着阳光熠熠生辉，屋顶的脊梁上是两条正在戏珠的蛟龙。跨进两旁书写着汉字对联的大门，迎面所见的是厅堂里居中供奉着的关羽的塑像。在这门楼背面的墙壁上是表现《三国演义》里“三顾茅庐”故事内容的画面。还没有等我发表感慨，身旁的李晖又手指着另一面墙壁上的画面对我说：还有哩！李晖手指处是一副关云长单骑送嫂的彩色画图。眼前的一切几乎让我感觉到微微的醉意，我真想对众人大声说，此刻的我已没有了一点点出国的感觉！据说，日本商人在这儿也曾活跃过，留下

正在为作者一行包装烧鱼的越南司机一家人

不少历史遗迹，也许是我本来就对日本风格的建筑不太在意，或是因为富有日本民族特色的建筑物也难以脱离中国汉文化的影响，所以日式建筑没能引起我足够的关注，除了那条不超过 20 米的号称“日本桥”的小桥。其实，就是这日本桥，以及桥身旁建造的一座小庙，也是“MADE IN CHINA”，是由中国商人修建的一幢中国风格的建筑。

会安的夜晚尤其美丽，不待夜幕降临，各个商铺的灯笼就悉数点亮，商铺上高挂的灯笼倒映在停泊着画舫的会安河水中，交相辉映，如山花怒放，好一幅夜间版的《清明上河图》。此时在会安河畔的我们，一边享受习习海风的抚慰，一边品尝咖啡，尽情感受世间的祥和与安宁，几近乐不思归。

其实，最让我感受到祥和与安宁的是这儿的人。越南中部的岘港、会安、顺化以及美山，远不像越南南部的胡志明市，也不像中越边境上的口岸与城镇，没有那么多让人畏惧的蝗群般的摩托，看不见那么多拥挤、喧嚣与躁动的人群。摩托上的男女全神贯注地面朝前方，无暇打量路边的红男绿女；

工作中的人们一心埋头手上的活儿，似乎无意关心自己这一天所得的多与少；开车的司机一心注视前面的车辆，前面的车走我也走，前面的车停我也停，根本无意催促、超越！住在旅店的人们也不用担忧无名电话与不速之客的骚扰。

回到长沙的家，我还久久回味在越南中部地区感受到的久违的祥和与安宁，可打开电视看到的是安倍与他“忙碌”的“钓鱼岛国有化”，还有“昆明爆恐案”，我忽然觉得很应该让安倍、恐怖活动嫌疑人都去越南的会安、顺化、岘港、美山看看。是的，安倍与恐怖活动的组织者可以用牺牲别人生命为代价换取很高的选票、得到位居亿万人之上的殊荣，可他们也是人，他们不累吗？不觉得厌倦吗？难道他们不知道，让自己和世间的人们在有限的生命里尽情享受祥和与安宁的生活，是一件多么美好、多么有意义的事吗！

这里，不相称的书法、不和谐的声音

在越南的几天里，一下子看到这么多中国风格的建筑是我始料不及的。先不说会安古城里的古老商街，更别说顺化的旧皇宫，因为历史的原因，这里有一些中国风格的古建筑是可以理解的，可岘港的灵应寺与68.8米高的南海观音是2005年竣工的，由21世纪的越南人一手建造，这一情况能不充分证明越南民众心底里中国汉文化的情结很是牢固的吗？琉璃瓦的建筑，慈眉善目的观音，精气神十足的飞龙，还有门两旁的对联……因此，我在聆听李晖哼唱顺化小调时，无论怎么唱，我都觉得像是在唱我们福建闽南的歌曲；在听李晖说越南话时，我总觉得他是在说广东话：海关——“海挂”，大会——“歹茴”，免费——“民肥”……

但是观察时间长了，我终于在我以为的“中国风格”上发现了问题。越南一些年代悠久的中国风格建筑，一般都原汁原味，无可挑剔；新建的建筑物就难说了。同是佛庙，越南的就比我在中国国内看到的花哨许多，菩萨居中而坐的佛堂里真可谓“赤橙黄绿青蓝紫”，远没有我在国内见到的庄重肃穆，在一些门楼与牌坊上，越南人似乎很喜爱用破碎的瓷片组成各种图案或汉字；而在一些中国风格的建筑物上，越南建筑师们的汉字书法过于随意甚至马虎，这就很值得商榷了。

宫殿、楼阁、庙宇、牌坊、园林……人们花费钱物、兴师动众去建设它们，决不仅仅是供人遮风挡雨的，而是要表现主人的志向情趣的，给人美好、愉悦、神圣的感受是建设者们同样重视的追求。中国汉字书法在建筑上的介入，可以从内容上深化建筑物所要表现的意境，也可从形式上起到美化建筑物的效果。建筑物与书法作品是交映生辉、相得益彰的关系，甚至可以说二者缺一不可，对于中国风格的建筑物尤其如此。设想，北京故宫里乾清宫正面梁柱上如果没有了大气厚重的“正大光明”匾额，会是个什么感觉？苏州园林中的楼台庭阁里如果看不到一副副颇具王羲之遗风的对联，会不会觉得

岘港灵应寺外的观音

匾额上的汉字宛如初练书法的儿童所写

油画出卖品

少了许多情趣？越南人显然也了解书法作品在建筑物上的作用，在一些新建设的具有中国传统风格的建筑上仍不忘在厅堂的上方挂上汉字的匾额，在门的两旁和梁柱上留下汉字对联的位置。问题是，这些汉字让具有什么书法水平的人来写，如何来表现建设者的志趣，越南建设者们就没有那么多讲究了。我看到在一座宝塔上干脆就用字母代替了汉字，大部分建筑物中汉字的对联或匾额没体没态，让人大跌眼镜。南海观音身后的灵应寺美观大气，琉璃瓦锃光瓦亮，大堂顶上二龙戏珠的造型活灵活现，整个建筑物上的匾额与对联的四周均有描金的图案装饰，这一切都显示了建设者对灵应寺的认真与重视，可匾额与对联上的汉字宛如初练汉字书法的儿童所写。看到这种状况，我心底一个劲儿为越南建设者们叫屈：受到批评的难道仅仅是匾额与对联上的汉字及其书写者吗？不！整个建筑物都在观赏者心目中减少了许多分量。

直觉告诉我，在眼前这些建筑物上所表现的书法与建筑的不协调，其实反映的是一部分越南人对中国的认知与情感。越南人不是没有艺术鉴赏能力，在顺化皇都、岘港街头、灵应寺里，我一次次为他们雕塑、绘画、刺绣的高超艺术水准所折服；在越南国土上能轻易找到在汉字书法上有造诣的人，即使一时找不到，跨过友谊关就可很快将自己想办的事情搞定。关键还是这些建筑物的建设者们在主导思想上出现了不和谐的音符。建筑本身也是一种文化，它不以追求形式体量美为主，而以文化的表述为基本结构，与建筑并存的书法何尝不是如此呢?

以下是李晖翻译的一首名为《思念》的越南歌曲：

顺着长风，我的思念要飞向何方?
顺着河流，我的书信要寄往何方?
顺着远路，我的脚步要去往何方?
顺着岁月，我的思绪要驻足何方?
何方，何方，
啊，越南。
我站在这里，重重山峦隔阻，
只能凝望天边。
我默默无语，空留叹息，
只能看水波去远方，
远方，远方，
啊，越南。

何凄凉？我心流浪在这里，
何痴情？我情孤零在这里，
何挂牵？我深深向往这里，
何热切？我痴痴迷恋这里，

这里，这里，
啊，越南。
……

在李晖深情的哼唱声里，我感觉到歌曲创作者淡淡的哀思，是因为爱人，还是因为自己的家乡、自己的祖国？许久，许久，我独自体味、琢磨，在岘港海湾，在美山，在顺化……

在从越南飞往广州的飞机上，我竭力在脑海里搜寻前不久习近平总书记在接见中国台湾地区国民党荣誉主席连战时所说的一些话。习总书记表示自己注意到“台湾民众在隔海六十多年之下所形成的特定心态”，尊重台湾人民对社会制度和生活方式的选择，希望海峡两岸人民疗伤止痛、化解心结，实现心灵契合。“大邦者下流，天下之牝，天下之交也”，我想，作为一个大国、强国的中国，习总书记这话难道不同样可以说给越南人民听吗？我相信自己国家的领导人早已这么想，也这么做了！两年前，我在湄公河入海口回首北望，表达了我祈求祖国与周边邻国友好相处的良好愿望（见《掠影“胡志明”》），我的第二次越南之旅，让这个愿望更加强烈！

特别的旅行者，奇异的越南情

几年来，只要我去北京，驴友李晖都会全天候陪同。2015 年 4 月下旬，我的东欧之旅要在北京转乘飞机，李晖听说了，将他的浙江旅游计划改了期，非要来北京火车站接我。我俩见了面，话没多说，他就开着他那应该算是全北京最破旧的小车往怀柔奔。李晖心细，他早将我的行程安排好了，我不用操心。

去怀柔，李晖是准备让我游览一下 APEC 会议会址。车进怀柔，一路上看到不少与电影相关的张贴，方知刚刚谢幕的北京电影艺术节也是在这里召开的，顿时对即将见到的 APEC 会议会址充满期待。这是一幢高约 50 层楼

APEC 会议会场前的各国国旗，左手第四面就是越南国旗

的建筑，远望，像一张高高矗立的比萨饼，也许是车在移动的原因，恍惚觉得这“比萨”还有原地旋转的功能，就像我家乡湖南长沙可以转动的双面湘绣那样。

这里是北京城里难得一见的好去处，有山也有水，但没有大都市的喧哗，天空也似乎比北京车站的蓝。李晖见我情绪很高，得意地哼上了有江浙风味的小调。一会儿，我俩就傻乎乎地在 APEC 会议会址前坪高高矗立的各个国家的国旗旗杆下较上了劲，瞧了左边的又瞧右边的，似乎在比赛谁能先将头上所有的国旗辨认出来。待我以为已经将所有的旗帜与她们各自的国家或组织对上了号，准备进会场里面瞧瞧时，好一会儿也没听到李晖有走的意思，他竟然待在一边学着当下许多“低头族”玩上了手机。等到他终于抬起头开口说他正与远在河内的越南朋友用微信交流，不待他继续往下说我就抢过他的手机。

手机的微信界面上我见到的是一个个头顶有各种符号的字母，李晖告诉我，这是他刚才与朋友的越南语对话。

Bắc kinh APEC đại hội, có cờ Quốc Việt Nam.

（北京 APEC 会议，有越南国旗啊。）

Em biết...nhưng mà qua APEC rồi mà anh

（我知道，但 APEC 已经结束了啊）

Hôm nay tôi mới đi tham quan thôi.

（我今天才去参观的。）

Ah hôm nay anh mới đi tham quan à

Dạo này anh thế nào?

（啊，你今天才去参观的啊

最近你怎么样？）

Dù có đi bốn phương trời, lòng vẫn nhớ vè Việt Nam.

（走遍天涯海角，心中还是怀念越南。）

Hihi...anh hát hay thế

（嘻嘻，你唱得真好啊）

指着手机，李晖在给我当了会儿翻译后解释说，“走遍天涯海角，心中还是怀念越南”，这是一首越南歌曲中的歌词，所以越南朋友回答说“你唱得真好啊！”。

用越南语与越南朋友在手机中聊天已经很让我惊讶，还不忘“秀一秀”越南歌曲，李晖，你也太能啦！我在心底对李晖表示钦佩。很快，我们的话

李晖正在用钢琴弹奏《越南国歌》

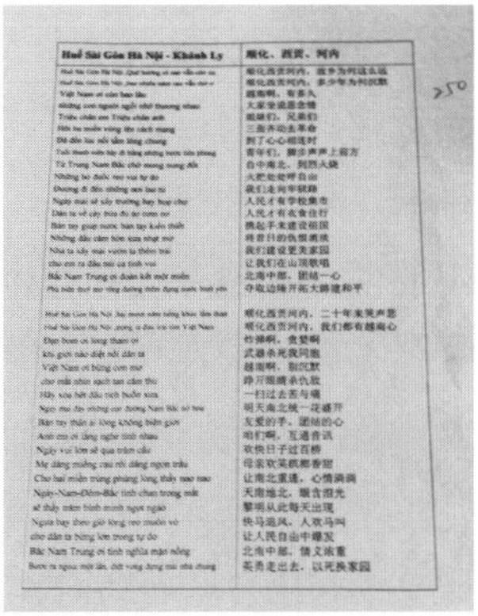

Huế Sài Gòn Hà Nội - Khánh Ly	顺化、西贡、河内

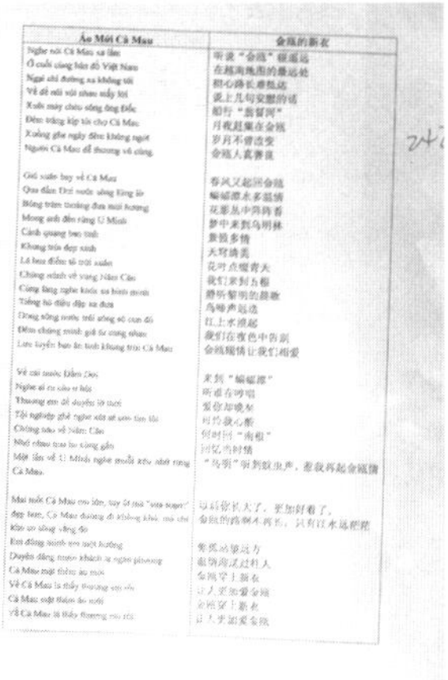

Áo Mới Cà Mau	金瓯的新衣

李晖翻译整理的部分越南歌曲

题就转移到李晖曾经给我透露过的他翻译整理越南歌曲的事情。

今年 46 岁的李晖 22 年前大学毕业参加工作，因为工作需要，本来仅在大学学过英语的他又自学了法语、西班牙语、德语、意大利语、俄语等多国语言，自学越南语是三年前才开始的事，而今他不仅能与越南人对话，而且学唱了一千多首越南歌曲，目前正在着手翻译整理一百首越南歌曲。

回到宾馆，李晖从他的书包里翻出业已译好的多首越南歌曲给我瞧，一大叠 A4 的打印纸，够出一本书的了！瞧着李晖兴致勃勃的样子，我好一会儿没有说话，一直在听他说。至于我在心里想些什么，这就是李晖难以知道的了。

当今的中国，每个人身边都能找到喜欢美国、英国或者澳大利亚的同胞，他们将自己的孩子送到这些国家去读书，有的干脆就举家移民到这些国家。但，你想找到一个放着英语不学，去学习越南语的人，怕很难，更不要说喜欢越南或有意移民越南的了！

李晖偏偏喜欢这个冷门国家，这，我就不懂了，他花这么大劲学越南语，翻译越南歌曲，图的什么？没事找事？

“自己高兴啊！”或者是“学习你老范，干自己喜欢的事情！”——这就是李晖平日给我的回答。“你怎能和我这老头比？我可是比你大二十多岁，奔七十的人，谁会在乎我爱干什么不爱干什么呢！”我在心底这么回答他。

去东欧是第二天早上的飞机，好在有的是时间。这一回，我一定要弄明白李晖心里藏着的关于越南的秘密。

宾馆的咖啡馆里有台钢琴，身为北京人的李晖三两句就将店里的老板“搞定”，坐到钢琴前给我弹了首越南曲子。李晖说，这是越南国歌。我的记性不是很好，不知李晖此刻弹的越南国歌与我去年同他一起去越南岘港，他上车后给越南的士司机唱的越南国歌是不是同一个调调。只是觉得好听，有国歌的特色。

回到房间，李晖就像是给我上课似的介绍了越南音乐。一边说一边还摇头晃脑地唱，流露出的是他对越南歌曲无比的喜爱。

越南音乐具有细腻传神、缠绵委婉、质朴流畅、柔美舒展的特色，起伏多变、撼人心魄。在音乐表现方面，中音多采用起源于说唱艺术的“散板”“清板”的叙述，自然熨帖、收放自如，而在低音区域回肠九转，让人回味，到了高音区域，则表现出那种挺拔激越、神采飞扬的精神状态，情绪饱满真挚，颇能引起听众的共鸣。

越南歌曲里歌词创作也独具特色，似乎少有大的题材，更多表现的是日常生活中的小事物——茅屋、竹林、小路、小溪、小鸡、麻雀，甚至于壁虎的叫声什么的，有时还将一些极其普通的地名一一在歌词中列出，让人觉得亲切，产生强烈的归属感、认同感。

在音乐配器上也有讲究，特别是独弦琴在伴奏中的运用更增强了歌曲中“拖腔”与“甩腔”的效果。越南艺术家对萨克斯等西洋乐器也不排斥，让其高度融合于越南民族音乐中……

如果不是对李晖稍有了解，无论如何也难以相信上面这些话竟出自一个理科出身、从事的工作与音乐艺术根本搭不上边的人。对李晖的钦佩是毫无疑问的，但我心中早已存在的疑惑不仅没有消除，反而因为李晖所表现出的对越南语言与艺术的“专业”更加深了一些：你如此痴迷越南语言与越南音乐，难道有什么政治上的原因或某种难以言表的个人感情因素？

李晖后面的谈话让我的疑惑很快有了答案。

李晖是个浙江女婿，他对越剧的了解与喜爱我虽然略有所闻，但如果不是因为有了这一次的长谈，我不会了解得这么真切。交谈中，李晖无意间跟我提到他两个月前的一次“杭州行”——虽然李晖已辞职，但他原来的工作单位还经常邀请他参加一些业务会议。这一天他与几个退休的专家来到梅家坞散步，这里过去是（也许现在仍然是）杭州龙井茶的生产基地。听李晖在茶座上给朋友轻声哼唱越剧，茶室的老板、一位年过古稀的“老浙江”很是惊讶。老者年轻时做过村子里的电影放映员，对越剧颇有研究。李晖与他谈话谈得投机时，一时性起，对老人说：您来点曲，我来唱，您点什么我唱什么！就在那场合，李晖连续给老人唱了越剧里有名的《柳毅传书》《追鱼》《红

会安的中国会馆

顺化皇宫里的长廊

越南的十二生肖，有猫无兔

长廊里全是汉字的状元榜

楼梦》《祥林嫂》还有《五女祝寿》。李晖听到我竟然也知道越剧有个传统保留节目叫《五女祝寿》，更来了劲。他说，当初《五女祝寿》是越剧几大流派代表人物的一个大会演——徐派、范派、袁派、王派的名角都来了。说到此，李晖又就几个越剧流派代表人物的特点来了个精彩“综述”后的一一介绍和评说。真难为他了。

李晖紧接着给我讲到越南的历史、越南与中国的历史渊源。他说，古代的越南本是古代中国“百越”的一部分，至于越南北方文化，可以说是当年中原文化的延续，越南历史上几个皇帝的祖先都有江浙、闽粤的血统。撇开政治的因素，从文化上说，越南文化与中国南方诸省——浙江、福建、两广地区有很深的关联，比如已被联合国授予“非物质文化遗产”的“官贺”，其音调很接近中国越剧的“尺腔调”和“弦下腔”；“顺化小调”则涵盖了越剧的“尺调腔”“弦下腔”“四工腔”和“落字腔”。有一种说法甚至认为越南文化是古代中国的亚文化。李晖所表现的对越南音乐的喜爱实质是从越南音乐中去寻找中国文化的根！“曲线救国”——通过越南文化研究中国古代传统文化艺术！

越剧作为一个地方剧种，在中国的影响力可与京剧、黄梅戏比美，但新中国成立后除《红楼梦》《梁祝》火了一段时间，近几十年何曾再在CCTV上看到过一部可以与《红楼梦》《梁祝》比肩的越剧剧目？即使是与越剧风格相近的苏州评弹，一曲《蝶恋花》曾经让众多中国人的精神为之一振，只可惜也是一“花”独秀，难闻后继者。这些年来，中国乐坛相继刮起过“西北风”“东北风”“蒙古风”“西藏风”，何曾刮起过“江南风”？说到这儿，我似乎有些理解、同情无比喜爱越腔越调的李晖了。

李晖这些年先后去过越南十五次，他的越南旅行经验也为我证实了越南、越南，越往南，越好看。这话不仅是赞美越南南部风景的美，也包含了北方的越南人对中国人有所戒备，南方越南人要热情、友好一些的意思。因为有了共同的语言，李晖在旅行中结识了许多越南朋友。一次在越柬边境的河仙，茶座的音响里正在播放《能够责怪谁？》，李晖跟着哼唱了几句，身旁的越南人十分惊奇地说：一个中国人若不是在越南生活了十年以上，绝不会唱这样的歌。同声相求，两人很快成为无话不谈的朋友。2015年春节，大年初二的上午，李晖和妻子在离家不远的奥林匹克公园散步，正走着，电话响起，是越南的朋友，李晖就在电话里用越南歌曲向对方表示了自己的祝福：

春天的脚步近了，
逝去的一年不能忘怀。
新的一年有许多愿望，
盼望大吉大利，
美酒爆竹共欢乐！
……

谈到后来，我们也不再议论什么中越文化的关系了，我干脆就躺在床铺上听李晖一个人在没有了灯光的客房里吟唱越南歌曲。为了能让我听懂，李晖用的都是经过他翻译后的中文。

黑暗中，我无法看到李晖的表情，但从他微微颤抖的声音里能感受到他的激动和陶醉！

李晖还告诉我，他在读中学时就喜欢上了一首叫作《当黎基玛花开的时候》的越南歌曲，是歌颂一位刘胡兰式的越南抗法女英雄的。十多年过去了，他一直在找这首歌。去年在越南南方一个叫芹苴的地方，他从电视里听到这歌，回到北京他赶紧上网查找，仍旧没有查找到。直至今日李晖还觉得十分惋惜。

如数家珍般，李晖还给我说到越南的“南部骊歌”“顺化小调”“北部官贺”和“西部西原”这些代表了越南五十多个民族音乐特点的地方音乐，并选择他以为最有代表性的某首歌曲唱给我听，直到我睡意蒙眬。

经过这次交谈，我对李晖有了进一步的了解。无论是刚踏入社会的勤学苦干的李晖，还是一纸报告辞职而去的李晖，或是而今沉迷于越腔越调研究的李晖，所有的李晖都有一个属于他自己的精神家园。其实，我们每一个有行为能力的人都有一个属于自己的精神家园，只是我们的许多人不习惯使用这个词汇罢了！我曾经看到，有的农民家庭并不富裕，却热心百多年前莱特兄弟的事业——研制飞行器；还有研究潜水艇的农民，虽然我仅仅在屏幕上看到他将自己的潜水艇潜入到几米深的水塘中；还有一些登山爱好者，冒着生命危险时刻琢磨着征服世界上所有的高山。飞行器、潜水艇、登山，不都是他们的“精神家园”吗？你会因此觉得他们的“精神家园”让人发笑、不可理喻吗？

李晖与这些热心飞行器与潜水艇、梦想征服世界上所有高山的人们没有任何区别：都在干自己喜欢的事情，而无意考虑这些事情的回报，如是而已！

李晖的确有些洁癖——精神上的洁癖，与他谈论名利被视为对他的羞辱。人各有志，作为朋友，我没有必要继续为他担忧，建议他干这干那，希望他的工作能及早得到社会认可什么的，反而表现出我的俗气。

李晖，特别的旅行者，奇异的越南情！

“富士”，日本民族的名片

人还在日本，我就按捺不住想就富士山说些什么！

富士山并不高大——海拔3776米，在世界名山的排行榜上，如果以高度计，她根本排不上号。富士山虽然不高，但她可是世界上最大的活火山之一。欲睹其“尊容”，你不必像“拜谒”一些藏在深山旷野中的名胜那样，跋山涉水、历尽辛劳，汽车驶离东京半个小时，你就可以透过车窗见到她了：整个山体的“上身”被白雪覆盖着，像一把倒垂着的折扇，对称、平和、柔

不必跋山涉水就可透过车窗见到她——富士山

清晨的富士山

黄昏时可用“辉煌”二字形容的富士山

美，让你不由对她产生一见如故的感觉。

在日本的几天，先是从大阪经名古屋、横滨到达东京，又从东京回到大阪，我们一行游人的目光所及始终没有离开过富士山。

阳光下的她，洁白、晶莹，白云与之相比也要逊色许多。在这里，我还有幸看到头带云帽的富士山：在“折扇”的底部，也就是富士山顶，白云结成一个圆圆的圈，像我们维吾尔族少女头上毛茸茸的羊绒圆帽一样罩在富士山的头上，静静的，富士山不动，它也不动。这云的帽子也白，但与富士山相比，仍难言“晶莹”。

黄昏时的富士山可以用“辉煌”二字来形容。夕阳橘色的光抹在富士山上，绿色山林映衬下的富士山像正在熊熊燃烧的火炬，身边的云彩仿佛也因她而“红”，因她而妩媚、而璀璨。

深夜，我伫立在箱根住所的前坪窥视富士山。此时，白云没有了踪影，绿色的山林连轮廓也寻找不到。这是一个没有星星和月亮的夜晚，远处能看见的仅是前方几幢小楼窗口里的并不明亮的灯光，再就是远处的富士山。她没有被黑暗掩埋，洁白、晶莹的身体就像披上了一条青色的纱巾。此时的她静谧、安详，像一位怀里搂抱着熟睡婴儿的母亲。

清晨的富士山完全可以用“出水芙蓉”四个字来形容了，是一朵将要在阳光下盛开的荷花、玉兰、牡丹！空气都好像被水洗过，朝阳的光亮抹在富士山上，像婴儿的手，给人嫩嫩的、柔柔的感觉。

我很早就听说日本人非常喜爱富士山，他们的许多产品包装上，例如照相胶卷、电视机、电冰箱什么的，随处可见富士山的身影，似乎除了富士山，日本再也没有什么值得他们“炫耀”的名山大川了。富士山，简直就是日本民族的骄傲，是日本民族的名片。昔日的我，对这一现象很有些不以为然，这一定是日本国不够“地大物博”，可夸耀的东西没有别的国家那么多的缘故吧！我这样想。

来到日本，确切地说是在富士山身边的几天里，我似乎揣摩到了日本民族无比喜爱、崇敬富士山的原因。

其一，她特立独行、标新立异。富士山，准确地说，应该是所有人通过各种媒介所看到的富士山主峰，其周边的众多山峰亦有“连绵起伏”的，却找寻不到一座可与富士主峰一比高下的。如果将她周边的山峰比作莲叶，富士主峰就是这莲叶捧拥的莲花和莲蓬，尤其突出、显眼。正是这群峰中尤其突出、显眼的富士主峰给人一种“世人皆醉我独醒”的暗示。我去日本，正值元月。虽为寒冬腊月之时，可富士主峰周边没有“山舞银蛇，原驰蜡象”的北国风光，只是一片灰灰的、绿绿的，“片”雪未见。

店门外的分类垃圾

从这日本人用过的餐盒上，我们似乎可琢磨出点什么

唯有她，富士主峰，一身洁白！张开的折扇一柄，一尘不染，冰清玉洁！

富士山特立独行、标新立异，但她又是那么平易、谦恭。无须长途跋涉、艰难攀登，从大都市的东京出来，人们走不多远就可一睹其芳容，即使你根本没有走下大巴的意思。富士山的这一特点，让我进而认识到她“性格”的另一面：包容与大度。对于富士的美，日本著名的浮世绘画家葛饰北斋曾以富士山为题材创作了46幅连环版画，而且是不重复的46幅！歌颂富士山的文学作品就更多了，有许多日本作家、诗人因写富士而扬名。富士，美就美在她十分“善于”吸收朝霞、白云、夜色、夕阳、山林、草地等大自然风光的美，并与之完美结合，共同展现于世人。葛饰北斋的46幅富士绘画，不应只看作对富士山自然风光美的展示，更应该理解为画家对富士包容、大度品格的由衷赞美！

大度、包容、兼收并蓄，也是过去很长一个时期日本民族在对待外族文化的态度上的特点。

学习过中国历史的人，一定在历史读物里见过“遣唐使”这个词。这三个字的“主人”就是一千三百多年前与唐帝国隔着一个东海的日本国。日本能在亚洲“脱颖而出”，成为整个亚洲较长一段时间里唯一可与西方列强抗衡的国家，首先应该归功于它的爱学习和善于学习！公元7世纪的日本以唐王朝为师，在19世纪后期的明治维新运动中，日本则向西方开放，向西方学习，派遣包括后来成为日本海军统帅的东乡平八郎在内的大批日本青年留学欧美，学习西方的文化与军事。当然，他们始终没有忘却中国的一代先贤——王阳明。章太炎就曾说：“明治维新，（日本）亦以王学为其先导。”明治时期的日本军事家西乡隆盛就极其崇拜中国的王阳明，东乡平八郎说得更明白：“一生俯首拜阳明。”即使是日本当代政商两界也视王阳明为他们的精神偶像。（王阳明在中国似乎没有这么受尊崇。）二战后，日本又以美国为师，大量延请美国质量管理方面的学者、技术人员到日本企业指导工作，不断吸收、磨合现代管理经验，乃至于“青出于蓝而胜于蓝”，到后来，美国三大汽车公司使用的轧制模具竟然点名要“日本制造”，因为美国本土生产的模具轧制三万次就不行了，而“日本制造”可用六万至十万次。在20世纪中期，日本半导体硅晶片的市场份额一度占世界市场的70%！

勤于学习、善于学习，而且是走出去向别的民族学习，并不是什么人什么国家都可以做到的。

日本在19世纪明治维新时对西方的学习也比当时的清朝政府来得坚决，两次鸦片战争的失败，让“大清帝国”中的一些有识之士如曾国藩、张之洞、左宗棠等，强烈感受到富国强兵的紧迫性。他们发起“洋务运动”，强调向西方学习，但却要留个尾巴，美其名曰“中学为体、西学为用”，说到底，就是皇帝至高无上的权威任谁也不能动摇。日本则“干脆”“彻底”得

小镇上的私立博物馆

多，几近全盘西化，尤其注重自己国家典章制度与思想、观念方面的改革。从1871年派遣大批官员前往欧洲考察、研究人家的政治体制以及司法、教育等典章制度，到1889年第一部日本宪法颁布、1890年第一届国会召开，仅用了不到二十年时间。日本这么做，却并没有因此亡国、变成西方列强的殖民地！

日本吸收外族文化营养的同时，对本民族的传统文化也强调继承与发扬。在日本的几天里，我很轻易地感受到、欣赏到了茶道、花道、相扑这些很能代表日本传统文化的元素。在京都我参观了一家和服展示中心，欣赏到美不胜收的和服表演。在一些城市的马路上，我见到很多身穿和服款款而行的日本女子。根据导游的示范，我们一行盘腿坐在榻榻米上观摩、学习了一番插花与茶道的程序与动作，感觉到作为一种文化，插花与茶道对于人们性情的陶冶很有意义。一个民族，无论社会如何变革、进步，也要珍惜自己的民族文化。在这方面，日本民族留给我们许多值得借鉴的经验。

对一座国外的山感慨如此之多，这在经常去国外旅行的我身上是极其少有的稀罕事，但回到家乡，我的这么多感慨与感想却埋在心底许久，一直没有对人提及，更没有考虑将其付诸文字。究其原因，还是因为自己心中的那个“结”没有真正解开。

从日本刚回长沙没几天，我因公去了趟威海，跑到黄海海战纪念馆转了几圈。我不谈富士，不说日本，想必读者也能够明白个中原因了。但事情远远没有这么简单，我明明知晓人家日本民族善于学习，自己从心底里也肯定了他们的这一长处，觉得应该向他们学习，可不学人家也罢，怎么连向家人与朋友介绍一下的勇气也没有了呢？我这不是不折不扣的“知”“行”分离吗？依照阳明先生“知是行之始，行是知之成”的教诲，“知道”了但没有行动，不能叫作“知”。表面看，我似乎“知道”了日本民族的一些长处，但嘴里不想说，更没有付诸行动，我这对日本民族的“知”是根本不成立的。

是《南方周末》上的一篇名曰《富士山的市民宪章》的文章让我豁然开朗，终于在今日了却了我一直想就富士说点什么的心愿。

《南方周末》的这篇文章说，一些日本市民曾在一块大理石上刻下一段题为《富士市民宪章》的文字，作者们自称是“富士山下长大的孩子”，要求自己和全体市民“要像富士山一样心胸宽大”“要像富士山一样意志坚定、欢喜勤快的工作”。在日本人民心目中，富士山不仅仅是一座山体，而是自己民族的“先知”、令人尊崇的伟人，也是日本民族思想与力量的源泉。《南方周末》的文章还提到了中国的文学家徐志摩，说徐先生当年去日本对富士山曾有“意象”之说，意思是说徐先生认为富士山对于日本民族具有某种象征意义。徐先生还深深地为我们中国同胞缺少这么一个“意象”感到疑惑与遗憾，因为我们中国并不缺少富士山这样的名山大川。

我为自己找到了“知音”而高兴。看来，我对富士山的青睐和情有独钟，并不是少见多怪、自作多情。

日本民族是优秀的，这个国家曾经有过对外民族的野蛮侵略，但把战争狂人所犯罪责记在日本人民头上有失公允，日本历史上有过的或现实生活中仍然执迷不悟的军国主义者们代表不了整个日本民族。说到这里，我觉得有责任将自己对日本民族的认识尽快介绍给自己的同胞，但我明白，一个人的力量是有限的，我希望曾经去过日本或将要去日本、去看富士山的朋友们都来做做这个工作。当然，更让人为之高兴的是，大家伙也能接受徐志摩先生的“意见”：在我们中国的名山大川中寻找几个像富士山一样能够代表我们民族性格的“意象”来，让世界对我们中华民族有更深切的了解。

以后留心吧！

留在脑海里的两幅日本“老照片”

从日本旅游归来已两年有余，其间，我又去了印度、澳大利亚等国，但日本的两幅“老照片”却一直留在我脑海里，看来，它们会像其神圣国土上的富士山那样长久地留在我记忆的相册中了！

我们是从大阪进入日本的，匆匆观赏了大阪“天守阁”这个与日本名将丰臣秀吉的名字密切相联系的古建筑后，我们一行就坐着大巴往东京方向行进了。

在两天的行程里，我们一行游览了日本名城京都、名古屋还有横滨。她

日本皇宫

福冈，神社前的小道

们都有值得一书的地方：京都艺妓的和服表演让我为日本和服的美叹服；在名古屋市区中心的一幢高楼上，我们一行观赏了这里的夜景，火树银花围绕幢幢大楼绽放，那是经久不灭的焰火，美不胜收；在横滨，商铺与海港隔街相望，海鸥在街市的牌楼与海轮的桅杆间穿梭飞翔——这个鲁迅与郭沫若先生当年生活过的地方，我眼下感受到的是繁华闹市与海港的和谐相处；而东京，还仅仅只到达她的市郊，我就感受到了她身为日本最大都市的“气派”，不等导游介绍，我就明显觉察到车窗外行人车辆多了，马路也宽敞了许多。

似乎是在有意显摆自己的阔气，作为日本首都的东京，在还没有进入市区的一处公共厕所里就让我们见到并免费使用了智能温控型抽水马桶。（后来回到国内，我去商店了解到：一只原装进口的智能温控马桶价格在人民币万元以上。）这让我们一行有过在一些西欧国家进公共厕所都要交纳欧元经历的中国游客感到十分兴奋。别看我和我的同胞在国外商店见到奢侈品一掷千金，眼也不眨，对西欧国家的公共厕所一次要交纳 5 角欧元才可进入，是非常介意的。一兴奋，难免就有异常之举：洗洗擦擦完后还不想走，看到台子上陈列有供清洁用的洗洁液，又回过身来将其拧开，再洗洗、再擦擦。

这时，厕所门外匆匆走进一个日本小伙子，一身青色紧身便装，锃亮的、黑颜色的皮鞋，中等身材，精干、帅气。他没有进入那有“可控温的智能型抽水马桶”装置的所在，也没有走向小便池，而是到了洗手台前就止住了脚步，先是在玻璃镜前非常仔细地审视了自己的尊容，然后拧开水龙头，将自己的手指打湿，接着，大拇指与食指一张一合地为自己的头发整起形来。这时，我才注意打量他的头发：油光闪亮，颇为新潮。小伙子做完这些就匆匆地走了，似乎这儿就是他的“化妆室”，外面舞台下的观众正热切地等待着他的登台演出。从始至终，他没有抬眼瞧过厕所里的我们。在英语中，“Toilet”既表示厕所，也有梳妆、梳洗的意思，但对于我这在中国生活了半个多世纪的中国公民，东京市郊公共厕所里这看似平常的一幕，被我深深“摄”入心底，保留至今。

留在我记忆的“相册”中的另外一幅“老照片”，则“摄”于大阪市郊。

大阪市郊民居

笔者就是在这个院子里见到日本老太太的

逛了东京后，我们一行又去了箱根温泉，在温泉住了一夜，近距离观赏了富士山，然后，又回过头往大阪奔。我们将在大阪乘坐飞机回中国。

起程时间还早，住在大阪郊区的我，一早起床就提着相机往宾馆外面跑。跨过马路就是菜田，紧挨着菜田的是一座又一座院落。矮墙环绕的院子里有盖着琉璃瓦的小楼，楼层虽不言高，但处处凸显了日本民居的风格：并不夸张的飞檐下是宽大的窗，实木的外墙很有品位，一些院落的大门甚至还安装了电动栅栏。小院里的树木非常讲究，那是一些应该尊称为园艺的树木栽培。无论是栽在陶瓷盆里的，还是栽种在土地里的，都有自己独特的造型，有的像青龙，有的像伞盖，有的像多层的灯台，有的则与山石结合构筑成一幅立

正在补习文化的日本老人

体的山林图画……我踮起足尖往一家家院子里“搜寻”了个够，所留下的是一个中国老人发之心底的羡慕。

我看了一座又一座院落，也拍了照片，但在我所为之惊叹的院落里，几乎都是“见物不见人”！用句电影摄制的专业术语概括之——空镜头。后来院落中的“人”总算在我决意离开此地的当口突然出现了，这人是一位身形枯槁、面目黧黑的老妪！她双手扶着一张高靠背的藤椅站立着，见到我挨近矮墙，皮肤松弛的脸扯动了，干瘪、深陷的嘴蠕动着似乎想说什么。我从她的同样也是下陷的双眼窝里领会到她此时的喜悦与兴奋。继而，我看到她的双腿也动啦，她显然想更靠近一些，让我能够听清楚她要说的话语。我的心窝猛然抽动了好几下，眼眶也有些湿了。老太太与我接近的愿望随着我滞留时间的延长而愈发强烈，不自觉中，她身前的藤椅又向前移动了一点点，嘴唇仍在不停地蠕动。此时，我有些慌了，为自己没有与她做进一步交流的能力慌了，我扬扬手，一声也没有吭，匆匆地又有些不忍地“落荒而逃”。

大阪市郊的这一张“老照片”让我深深感受到一位日本空巢老人热切盼望与人交流、摆脱孤独的强烈愿望。

日本是一个老龄化社会，全国六十五岁以上年龄的老人约占总人口的六分之一。就在我去日本旅游的这一年，即2009年，全日本百岁以上老人竟已超过四万！老年人比率过高，让日本老年人缺少照顾的现象也随即成为一个普遍存在的社会问题。有报道称，现在的日本社会有“孤独死”之说——在日本，每四个老人中便有一人因无人照顾而孤独死去，社会上经常会爆出有老人死去多日乃至腐烂方被发现的“新闻”。因此，有房东不愿将房屋租给老人，许多老人因此流落街头，甚至传出有 老人竟然“以身试法”——让警察抓捕违法的自己，以期前去监狱“安度”晚年。在东京街头我就亲眼看见一位头发花白的老人给人开出租车，其实，西装革履的他比车上坐着的客人有钱、阔绰得多。老人出来开出租车完全是因为耐受不了独处家中的孤独与寂寞。于是，一个叫“银色人才中心”的组织应运而生。据称，东京一“银色人才中心”有会员三千多人，他们都在等待工作的机会，其中年龄最长者九十五岁！

我在大阪市郊“摄”下的“老照片”，引起我对日本老年人缺乏照顾的现实的关注，也许，正是这个缘故，那在东京郊外厕所见到的日本小伙子也不幸成为“无辜”。每当我脑海里出现那位形同骷髅的日本老妪的“照片”，我就会想到那日本小伙。尽管日本人口的老龄化与他这样的日本年轻人毫无关系，而且，正是因为日本人口的老龄化程度高，现实中的日本年轻人比别的国家的年轻人要承受更多来自家庭与社会的压力。但“固执”的我仍然这么以为：如果所有的日本青年把自己在公共厕所里化妆的时间节省下来去关心、照顾自己家中的老人，把对自己容貌的关爱留一些给家中的老人，老人们会是多么高兴，社会将避免多少发生在老人身上的悲剧啊！（其实，我这样的想法也同样适用于中国的年轻人。）

时过境迁，那位曾经在厕所化过妆的日本小伙子，你眼下正在干什么呢？不会又躲在一个什么地方化妆吧？还有，大阪市郊院落中的日本老人，您一定还健在吧？不知如今日本百岁老人的名单里有无您的大名，如果有，您将是我一生中见到的第一位百岁老人！我会由衷地高兴，同时，也请您接受我——一个年逾花甲的中国“年轻人”对您的祝福！

长崎独吊记

来长崎，当然是因为这里挨过美国的原子弹，我很想知道日本作为当今世界上唯一受过原子弹袭击的国家，现在是什么样的心情。但人还在中国时，我就预感自己想在长崎感受到日本政府对侵略战争的反省是徒劳的：就在我即将踏上旅途的2014年7月25日，我们的习近平主席从南美洲飞回北京的飞机还没有落地，安倍的飞机就飞临南美大地——盯着你中国干！一直在盘算什么时候到靖国神社去祭奠其战犯外祖父岸信介的安倍，根本没有一点诚意坐下来思索如何吸取二战的经验教训，与亚洲邻国走和平发展的道路。

也许是出于对安倍的不满，我对长崎和平公园里那“和平祈祷像”一时很难提起兴致。这铜像塑的是一个日本男人，双目微合，一条腿盘着做打禅状。他上举右手的食指直指蓝天，似告诉人们原子弹当年是从这儿的上空落下的——这是导游在车上的解释；而在我这中国人的眼里，食指指天还是人们对上天不满与怨恨情绪的一种表达方式。

日本遭受原子弹袭击，损失最大的是日本的平民百姓，他们的确是值得同情的，可遭受日本军国主义者杀戮的千万亚洲人民，还有被强征的朝鲜与中国的慰安妇们，他们更应该得到安慰与同情。安倍、岸信介等长期对中国采取敌视态度的日本右翼分子，以及站在他们身后指望发战争财的日本财阀

今日长崎

们，会去同情、安慰那千万受害亚洲人民吗？会想到要在亚洲地区某个地方建立一个公园以永久纪念他们吗？他们压根儿都不会这么想、这么做！虽然他们是完全有能力、有机会做到这一切的。

一时想了许多让人生气的事，颇让我闷闷不乐，但随着脚步的移动，所见增多，我渐渐被这里的一些与安倍、岸信介不同类的日本人所表现的对和平的真切渴望情绪所感染，心情渐渐平复了下来。

长崎和平公园就坐落在离当年原子弹爆炸地 300 余米处的一座山丘上，这里除了上面提到的“和平祈祷像”，还有许多别的建筑物，多为雕塑作品，其中有不少是友邻国家赠送的。1983 年，时任中国共产党中央委员会主席的胡耀邦出访日本，在长崎题写“和平”二字，现这块石碑就在公园的草地上，十分醒目。耀邦同志的题词和同为中国政府赠送的和平少女石雕像概括了公园里所有雕塑作品一心要表达的主题：悼念逝者、祈祷和平。

距“和平祈祷像”百余米处侧身而立着一尊纪念原子弹爆炸死难者的石碑，碑正面的地面上摆满了一个个瓶装水，石碑两旁的栏杆上整齐地系着一只只千纸鹤。没一会儿，我就被导游说的瓶装水与千纸鹤的故事所吸引，与同车前来的 30 余位旅伴们“分道扬镳”了。据说，当年原子弹从长崎的半空中落下，受到袭击、生命垂危的伤者面对前来救援的人不停呻吟着的就是一个字：“水”！是时，超高温业已将他们身上的体液吸了个干净。六十五年过去了，前来祭奠的人们似乎还记得他们当时的需求，日复一日、年复一年，送来的祭品仍旧是水！千纸鹤的故事发生在一位在医院治疗辐射病的女孩身上。为了鼓励可怜的孩子，护士小姐对女孩说：我们每一天编一只千纸鹤，待我们的千纸鹤编满 100 只，你的病就会痊愈的！于是，女孩与护士每天都坚持编千纸鹤，一只又一只，可到了第 98 只，辐射病还是无情地夺走了女孩的生命。受这个故事的影响，许多年了，前来和平公园祭奠的人们都不忘从家中带来一只只千纸鹤……

看到眼前这些瓶装水与千纸鹤，我仿佛也回到原子弹爆炸现场，见到了垂死的人们，瞧见了他们畏惧死亡、渴望健康活着的眼神，心底深处对战争的厌恶与仇恨、对和平生活的渴望之情油然升起。一旁的“和平之泉”此刻再好不过地表达了我的心情。从池底向上喷发的泉水，十分巧妙地塑造了鸟儿展翅飞翔的造型。鸟翅一边有两个，外面略小的是和平鸽的翅，里面修长一些的是鹤的翅。和平鸽自然寓意和平，鹤则是指代有鹤港之称的长崎。

乘坐扶梯，我们一行离开和平公园来到山冈下的原子弹爆炸地原址。它就在闹市的街边，宽阔的坪地里屹立的石碑与塑像，无声地向前来参观的人们述说着自己的遭遇。坪地里有一手捧死婴的日本妇女的石雕，石雕底座上赫然刻写着当年原子弹着地的精确时间“1945 8 9 11：02”。离这不远处有一堵红色砖石的断壁，那是一座天主教堂的残骸，据导游说，就在我们站立的地方，当年是一座监狱，原子弹着地后，整座监狱荡然无存，里面关押的服刑者及工作人员共计 134 人全部死亡，其中有 32 名被强掳的中国劳工！往前再移步数米，顺着阶梯往下，可见一被隔离的长方形的洞，现用玻璃罩着，里面陈列的是未经整理的、留有被烈火烧烤痕迹的砖石、瓦砾，让人不寒而栗！

砖石如此，人何以堪！

因为所有团员都没有忘却导游刚刚提到的那惨死在监狱的 32 名被强掳

喷泉巧妙“塑造”了鸟儿展翅的造型

胡耀邦同志访问日本长崎时的题词

的中国劳工，为满足大家的愿望，导游又将队伍带回到和平公园一角的“中国人原子弹爆炸牺牲者追悼碑”前。

这是一座通体黑色的大理石碑，石碑的颜色让我很快联想到逝者的“劳工”身份。这石碑提醒我们后人，在日本侵华战争中，有四万中国劳工被强掳到日本从事非人劳动，大约七千人因不堪重负死去，其中，被分在长崎县 4 个煤矿里做工的 1042 名中国劳工中，115 人在不长的时间内相继失去了宝贵的生命，包括在原子弹爆炸中死难的 32 人。四万名青壮年劳工，我们的骨肉同胞啊！这是一笔与国家赔偿无碍，必须给予当事人精神、经济赔偿与道歉方可了结的血债。据说，众多幸存者以及他们的亲属一直在日本的各个法院告状、投书上诉，但至今没有一个处理结果可告慰逝者与

天主教堂的“残骸”

幸存者。忙着四处与中国政府作对的安倍，你可听得见地底下这些中国冤魂的控诉！

“中国人原子弹爆炸牺牲者追悼碑”也记载着有良知的日本国民对中国人民的同情与友谊。追悼碑建于2002年，是在前长崎市市长本岛的号召下由长崎市民捐款所建。时年八十六岁的本岛在追悼碑落成典礼上发言：希望除纪念原子弹爆炸受害外，能够促使人们思考日本在战争中对被侵略国家人民的加害行为。

本岛，这位当年因直言“昭和天皇负有战争责任”而遭受右派袭击的有识之士，他的话说得多好啊！

在本岛身上，我充分认识到我们要区分对待日本右翼分子与日本人民。就在安倍忙着解禁集体自卫权的时候，在日本以自焚表示自己坚决反对者有之，以示威游行谴责安倍者有之，以签名表达抗议者有之，广大的日本人民是反对战争、热爱和平的，好战的仅仅是那些希望通过战争发财的大财阀们以及依附于大财阀的安倍之流。

在赶回集合地的路上，我不断回首那些石碑和雕塑，希望他们能给世人以警示，希望日本的领导者们能正视历史，希望中日两国人民能世世代代友好下去。

窃喜与尴尬

——印度旅行札记

许多年前，看到手捧相机的“老外”一个劲地在我家乡的街头巷尾“啪啪啪”地忙个不停，少年的我，既有些许敬畏，更多是羡慕。那时，照相机对于我这连水彩颜料都买不起的小学生，用手去碰一下的机会都难享受到。今天，笔者也成了这样的“老外”，捧着台数码相机，跑到我们的邻居印度的繁华闹市、穷乡僻壤里也“啪啪啪”个不停，似乎比当年的“老外”还要来劲，一点也没有觉得自己已是年过花甲的老人。

在我的相机里，印度的美丽景物肯定是占了大量篇幅的：“世界奇迹”之一的泰姬陵、阿格拉的红堡、斋浦尔的琥珀宫殿、新德里的甘地故居和印度门……在同为文明古国的印度，这些，就是他们的万里长城、故宫与十三陵，同样可以让远道而来的一个个游客赞不绝口。相机里其余的照片，就是一些为我所捕捉到的不够优雅的画面了！其中有脏兮兮、缠着游客不肯离开的乞儿，有赤裸着上身、横卧路旁的流浪老人，有在闹市里与人车争道的水牛、骆驼，还有满街无人打扫的垃圾……

我相机里的这些不够优雅的画面虽然数量有限，但它所反映的则是印度的贫穷与落后。我在拍摄这些画面时，一边拍，一边在想，当年我所见到的

印度庙

泰姬陵

莲花庙

“老外”们，在我的家乡“捕捉”某些画面时，不知他们是如何想的，是嘲笑？是悲哀？是窃喜？是蔑视？还是同情？

时过境迁，当年“老外”们的心情如何，我无法揣摩，也无意妄加议论。今天，我在印度境内见到这许多不雅画面时，我应该有个什么态度，又是一种什么样的心情呢？

中国与印度同为发展中国家，都有过一段遭受外敌掠夺、蹂躏的历史，印度今天所存在的贫穷与落后现象，也曾经存在于中国，至今仍留在活在21世纪的中国人记忆中，更何况即使是在今天，我在印度“捕捉”到的一些不雅画面，也并没有在中国的土地上绝迹。幸灾乐祸？“俺们”是绝不会的；窃窃自喜，倒是有一点的。因为，经过这三十年的改革开放，中国在许多方面都远远超过了印度，连我们印度籍的导游也坦言：今天的印度比中国要落后三十年。比如，同为高速公路，中国是必须限速的；而在印度，你想快跑也不行，即使你驾驶的是“宝马”“奔驰”。因为，印度的高速公路大多不封闭，牛呀骆驼呀，都可以在并不平坦、宽

贫民窟、流浪汉、与人争道的牛

阔的沥青大道上慢吞吞地行走。出租汽车，这在中国的许多小县城都不再是稀罕物了，但在斋浦尔这座拥有近百万人口的印度大城市的街头巷尾，你却很难寻找到它。到过印度的，没有一个不说印度脏的，无人打扫的粪便与堆积如山的垃圾，即使是在大城市的街道旁，也可轻易地"搜寻"到……我，《西游记》陪伴着长大的我，决不嫌弃印度，对释迦牟尼——如来佛祖的故乡所反映出来的贫穷与落后，我从内心表示同情与惋惜，但更多的，我是为自己祖国这几十年取得的显著进步感到庆幸、高兴。

不过，这样的"窃窃自喜"并未让作为游客的我享用多久，就被我在印度的几天里遭遇到的一次次尴尬场面所冲洗得无踪无影。少年辍学的我一直就是个"外语盲"——不会说一句外语，后来觉得需要学一门外国语言，尤其是英语，但我还是一次次以年纪大、记性差为理由，始终没有真正在外语的学习上下过工夫。之前我多次出国，从来没有为自己不会外语而感觉尴尬。但在印度，我却为自己不会外语而自惭形秽了。印度有百余年被英国殖民的历史，听人说英国殖民统治者留给印度、对印度后来的发展有所帮助的东西，一是铁路，再就是英语，其他就没有什么可值得夸耀的了。但印度人更应感谢的是自己国家的前任总理尼赫鲁，是他在印度独立之后力排众议，让英语替代印度原有的1652种语言与方言，成为自己国家为数不多的官方语言中的一种，并从小学起坚持对这一"世界商业语言"的教育。因此，出现了我们今天看到的现象：许多印度人，甚至包括一部分在街头流浪、乞讨的人，除了他们本民族的语言，都还会说点英语。我在与他们面对面的接触中，从这些印度人的眼神里明显感觉到，他们对于自己面前一个个体面、有身份的中国人，竟然说不出一句在他们心目中十分重要的英语，感到不可理解。有许多次，我在一些印度侍者面前一个劲摆手、耸肩，表示自己听不懂他们所说的英语，但他们仍然坚持伊里哇啦地说个不停，弄得我好几次只得去求助导游为我解围。

后来我逐渐发现，这些印度人的语言才能实在太强了。我们的导游是位没有到过中国的印度人，让我们叫他阿辉。这位能较为流利地说一口汉语的印度小伙子，才在大学里学过三年汉语！在我们这些中国游客面前，他连说三四十分钟都不觉费力，语汇还非常丰富，有时还捎上几句调皮话。在一个景点，我们遇到一位也在一个中国旅游团做导游的小伙子，比阿辉还年轻，一问，他是在读大学生，才学过一年汉语，汉语说得居然也不赖。世人都说方块的汉字远比英语难学，对于眼前的阿辉及他的同行，我心里有的只有惊叹、敬佩。

当今世界，英语作为世界第一语言被广泛运用，它的普及对于一个国家经济发展的好处是颇多的。在非英语国家，大多仅有受过高等教育的青年才能说点英语，并用于自己的工作，而印度作为一个人口数量仅次于中国的人口大国，能够将英语用于工作与生活的劳动者数量以亿计，人口数量上绝对超过世界上任何一个英语国家。

对英语要求高的软件开发与操作工作让英语普及程度高的印度占尽了“便宜”。据说，一些美国人起初根本不相信自己的耳朵：电话里用一口流利的英语向自己推销软件产品的人，竟然是地球另一面的班加罗尔某个写字间里的一名印度人！后者比他们美国人更清楚自己喜欢什么“口味”的曲调、

与锡克族孩子在新德里“印度门”前的合影

圣雄甘地故居

画面，怎样的操作程式能更让自己舒适、开心！

是的，总体而言，至今还没有地铁与高速公路的印度比中国落后，姑且就说落后三十年吧，而中国在软件的开发与发展上，又比印度落后多少年呢？岂止软件，印度的制药业在产品研发上的成就早就远超中国，这是我这在医药行业“混”了一辈子的人早有所闻的事实。个中原因可不可以从这两个国家英语的普及程度上去寻找呢？有专家在对印度作了一番认真研究之后，提出印度的“后发优势”之说，我以为他显然充分认识到印度人自身所拥有的这一语言优势。语言优势，可不可以将其认定为一个国家经济发展中所应该具备的一种软实力呢？

我以为，我在印度所看到的不雅场景是会很快成为历史的，拥有发达的IT产业的印度，将来肯定可以像我们中国一样，多一些高速铁路、高速公路，多一些新颖、漂亮的居民小区，多一些繁华、整洁的步行街……我在印度所遭遇的“尴尬”让我坚信这一点。

补 记:

从印度归来，我就琢磨着学习英语的事了。从印度回国后的第十天，我在书店将《国际音标发音教程》买回家，那一天，我年届 64 周岁又 30 天。紧接着，学习从 48 个音标开始……我以为，学习的成绩如何可以不去计较，亲身实践了自己认为是真理的、曾经对我的下一辈说过许多遍的“外语是人生斗争的武器”这话，我为自己高兴。

印度，不虚此行!

春日韩国，我的回报之旅

早就听人说，韩国值得一看的奇山异水不多，但我还是决定要去那儿看看。2009年春天，我实现了自己的韩国之行：在济州岛，我一鼓作气登上了美丽的日出峰；在著名的临津江畔，我在神秘的“三八线”上留了影；青瓦台、华克山庄——这些曾经作为背景地拍摄过《大长今》《情定大饭店》等韩剧的所在，我都去了；韩国的传统食品，什么参鸡汤、石锅拌饭、黑猪烤肉、冷面和泡菜，样样我都尝了尝。我的春日韩国游终于了却了自己埋在心底好几年的一桩心愿：回报众多光顾过我们湖南的韩国人。

那是在2006年的正月初五，我们一家子去张家界风景区游览。张家界就在我们湖南境内，到了那儿，必然要去金鞭溪、黄狮寨、腰子寨……这里的美是难以用言语形容的，但我与“她”毕竟“早已相识”，“喜欢”是不用说的，“兴奋”却谈不上。让我没有想象到的是，我为之“兴奋”（应该说是“亢奋”）的，竟然是那安放在各个风景点的“指路牌”和“景点介绍”！按照我们中国许多风景名胜地的传统做法，景点的“指路牌”和“景点介绍”，多为中英文对照，如果还需加上另一国家的文字，那就一定是日文了。但张家界风景区让我“开了眼界”：“指路牌”和“景点介绍”上除了汉字，就是与之相对照的韩国文字，再没有其他任何一个国家的文字了。

此时此刻，张家界风景区的领导者成了我心目中大义凛然的民族英雄——我的这种情感，不知今天的“80后”“90后”们能理解得了不？

在张家界风景区，我强烈感受到韩国人对这里的青睐、喜爱。我甚至听说，韩国年轻人表达对家中长辈的“孝心”，他们最乐意做的事是花钱送自己家的亲人来中国湖南的张家界。“礼尚往来，来而不往非礼也！”作为受儒家思想影响很深的中国人，我是懂得知恩必报的，“一定要去趟韩国”——我给自己制定了这样的旅行计划。

在后来的日子里，我所见到的情景就更让我一天天“坐立不安”了！

我的家就在湖南长沙的湘江岸边，在离我的住房不远的江中，长期停靠着一艘豪华游轮，坐在游轮上，人们可以欣赏长沙新城的美丽景致，还可以享受到体现中国饮食文化风格的美味佳肴。因为票价较贵，当地人并不经常光顾游轮，但韩国客人却不少，大多都是从张家界风景区返回到长沙的韩国游客。每一次，临江大道上一停就是几十辆旅游大巴。大巴的玻璃窗上一律是我所熟悉且颇为喜爱的韩国文字！

随着时间的推移，韩国人在我们湖南的影响也越来越大：就在我工作的“长沙经济技术开发区”，2008年10月的一天，街道上的路牌突然被全部撤下来，调换上来的新路牌上面是中韩文字对照的内容。更换路牌，对于中国的一个省会城市，是小事，也不算小事！我们可以从中看到韩国在我们湖南的影响，也可了解到作为主人的湖南人对韩国友人的重视。

终于，韩国，我来了！2009年清明节前夕，刚刚祭祀完祖先的我，踏上了自己梦想数年的韩国大地。

的确，韩国没有中国那么多的奇山异水和美味珍馐，像“天地渊”景点那落差不到十米的瀑布，要是放在我们中国是根本算不上旅游景点的，即使在韩国，前去观赏的本地游客也极少。但仔细一想，我来韩国本也没有指望去看什么奇山异水、享受美味珍馐。

显然，我来韩国，除了有回报韩国人的意思，也非常想了解一个问题：一个国土面积仅为中国百分之一左右的国家，没有什么地下资源，又经历了一场几乎将整个朝鲜半岛夷为平地的朝鲜战争，他们是凭借什么力量仅仅只用了二三十年时间，就建设成了一个工业化程度较高、拥有众多像“三星”“现代”“LG”品牌的工业化国家？

我似乎在前来景福宫春游的韩国孩子们身上找到了答案。这些学生每个人手上都捧着笔记本、握着钢笔，听老师在一个个景点前为他们讲解，不时还低下头记着什么。也巧，就在我来韩国的前一天，我那读小学一年级的孙女也参加了学校组织的春游，家长按照学校的要求给学生准备的是食品与人民币，各种各样的食品与饮料把小孙女的书包塞得满满的，书包里唯独没有笔记本与钢笔！从这里看，很明显，韩国是一个重视青少年教育的国度，而教育是立国之本！

我似乎也在“乱打秀”的演员身上找到了答案。我是在济州岛上观赏到“乱打秀”演出的。“乱打秀”实际上就是一种打击乐表演，编排者的高明在于：上场的每个演员都是故事中的一个人物，他们通过敲打身前、身旁的锅碗瓢盆，来演绎发生在人们平日劳动中的故事。一个半小时的节目，四男一女共五位演员双手不停地在敲、在打，身体不停地在摇、在晃，头不停地向前、向后甩动，浑身上下似乎有用不完的力气。台下观看演出的人们也跟着台上的演员一起吆喝、鼓掌、跺脚，一个个热血沸腾。从五位演员的身上，我看到了韩国足球运动员的身影，看到了韩国女子射箭队员的飒爽英姿，让我感觉到这个国家的众多国民身上所表现出来的

“天地渊”的瀑布

在景福宫遇见前来春游的小学生们

那种奋发向上、勇于拼搏、永不言败的精神！

我似乎还在一位韩国残疾人身上找到了答案。从济州岛飞回到首尔，飞机停靠在仁川机场，因为没有廊桥，旅客们必须先从舷梯上走下，然后再乘坐机场大巴去机场大厅。旅客都在大巴上站立好等大巴开动，可大巴却没有开动的意思，司机显然在等候什么人，舷梯下面翘首相望的多位身穿制服的地勤人员证实了我的判断。一会儿，一位行动不便的老太太在两位空姐的搀扶下出现在舷梯上，老太太一步一步往下走，舷梯口还有机场坪里的空姐、地勤人员都在用关切的目光注视着她，老太太迈出的每一步似乎都牵动着他们的神经。老太太在身旁四五个空姐与地勤人员的呵护下，刚从舷梯下来就被转移到早已准备好的轮椅上，然后又被簇拥着上了我们的大巴。等到大巴停在机场大厅后，看到这位行动不便的老太太坐着轮椅被两名地勤人员送进机场大厅的电梯间，我才回过神来。韩国同一些西方国家一样，劳动用工是比较昂贵的，正因为这一点，我对自己看到的这一幕感慨颇深。在这位行动不便的老太太的身上，韩国人表现了他们所提倡的对人的仁慈与关爱！韩国的有识之士们十分清楚，因为版图小、资源缺少、基础差，韩国要想迅速发

安重根纪念馆的石碑与展品

展，国民必须团结奋斗，要关爱自己的同胞，也要关爱这个国家，关心她的生存与发展。据我们的韩国导游魏铭珠女士介绍，在今天的韩国，你如果将电话打到电信局，询问电话号码什么的，接线员接到你的电话后说的第一句话，不是“你好”，不是“OK”，而是一句“我爱你”——仁者爱人，中国的儒家文化在韩国找到了知音。

我似乎还在满街奔跑的“现代”与“KIA”车上找到了答案。“身土不二”，从字面上看，它似乎是个中国成语，可我在两本中国《成语辞典》上都没有找到它的踪迹。无论这个成语是来源于中国也好，还是韩国人自己“创造”的也罢，韩国人不仅仅是在用语言、用文字，而是在用他们满街奔跑的“现代”与“KIA”车，用他们四处叮当响亮的“三星”手机表达了他们对自己国家、民族的忠诚与热爱！如今在韩国，因为本国的消费者争购韩货，以至于韩国产品的价格高于同类外国产品的价格——导游魏铭珠女士的这番介绍，让我惊讶。其实，我根本用不着惊讶，1998年亚洲金融风暴期间，韩国人民为救助政府纷纷将自家收藏的黄金拿出来卖掉，以增加政府的硬通货储备。作为一名中国人，倒是需要对同胞排队抢购国外奢侈品的场面冷静思索一下了！

韩国的老百姓善待自己国家生产的产品，韩国的政府官员们对于如何让自己国家的产品受到国外消费者欢迎，也是肯花力气的。为了让更多的韩剧走向世界，他们可以亲自上阵为韩剧打广告，他们可以把青瓦台——总统办公场所临时腾出来，让电视剧剧组将其作为韩剧的背景地。

安重根，这位韩国的民族英雄的石碑上篆刻的“见利思义，见危受命”和“国家安危，劳心焦思”，告诉了我们这些前来韩国观光的中国人：一百年前的韩国人为摆脱殖民统治而“劳心焦思”，安重根之后，一百年过去了，今天的韩国民众仍将自己的命运与国家的利益联系在一起。

春日韩国游，我虽然没有能够在这儿看到许多名胜古迹，但我很满足！因为我通过这次韩国之游，对这个国家由过去的不甚了解，到后来的比较了解，乃至发至内心表示对这个国家人民的敬意，以这样的韩国游作为自己对韩国人民的回报，身为主人的他们一定会很高兴的！

祝福，穆斯林！

——埃及印象

我的埃及、土耳其之旅，本是奔着金字塔去的。在我的世界名胜的“名册”里，金字塔是少有的一处可以同我们中国的万里长城并列的“世界奇迹”。在我们中国，万里长城只有一座，而在埃及，金字塔有近百座之多，其历史也比我们的万里长城要悠久。就说胡夫大金字塔吧，大约由230万块石块砌成，大的石块重量达15吨。假如把这些石块凿成平均一立方英尺的小块，沿赤道排成一行，其长度相当于赤道周长的三分之二。据专家考证这座充分体现古埃及人民智慧与创造力的胡夫金字塔，建造时间是在公元前2670年！

我对胡夫大金字塔的这些了解，并不是因为我如今到了埃及，这些有关胡夫金字塔的数据，早在去埃及前，我就从书本上掌握了它，但是，到了埃及，到了土耳其的伊斯坦布尔，吸引我眼球的、我与旅伴谈论最多的，并不是这一座座曾安葬了古埃及统治者的石墓，却是当地有滋有味生活着的穆斯林——信仰伊斯兰教的埃及人、土耳其人，他们的信仰、他们的服饰、他们的笑容、他们的言行……

2010年6月的一天，我从湖南的长沙先坐飞机到深圳，再乘轮船到达

金字塔

香港机场，从那儿坐飞机经土耳其的伊斯坦布尔转机来到埃及的首都开罗。到达后，三十来个小时没有摸过床铺的我，多想躺在软软的席梦思上睡睡啊！可没有一会儿，我就被一阵阵高亢的呼唤声从梦中唤醒。“啊——啊——”声音特别刺耳，空气似乎都因它在颤抖。一看表，才当地时间早上4点！同房的旅伴不无抱怨地告诉我：这是附近的清真寺通过高音喇叭在召唤教徒进行每天必做的礼拜！

旅伴翻了下身子，又呼呼睡了，我可没有办法再继续睡觉。多少年来，我一直有这么个习惯：刚从睡梦中醒来的我，思维往往特别活跃，可以“过电影”似的回想起过去的许多事情，可以对我平时工作中久久拿不定主意的问题突然产生某种新奇的意见，甚至还会产生创作文学作品的冲动。眼下，躺在埃及首都开罗一家四星级宾馆床铺上的我，就处在一种思维较为活跃的状态中。

高音喇叭的呼唤声不一会儿就停了下来，天也渐渐亮堂了些，偶尔也有

开罗的清真寺

汽车驶过的声音，但毕竟因为时间尚早，汽车远去，一切又归于寂静。床上的我仍然无法入睡，脑海里继而展现出一幅幅虔诚的伊斯兰教徒面对真主反省自己、请求指点的场面……

在后来的几天里，我与我的旅行团成员一起在开罗、亚历山大等地参观了金字塔、神庙、清真寺、旧王宫，没有片刻休息，尽管很累，我仍然处处留意观察所有清真寺必有的那被称为唤礼塔的塔楼。“侦察”结果是：城市各个街区高高耸立的塔楼的顶端，都安装有高音喇叭，东西南北，一个方向一个，即使清真寺仅有一座塔楼，也不会妨碍它将真主的呼唤传达给每位信徒，何况有些清真寺里有两座甚至四座唤礼塔。仅就这一现象，我就可以想象到伊斯兰教在埃及这个国家的地位。

当地导游似乎理解我们游客的心情，没等我们开口，他就将一些与伊斯兰教相关的问题给我们做了一番科普教育式的宣传、推广。

导游是位皮肤黝黑的小伙，多次到过中国，言谈举止都表露出对中国的

清真寺外的净手池

埃及树皮画

友好和对中国朋友的尊重，他让我们叫他阿里。为了让我们这些中国人增添一些对伊斯兰教的感性认识，阿里特地把我们一行人领到开罗老城区一座颇具规模的清真寺里，亲自为我们演习了伊斯兰教徒做礼拜的程式、内容。

去清真寺，男人要换鞋，女人不仅要换鞋，还要在身上加穿一件清真寺为所有女游客准备的戴帽的外套。尽管我的旅伴中有年过七十的老太太，她也不能不“客随主便”。

在这座清真寺里，我了解到，被高音喇叭所唤起而进行的伊斯兰教徒的礼拜，一天中竟然有五次之多！日出前一次，就是把我从睡梦中吵醒的那一次，称为晨礼，接下来的四次分别在中午、下午、日落后及夜间举行。日出前的一次既然称为晨礼，夜间进行的一次很自然地就被称呼为“宵礼”了。五次中有与成年人白天上班撞时间的情况，教徒也不能因此耽误。这五次礼拜，教徒所面对的，不像基督教、佛教那样是教士、僧人等具体的神职人员，与伊斯兰教徒直接“对话”的是藏在信徒们心中的安拉，礼拜者“面对”真主检讨自己所犯过的罪过或者错误，接受真主的教诲。

阿里的解释让我又明白了一件事情：为什么我曾经见过的所有清真寺里面的空间都很大、很宽敞，但却不像佛教的庙宇、基督教的教堂那样供奉着金碧辉煌的菩萨与耶稣的雕像，有一幅幅出自大师笔下、堪称艺术珍品的体现宗教内容的壁画。原因就在于伊斯兰教徒们崇拜的神不是一个个肉眼可视的石雕、画像，伊斯兰教徒心目中主宰万物的真主——安拉，他无所在，又无所不在，全能全知，大无形象！

教徒们参加祈祷之前，务必事先清洁自己的身体——洗手洗脚、换上干净的衣衫与鞋袜，并按规定作大净、小净！至于千里之外的麦加，更是千万伊斯兰教信徒无比向往的圣地！麦加，教徒们不必每年都去，但一生中你必须去朝拜一次，许多伊斯兰教信徒平日加倍努力工作，为的就是赚足了旅费好去麦加朝拜。

伊斯兰教还有关于斋月的“规矩”。斋月，一年一次，在斋月期间，教徒在日出后至日落前，不得进食、喝水，以表达信徒清心寡欲、专事真主的坚定意志。

站立在寺外的空地，回望眼下尚还清净的寺院，想象朝拜之日摩肩接踵、人头攒动的情景，我生平第一次对平日并不关注的伊斯兰教及其信徒产生浓厚兴趣！

在伊斯兰教的教义中，穷人是真主的眷属，把钱财捐给真主的“眷属”，等同于将钱财交纳给了天库，因此名曰“天课”。在阿里看来，他与他的同胞纷纷自觉地完成“天课”，是埃及社会少有小偷与乞丐、社会秩序良好的一个重要原因。说这话时，阿里声音不高，但无法掩盖其内心的自豪，让我心里一震！我是个旅游爱好者，我曾经到过疆域比埃及广阔、物产比埃及丰饶许多的好些国家，那儿灯红酒绿、高楼摩天，曾让我眼花缭乱，但小偷却令我叫苦不迭！

我的潜意识里，已经将伊斯兰教信徒赈济穷人的“行善事”，归功于在这个国度受到重视的宗教信仰。就这样，在埃及的日子里，我给自己的旅游活动添加了一个严肃的内容——就信仰问题进行探讨。

我是一个无神论者，我的身边也少有信仰佛教、基督教和伊斯兰教的朋友，对别人的宗教信仰，我向来采取既不鼓励也不反对的态度。我以为，一个人可以没有宗教信仰，但应该有思想上、精神上的追求！我们国家不是一个宗教国家，不是崇尚佛教的泰国，也不是伊斯兰教民占人口绝大多数的埃及，但这不意味着我们国家的国民没有精神追求，中国仅共产党党员就有八千余万名，还有共青团员啊！为人民服务，这一党的组织的宗旨，即使是没有参加党团组织的人也能背诵出来。

坐在赶往各旅游点的大巴上，我就这样一边游览，一边思索。有时，身边的旅伴与我交谈，我都心不在焉、答非所问。

我的旅伴中有好几位高级知识分子，有位长者，说一口流利的英语，见我送了他一本我写的有关旅游的书，对我一口一声“老师”，叫得我挺不自在，尤其是当我知道了他竟然比我还年长19岁之多时！但我倒是很“知趣”，没有和他探讨信仰问题。旅游是件让人轻松、高兴的事，自己“讨累”是出于某种志趣，没有必要再去折腾、辛苦别人。

我们这个旅行团总计25位游客，来自五湖四海，和我同一个省的仅一位，而且是位女性，是位年轻的中学教师，我叫她小王。她不仅英语不错，我还听见她用法语与一位说法语的华裔交流。出门在外，我面对所有会说外语的旅伴，既羡慕，又有些自惭形秽。好在他们对我似乎也没“另眼相看”，我的“不自在”也逐渐少了些。因为我这次是一个人出来，自己想留个影什么的，必然要找旅伴帮忙，他们也乐得为我“效劳”，因为我也可以帮他们拍照。在他们看来，能写旅游文章的人，照相技术自然会很不错的！

他们很快就发现，我特别喜欢给当地人拍照。埃及男人身材匀称，皮肤黝黑，目光锐利，腮帮上胡须黑黑的、浅浅的，很有男人味。但我拍摄得最多的却是当地的穆斯林女人。在埃及，我突然觉得许多当地的女人穿着五颜六色的长长裙袍，配上鲜艳夺目的头巾，在街头款款而行，真是一道靓丽的风景。但我的摄影活动并未受到热捧，成年的穆斯林女人看见我将镜头朝向她们，她们会下意识地偏过头，或用一只手挡住脸。有过教训，我就躲在大巴的玻璃窗后偷拍，因为玻璃的反光，效果都不怎么好。好不容易在一所清真寺里碰上一群女学生，年龄不过十二三岁吧，也一律披着头巾。到底是年轻人，又有许多同伴，步履轻快，谈笑风生，我想，这可找到“模特”了！结果，偷偷拍拍她们倒没有什么，我的关于合影的请求仍然遭到婉拒；只有同伴小王，女孩子们一个个往她身边凑，许多披头巾的笑脸像星星围绕月亮围着她那张东方女性的面孔。

我的主动、热情仍然没有感动这些穆斯林女孩，直到最后也没有一个女孩子愿意与我合影。小王给我解释：埃及的女孩子对与陌生男人合影的事是很忌讳的。

我以为，穆斯林女人披头巾不仅仅给她们以外在的美，更重要的是，还可彰显其性格的端庄、温柔与善良。面对披头巾的穆斯林女人，你是不会轻易将“河东狮吼”四字与她们联系在一起的。我，这样想。

在穆斯林女人面前，你也更会相信阿里在我们刚踏上埃及的土地时的关照，说这话时，他表情有些严肃：请大家千万不要把我们埃及的阿拉伯人同恐怖分子联系在一起，拜托朋友们将来回到中国为我们多做宣传。

随着我对伊斯兰教逐步加深了解，我不仅能够接受阿里的请求，也开始思索这个敏感话题。这些年来，中东没有停止过战事，2001年的“9·11”事件，以及发生在伊拉克和别的伊斯兰国家的一个接一个的“自杀性袭击”，你想不谈穆斯林，不谈伊斯兰教也不行！恐怖、杀戮、仇恨，一段时间里，让人们不由自主地将这些词汇与伊斯兰教及其教徒联系起来，这其中肯定存在误会与错觉，对整个伊斯兰社会有欠公正！要知道，在全世界，伊斯兰教民占国家人口大多数的国家有48个之多，信仰伊斯兰教的人有十五亿之多！

基督教有本信徒必读的《圣经》，伊斯兰教徒信奉的是《古兰经》，我从阿里那里拿到一本中文版的《古兰经》，那上面明确告诫所有教徒“遵循正道，不得作恶”，无数遍劝诫教徒：“崇拜真主，孝敬父母，和睦亲戚，怜恤孤儿，赈济贫民……”

离开埃及又回到土耳其的伊斯坦布尔。土耳其，又一个信奉伊斯兰教的国家，几天的旅游，我对伊斯兰教徒的看法发生了很大的转变。我以为，仅仅停留在怜恤孤儿、赈济贫民等善事上来理解穆斯林，还不够全面，伊斯兰教国家的人民及社会精英，他们对于如何处理国与国、民族与民族之间的关系，如何促进人类社会的和谐发展也有自己的积极的意见与主张。早在

开罗街头的穆斯林女性

1995 年，约旦王储就在伊斯兰思想研究年会上提出：“要为伊斯兰教正本清源，正面阐述伊斯兰教主张的宽容、和平、仁慈、中间主义和公正等信条，开展文明对话。”在“9·11”事件之后，又有埃及裔学者尤素夫·盖尔达维博士在“新世纪伊斯兰教的前途”研讨会的刊物上发表《从偏激颓废转向中正温和》的重要文章，从伊斯兰信仰本身入手，重构具有时代精神的核心价值观，以杜绝宗教极端这个思想源头，强调所有伊斯兰教与非伊斯兰教国家和平友好相处，走共同富强的道路。

对于穆斯林的宽容、和平、仁慈，我在埃及游览时就深有体会。埃及自然条件差，国家还谈不上富裕，看到那漫天的黄沙以及建在沙丘上、旁边看不见树木与水源的成片的建筑，我觉得自己山清水秀的家乡简直就是天堂。在埃及的开罗、亚历山大城，我观察到一个我后来命名曰“二多”的奇特现象。一是卫星天线多。所有的居民住所的楼顶都安装了我们中国俗称“锅”的卫星天线，密密麻麻地一个紧挨一个，朝着同一个方向，远远望去像一片片铅色的云；另一个“多”就是“在建工程”多。一幢幢民用住房，无论三层、四层，还是七层、八层，修到了最高一层，梁柱的钢筋还裸露在外，就不再继续建了，外墙也不粉刷，块块红砖清晰可见，可下面的几层楼房却已住进了人，据说屋子里面的装修很漂亮，家具也现代。因为这样的“在建工程”一片连着一片，小半个开罗、亚历山大城简直就像是一个正在建设中的基建工地。卫星天线多的现象好解释：居民自行安装卫星天线可免向相关部门交纳电视收视费。至于“在建工程”多，阿里这么对我解释：这是房主为了逃税而故意为之，因为没有竣工的房屋建筑无须向政府机关交纳房产税、物业税什么的。

对于我所见到的“二多”现象，我在心底早就将它们与伊斯兰教义所强调的“宽容、和平、仁慈”联系在一起了。我这样想：埃及人中有几个不信仰伊斯兰教的呢？包括她的政府公务员、税务官员，自己同教同派的“兄弟姐妹”，为什么不能够宽容、仁慈一些呢！我在将要离开开罗时，想就“在建工程”的事再次与阿里求证一下，阿里见我如此认真，竟然含糊其辞，不愿正面回答我的问题。我也理解：阿里也是穆斯林，他也崇信“宽容、和平、仁慈”！因此也就没有“较真”了！

崇信“宽容、和平、仁慈”的穆斯林怎么会鼓吹杀戮、仇恨，支持恐怖主义活动？我不相信！

从开罗回到土耳其的伊斯坦布尔，这里的穆斯林色彩似乎淡薄许多，伊斯坦布尔机场大厅简直就是一个小型的多元文化的国际社会。大厅商场陈列着各个国家的商品，色彩缤纷、琳琅满目，远比我见过的许多富裕国家的机场大厅显得气派、丰富！与货架上的商品一样可用“色彩缤纷”形容的就是穿行在大厅的各种肤色的旅客了：白皮肤的欧洲人与皮肤黑得发亮的非洲青年相映成趣，棕色皮肤的人在这儿也很耀眼，还有戴头巾的穆斯林女人，倒是我们这一行疲惫不堪的中国游客掺杂其间，反倒让人觉得土气。

作为一个超过80%的土地都被黄沙掩盖的国家，埃及的物质文化比较贫乏，但是在土耳其的伊斯坦布尔，我却看到了可以用繁荣、美丽这些词汇

开罗市区随处可见的“在建工程”

形容的市容市貌。伊斯坦布尔的博斯普鲁斯海峡的大桥是儿时的我所憧憬的地方，一桥连接欧、亚，何等气概！身临其境，更让我赞叹：1500多米的桥身跨越海峡竟然没用一根耸立水中的桥墩。远远望去，大桥就是一道蓝天大海间永恒的彩虹。海峡两岸洋楼、别墅姿态万千，掩映在绿树丛中。土耳其，一片与我过去在电影、电视屏幕、报纸上看到的飞沙、黄土、断壁残垣的一些中东国家大相径庭的乐土。

在土耳其的伊斯坦布尔，我的相机更频繁地朝向鲜艳的星月旗。其实，世界上许多伊斯兰国家的国旗都有星月图案，平日里没有引起我们足够的关注。在埃及时，我就听阿里说过，生活在大沙漠中的古埃及人多喜欢在夜间长途跋涉、劳作，星星与月亮给他们光明，也给他们指引方向。因此，人们对于星星与月亮有着非同一般的感情。在伊斯兰的教义里，新月和星星还有驱走黑暗、迎来光明的意思，土耳其及其他许多伊斯兰国家的人民把星月图案用在国旗上，表明了他们祝福祖国的美好心愿。

我在伊斯坦布尔的市中心广场上，在博斯普鲁斯海峡的快轮上，拍摄了

满面春风的土耳其人

飘扬的土耳其国旗

许多以星月旗做背景的照片：大楼前坪的星月旗、别墅露台上的星月旗、人工花池中的星月旗、商住楼窗台斜挂着的星月旗、游轮上迎风飘扬的星月旗、大桥钢铁臂膀上高高飘扬的星月旗……星月旗大红大红的，也许是因为海风的原因吧，旗子的布料似乎比我所见的别的国家的国旗稍厚一些——我从旗帜飘动的声音里感觉得到。海风一吹，旗帜展得很开，旗帜上的星星与月亮很清晰，很美。

来到伊斯坦布尔的市中心广场，导游带领别的旅伴去逛步行街，我没跟着去，一个人留在广场拍摄街景、拍摄满面春风在街头行走的土耳其人、拍摄星月旗。正忙着，一位当地的男人，大概四十来岁，也有络腮胡，他对我仰了仰下颌，朝着前方天空飘扬的星月旗给我示意，伸出大拇指，做了个赞美的表示。我顿时明白过来，跑上前去，把我刚刚拍摄的有星月旗内容的照片从数码相机里一张张翻出来给他瞧，临末，我也对他翘起了自己的大拇指：了不起，土耳其！

我以为，土耳其的今天本身就带有某种暗示的意味：同是信仰伊斯兰教的穆斯林国家，和整个国际社会更紧密的融合是可能实现的事，一个具有高度现代物质、精神文明的社会会很快变为现实！

祝福，穆斯林！

在那带给人美好希望的海角

——好望角纪行

去南非，本来早就列入我的旅行计划中，可一拖再拖，直到2012年春节前夕才让我一咬牙终于成行。登上香港开往南非约翰内斯堡的客机是2012年1月11日的晚上，回到香港的时间是2012年1月18日的清晨，此时，离中国人民的传统佳节——春节，只有四天了！匆匆地去，匆匆地回，一切都好像是在梦中。但在回国、回家的路上，与以往出境游大不相同的是，我好像捧回了一颗10克拉的美钻，异乎寻常的兴奋、激动。个中原因，与我此次有幸登上好望角很有些关系。

在中学的地理课本上，“好望角”是一个让人神往的所在：伫立在偌大一个非洲最南端的海角的高处，左手一指印度洋，右手一挽大西洋，纵目前望，水天一色、汪洋恣肆，好不气派！可来到好望角，我才知晓：好望角不是我望文生义理解的一处“适于观望大洋的海角”，Cape of good hope，英语的本来意思是“给人美好希望的海角”。“hope”，不是观望，乃“希望”“给人希望”之谓也。

不过，给我带来喜悦与兴奋的远不是我的南非之行纠正了我这延续了五十多年的错误，而是因为我强烈地感受到，在龙年春节即将来临之时，我

好望角，狭长的海岬颇像一条将头伸入大海的巨蜥

有幸与这个英语叫作“Cape of good hope”的地方“相遇”，它必定会给我、给我的亲朋好友、给我的祖国带来美好的希望与祝福！

2011年，对于所有地球人来说是个多事之秋：先是日本大地震，紧接着就是所谓“阿拉伯之春”，利比亚战乱、欧债危机、“占领华尔街”、伊美较劲、南海闹剧、北约嚷着制裁叙利亚、金正日突然去世、中国股市大半年时间在低位徘徊……多事的2011年终于成为过去，人们把目光不约而同地投向了2012年：欧元区能不能在新的一年里摆脱债务危机？美国与以色列会不会对伊朗动真格的？北约对叙利亚的制裁多久会付诸行动？朝鲜半岛在金正日突然离世后会有些什么变化？年逾花甲的我，似乎是生平第一次这样关注发生在世界的每一个新闻事件，早上两眼睁开后第一件事就是打开电视机收看 CCTV 的《新闻联播》……在我到达南非的第三天，台湾地区进行地区领导人大选，不巧，我的手机因为故障不能与国内联系，南非的电视又少有中国节目，元月十四日这一天，我寝食不安，难受得像个热切等待高考结果的学子。我，一个普通中国老百姓的情况尚且如此，可知欧元区里众多盼望政府拿出摆脱危机良方的国民，以及中东地区一天五次祈祷真主保佑让自己的家园远离战争的穆斯林会是个什么心情啦！

2012 年，一个对于众多地球人来说，惴惴不安，但又寄托着美好期待的年份。

也就在我刚刚登上好望角的那一刻，同行的旅伴告诉了我关于台湾地区大选的我所期盼的结果。啊，好望角，果真是一个能给人带来美好希望的 Cape（海角）！

时光倒回到五百多年前的公元 1487 年，先是葡萄牙航海家迪亚士奉葡萄牙国王的指令，率三艘船只从里斯本出发，其任务是继续探索绕过非洲大陆南端通往传说中富庶的印度的航路。因为南部非洲的海域多有西风，夏天风暴猛烈，冬天寒风凌厉，地处非洲大陆南端的好望角曾经被叫作“风暴角”，就是这一海区环境险恶的一个证明。此次迪亚士麾下的船员们费劲气力总算到达并绕过了这被称为“风暴角”的海角，但最终因病痛的袭扰，他同过去许多航海探险家们一样无功而返。通往印度的航路虽然没有最终打通，但“风暴角”的发现让迪亚士与葡萄牙统治者们看到了成功的希望。十年后葡萄牙的另外一位航海家达·伽马最终通过海路成功到达了印度。正是他，用自己的成功证实：绕过“风暴角”是整个航海探险行动中至关重要的一环。从这一天起，新的世界地图与航海图册上有了“Cape of good hope”这个新的地名，迪亚士、达·伽马们海上探险的壮举也因此被载入史册，“Cape of good hope”从此被世人认定为能给自己带来美好希望的神奇土地，成为南非大地的一处旅游胜地。

如今我所见到的好望角被南非政府辟为专属保护区，好在它地处一弯弯的、狭长的海岬之上，这海岬颇像一条将头伸入大海的颀长的巨蜥，不需用许多障碍物就可将其与多有市民居住的大陆分隔开来。专属保护区里有许多动物，与游人关系打得“火热”的当属狒狒了。只要它们感觉到地球人的旅行车里有食物，它们就会使尽浑身解数弄开车窗，在光天化日之下“入室抢劫”啦！这次，我们一行因车门紧闭没有遭遇抢劫，心有不甘的狒狒们面对路过的车辆“狒”视眈眈的模样给我留下了深刻印象。

好望角就在“巨蜥”的高高的“项背”之巅，“角”之下，海浪拍击坚硬、陡峭的礁石发出低沉的鸣响。拾级而上，可见有人专门在各个不同的高度与方位开辟的方便人们观望海景的“露台”，它似乎在提醒人们：你从“可适于观望海景”的意思上理解“好望角”这三字也没有错，哈！

海角之巅有一座已经废弃的灯塔，导游解释，新设的灯塔在一处地势稍低的山崖上，一瞧，体积比已经废弃不用的这座要小，通体白色，在阳光下闪闪发亮。大海，我在许多国家都见过，而脚踏一地放眼世界两大洋却是第一回。感觉上，右手边的大西洋比左手边的印度洋海水的色泽好像深一点。导游说，这是风浪与阳光给人的错觉，我也这么以为，更何况印度洋与大西洋的地理分界线并不在好望角的脚下，而是在左手边、正东方向的另一处似乎不够起眼的山崖下，那山崖我在好望角之巅可以望见。听导游解释完毕，我有些不屑地在心里嘀咕：这印度洋与大西洋的地理分界线不都是听凭“人”来划定的？用得着这么“较真”吗？

人，一切都在于人！从好望角的被发现，并由它的被发现而带来的通往印度新航线的“希望”，从它的“风暴角”更名为“Cape of good hope”，我油然记起鲁迅的一段名言：

> 希望是本无所谓有，也无所谓无的；这正如地上的路，其实地上本没有路，走的人多了，也便有了路。

站在这“给人美好希望的海角”之上，我还想起了一位同样伟大的南非黑人，他终生怀抱结束南非的种族歧视制度的美好“希望”，立下誓约：要建立一个让所有南非人，不论是黑人还是白人，都可以“昂首阔步”的社会。他毅然抛弃他所拥有的酋长家族成员的优越生活，以一名“战士”的身份与坚持种族歧视政策的白人政权作殊死的斗争，先后被白人把持的“政府”关押27年之久仍不屈服……

这次来南非，导游安排我们一行去了南非的行政首都——比勒陀利亚(南非是世界上唯一一个有三个首都的国家，她的立法首都是开普敦，司法首都是布隆方丹)。比勒陀尼亚的总统府、国会大厦都建在半山坡上，头顶骄阳，俯视坡下的市井楼台，气势恢弘、景色优美，与华盛顿的国会山相比自有另一种风格、气派。过去，比勒陀尼亚整座城市，黑人与所有非白人未获“特别许可”不得进入。岂止这样，在整个南非，在整个黑人与非白人占全国总人口70%的南非，涉及种族歧视的法令有350条之多：黑人与非白人的孩子不得与白人的孩子同校读书，黑人与非白人没有资格与白人同乘一辆车旅行，在白人聚居的社区，黑人与非白人未获批准进入者，被人用枪打死也无人理会……

在所有地球人都无法忘却的1994年，我前面提到的那位伟大的南非人终于取得了胜利，一大群黑人与非白人的精英取代白人成为南非这个国家的主宰者，数百条种族歧视的法令被永远废除。正因如此，我这位中国游客来到南非时，才得以在比勒陀尼利亚、在开普敦、在南非最富裕的城市约翰内斯堡，有幸看到满街面带笑容、充满自信的黑色皮肤的男人与女人、大人与小孩“昂首阔步”在街头巷尾。

无独有偶，仍然是这位伟大的南非人，在他的许多次演说中一次又一次地提到了“希望”：

> 我抱有民主和自由社会的理想，希望大家在这样的社会里和睦地生活在一起，享有平等的机会。我希望为这个理想而生活，并努力把它变为现实。如果需要，我愿意为了这个理想而牺牲自己的生命……

希望似乎是无限的，此时的我就像是经过长长的跋涉到达了终点。但事实上，这只是在更长更长的旅途中迈出的第一步，它将以我当时没有想象到的方式继续考验我……

希望，希望！究竟是美丽神奇的“Cape of good hope”，让五百年后的这位伟人从晓事时就逐渐坚定了自己追求美好理想与希望的信念，还是所有土著的英勇、勤劳的南非人千百年所形成的顽强的性格与意志，感染了各个年代的迪亚士、达·伽马们，让他们完成了发现、开辟通往印度的航线，而最终让“风暴角”更名为 Cape of good hope？

不必理会那么多，来到南非，记住 Cape of good hope 这个英语词汇、记下这位伟人的名字就足够了，这位南非伟人的名字是：曼德拉。

“幸福相约，共同期待”，这是中国中央电视台 2012 年春晚最后一个节目——歌曲《天下一家》中的一句歌词，它再好不过地表达了众多地球人眼下的心情。昂首 Cape of good hope 之巅，我这样对自己说：“面包会有的！”欧债危机是会被化解的，中东乱局是会被平息的，中国股市是会很快迎来牛市的，朝鲜半岛的安稳是会被维持的…… 因为，通往“印度”的帆船仍在继续向前，无数与曼德拉同时代的“愿

曼德拉

意为了这个理想而牺牲自己的生命”的黄皮肤、白皮肤、黑皮肤、棕色皮肤的曼德拉们正在不懈地努力着、斗争着。

再见！ Cape of good hope，一个让我在龙年春节前夕得以一睹风采，将给我的祖国、给我的亲友带来美好希望的地方！

晨浴恒河

到过印度，却没有到过恒河，这一直是我的一个遗憾。直到2015年一个阴冷的冬日，我终于把握住了一次巡游恒河的机遇。与我同行的三位湖南汉子，都与我有同一个想法。他们中有一位因公也去过印度，却连泰姬陵、红堡都没有去观赏，也极力主张将恒河之畔的瓦纳拉西作为我们此次印度之旅的首个目的地。

这位曾到过印度的朋友姓王，是湖南一家化工厂的总经理，他的公司与印度的几家企业有业务往来。去印度，他可为我们当向导，而且，这位精通英语的留美博士还能充当我们的翻译！天下的好事全让我遇到了，运气真好！

等待王总在海德拉巴办完公事，我们四人——王总、老胡、老喻与我，背起行装就奔机场，去赶开往瓦纳拉西的飞机。一路上，大家都很兴奋，互相交流有关恒河与瓦纳拉西的信息，老胡还“拉巴——拉基”“拉巴——拉基”地哼起《拉兹之歌》。我突然觉得此刻的我们，真有些像东非大草原迁徙途中的角马与羚羊。角马与羚羊不畏艰辛急急赶往的是马拉河畔的新鲜草场，而我们是去巡礼恒河，接受恒河的洗礼！

瓦纳拉西坐落在印度的东北方位上。地图上的瓦纳拉西颇像印度这张上宽下窄“马脸”上的一只左眼。相传，瓦纳拉西系六千年前由身为婆罗门教和印度教共同主神之一的湿婆神所建。公元前1000年，瓦纳拉西受到了雅利安人的重视，进而得到拓展。12世纪，印度最强大的古国之一——摩揭陀王国曾在这里建都。而今作为印度一座中等规模城市的瓦纳拉西之所以让普天下的游客趋之若鹜，与这里历久不衰的恒河晨浴有着极大的关系。印度历代王朝在瓦拉纳西城河湾两岸先后修筑了大大小小64个台阶码头，为的就是方便人们的晨浴……

我们下了飞机。小车在一条并不宽阔的公路上跋涉了将近一个多小时才驶入一条拥堵的街市。入夜的瓦纳拉西让我无法欣赏到现代建筑，马路上到处可见成堆的垃圾，不时还有闲逛的牛犊夹杂在人流与车流中。小车总算在街边停下，司机告诉我们：前面路太窄，车子没法走，需要我们步行一段路。起初，我以为司机偷懒，哪有旅舍门口不能停泊车辆的事呢？待我们手提行李箱跟着前来接应的旅店服务生进入街边的一条稍不小心就可能踩一脚牛粪的小巷，我们方才知晓错怪了司机，紧接着，就轮到我们为自己住所的条件担忧了！

在瓦纳拉西狭窄的街道上闲逛的牛

这是一幢不能以hotel而只能以inn称呼的小旅社，三层，每层仅三间客房，好在位于恒河边上，站在窗边就可瞧见灯光下波光摇曳的恒河水。房间里有洗手间，床单洁净，挑不出毛病。收拾好行李，我等不及洗漱，就走出旅舍。眼前是一道通向恒河的石质的阶梯，朝下二十余级有一宽约十米的平坦的石质堤道将阶梯切断，再往下，阶梯没有了建筑物的阻隔因此伸展开来，任我左顾右盼，看不见尽头。

堤道上横七竖八躺着许多条野狗，不时有人从它们的身边走过，它们仍一动不动。河岸边整齐有序地停泊着许多条可供十余人乘坐的游船，空荡荡的游船似在提醒我这里传说中的喧闹已暂时告一段落，但这一切都无法阻止我的亲近恒河水的意愿。当我望见不远处建筑物下的幢幢黑影，听到传入耳膜的哝哝私语，我很不情愿地收回了迈下阶梯的脚步。

第二天，刚清晨六时，等不得同房的老胡起床，我就迫不及待地开始了我的恒河巡礼。清晨的恒河没有我预料之中喧嚣，出门时听到高音喇叭有过一声叫唤，很快就寂寂无声了。静静的恒河上空浮着薄薄的晨雾，载人的游船从不同的方向悄无声息地漂移而来，目标所指同样吸引着我的目光。那里，烟雾缭绕，人头攒动，正有许多人在岸上岸下忙碌着。

我很快就见证了许多旅游文章里介绍的恒河晨浴。许多身着印度传统民族服装的男男女女背朝岸上，将整个下半身浸泡在恒河水中，有的不停地用手往自己的上身浇着河水，有的则一次又一次地将头砸到河水中。晨浴者多为成年男女，其中还有年过七十的长者。我注意到身旁搀扶着他们的男女，略显臃肿的身体表明他们都已不再年轻，

在恒河里晨浴的印度老人

将自己的长辈搀扶着浸入水中，抑或搀扶着从水里移步上岸，那小心翼翼的神态如同是在服侍某尊长出席盛大的国宴、百岁的庆典！

晨浴完毕后，人们都会用塑料袋、水杯或水桶满满地盛上河水爬上岸来。他们脸上洋溢着心满意足的神色，让我联想到家乡河边、湖畔所遇见到的一个个收获颇丰的垂钓者。

让我颇觉不爽的是岸上的情景。我走进这儿就注意到一座水潭，呈漏斗状，上宽下窄，底部的是一汪棕色的、十分黏稠的液体，一些果皮与纸屑粘在上面。且不说这液体里藏有多少危害人体健康的病菌，单从有碍观瞻的角度上，它也该清洗了，可我却看到有许多身着民族服装的印度女子在水潭上面的石阶上祭拜，烛火的灰烬毫不在意地飘入水潭。一会儿，有几个小男孩跑到水潭的另一头用长长的树枝搅动起池潭中的液体，我唯恐躲避不及赶紧逃离。让我为之诧异的还有那些席地而坐、认真听教士训导的印度妇女。地面湿漉漉的，石缝中还有积水，可她们瞧也不瞧，教士一个手势，她们提起裙衫就往下坐。

这些所见尽管让我不爽，但仍不足以让我对恒河产生恐惧的感觉，就像有些文章中描述的那样。当我听到随后与我在恒河岸汇合的王总介绍他从旅舍老板那儿了解到的信息，我一时无语了！

王总介绍的是每天发生在恒河岸边的火葬。在这里，十岁以下死去的孩子是不能“享受”火葬的，只能用石块绑在尸身上让其沉入恒河中。根据成年死者身份的不同，火葬地点也有讲究，有的在临水的河滩，有的在平整、宽敞的堤岸，有的或在更高处的石台。火葬时，死者亲属可以在不远处的石台上观望，但一般谢绝女性在此，因为曾经发生过女性亲属无法控制情绪投恒河自尽的惨剧。尸体火化后，骨灰无疑是得撒入恒河的，但不仅仅有骨灰，扔入恒河的还有未能燃烧完毕的人的躯体……

王总的话让我不由自主地将目光投向正在恒河沐浴的人们，距离王总手势所指的火葬点，两者之间最近处不会超过 50 米！昨夜进行的火葬显然刚刚结束，几名男子正在河水中清洗裹尸布，“啪啪！”捶击绸布的声音响彻

恒河河滩上正在进行的火葬

在恒河的上空。

想到恒河水中有可能漂浮着的人体组织，我身子不由起了鸡皮疙瘩，我忽然感觉到眼前这些正在晨浴的印度人也极其肮脏、十分丑陋：他们灰灰的有些发黑的皮肤、他们暴露在衣衫外的赘肉、他们身材比例的不协调……

也许是我有些失态，我对恒河所见的批评，让同行的老胡误以为是我对印度平民百姓或印度民族的嫌弃。他立即用我们在海德拉巴所遭遇的一个事例对我进行批驳，借以证实印度平民的善良与质朴，他们内心深处的美。

那是我们一行来到印度的第一天，我、老胡和老喻结伴游览海德拉巴的大清真寺。海德拉巴是印度的第六大城市，制药业与软件业十分发达。新城区修建了高架路，市区的街道远比瓦纳拉西显得清洁。也许与民众的经济收入有关，城市里突突车（一种载人摩托）远远超过了的士的数量。回程时我们想叫一辆突突车，可问了几个司机，他们都不知我们的住处怎么走。好不容易找到一位愿意送我们回宾馆的突突车，一路上问了好几次路，艰难行走了一个多小时，才将我们送到离宾馆不远的一个广场上。下得车来，我们想按去时坐车的数额付给车费，司机觉得少了，不肯收下我们的车费，僵持一会儿后一下子围过来六七位突突车司机。凭借我在国内的经验，以为这一下完了：本乡本土，又是同行，哪会为我们这些老外说话而去得罪“自己人”呢！可当老喻拿出地图对着围观的人们比画一番，这些看热闹的司机竟然主持公道为我们说话了，弄得那送我们过来的司机羞红了脸，接下我们递过的车费一声不吭地走了！遇上好心人主持公道姑且不论，看到一个大男人当着众人羞红了脸，我有些诧异！我发自心底为印度平民百姓的厚道与诚实“点赞”！

吃过早餐后，我们一行租车前往鹿野苑。这是一处佛教圣地。从我们在恒河边的住所到那儿不过半小时的车程。这里完全是另一个天地，所给予我的是一种截然不同的视觉撞击！如果我将恒河边的所见比喻为一个癞头和尚（我这“比喻”是绝不能说给老胡听的），鹿野苑则像是一位眉清目朗的得道僧人。首先是鹿野苑的整洁，我过去在新德里、斋浦尔以及这一次在恒河浴场所见到的脏与乱，在鹿野苑是不见踪影的；不仅仅是环境，更包括这里的人——或僧、或俗。为僧者，或藏红色、或橘黄的袈裟光鲜可鉴，前来朝拜的居士和信徒一色的青色长袍纤尘不染。让人神往的更有那鹿野苑所展示的超凡脱俗的气场：石塔下，众多青衣居士众星捧月般静心聆听身着橘黄袈

在鹿野苑听法师讲经

裟的僧人的宣讲；绿油油的草坪里清晰可辨的屋基、残垣，让人想象昔日“精舍”—— 佛陀宣讲佛法与修炼的寺庙与僧房的宏伟与庄严……其实，仅凭“鹿野苑”这仨字，都可让所有来此观瞻的人们眼前出现一幅神奇、宏伟的图画，想象佛陀在鹿野苑“初转法轮”，佛教大法从此在鹿野苑、恒河之滨及整个印度发扬光大的情景……

相传中国晋代高僧法显和唐代高僧玄奘都曾来过鹿野苑参拜。玄奘在《大唐西域记》中对鹿野苑的描绘是：“鹿野伽蓝，区界八分，连垣周堵，层轩重阁。”遗憾的是，因为战乱和佛教在印度的衰落，地处鹿野苑的精舍遭到损坏与摧残，终被湮没在历史的尘埃中。后来的印度当局和学术界对鹿野苑的发掘，很大程度得力于玄奘在《大唐西域记》中有关鹿野苑的记载。玄奘与鹿野苑的故事我早有所闻，但在鹿野苑，听人提到玄奘法师，提到《大唐西域记》，懵懂间我竟然将玄奘与佛陀视作了同一个人。阿弥陀佛！

回到住所，来不及考虑晚餐的事，我们就急着联系船只策划夜游恒河的“节目”了！潜意识里，白天鹿野苑所见与恒河所见巨大的反差，让我更想对恒河晨浴，对印度的民风习俗，对印度教增多一些了解。

在我目光所及的将近两千米的河岸上，河的上游与下游各有一处火葬点。在两个火葬点之间的河堤上相隔仅 30 余米，各有一台同样规模的正在热烈进行的祭祀仪式。火光与灯光将舞台映照得通明剔透，高音喇叭里传出我所熟悉的具有印度风情的曲调。我们此刻就坐在游船上，与众多同样是游客的白皮肤、黄皮肤、黑皮肤，一起观赏舞台上的活动。游船挨着游船，黑压压的一大片，船上的人们一个个目不斜视，翘首面朝舞台，游船不摇，身体不动，这情景让我想到鲁迅小说《社戏》中的画面，心底暖暖的。

舞台上身着鲜艳民族服装的男女表演内容似乎都离不开火。他们手中不停舞动着的，或是火塔，或是火盆，或是火把。我联想到舞台两头正在进行的火葬，不禁猜测：在印度，在瓦纳拉西，火，或许是这个民族的一个图腾？至少，它也是印度人喜爱、崇尚的某个神——想到印度教徒崇信的神多达三亿，我以为自己的这一猜测应该八九不离十。

恒河之夜，正在河岸进行的祭祀仪式

当我准备询问王总面前这祭祀是否与火葬有关时，王总告诉我：祭祀活动均系当地政府或宗教组织统一安排，仪式的内容不外乎祈祷世界和平，祈求湿婆诸神保佑丰收、平安、幸福什么的，每天都会在恒河岸进行，如逢宗教节日，规模更加宏大。

曲终人散，河岸上的火葬仍在如火如荼进行。游船靠近石岸，胆大的老胡与老喻竟然下船走近火葬点目睹了一具刚刚运抵现场的尸体的交接仪式：死者身体本有绸布包裹，现场办事人员会轻轻将死者脸部上的绸布打开为之照相，大有验明正身的意思。整个过程没有亲人哭拜，没有器乐奏鸣，简约而庄重。

待我们一行乘船离开火葬点，恒河之上竟然一条游动的船都没有了！我突然发觉到，这是年近七旬的我生平第一次目睹火葬，而且是在这样近的距离里。心中没有一丝对于死亡、死者的恐惧，也没有觉得肮脏和丑陋，虽然与我近在咫尺的恒河水中也许有我早上听说的幼童的尸骨或成年死者未完全燃尽的残体。

我们第二天的行程是租车前往260千米外的另一处佛教圣地菩提伽耶。领队王总提议：为节约时间与费用，我们将从菩提伽耶直接飞往孟买。作为四人中年纪最大的旅客，我第一次在这次印度之旅的行程安排上发表了个人意见，主张后天在菩提伽耶吃了早饭后还回到瓦纳拉西来，再在瓦纳拉西住一晚，再一次看看恒河，看看恒河晨浴！然后从瓦纳拉西飞往孟买。我的建议得到了大家的理解与支持！

菩提伽耶在瓦纳拉西偏东北方向，这不是地图，而是天上的太阳告诉我的。一路上炙热的阳光很“照顾”坐在小车右边位置上的老喻，让他苦不堪言。

提起菩提伽耶，我很快联想到我曾经拜谒过的耶路撒冷，那儿的“马槽”与“苦路”告诉众人许多有关基督耶稣的生平的事迹：基督的降生，他四处宣传、弘扬基督教义的努力，他的遭遇迫害……菩提伽耶见证了佛陀释迦牟尼早年创建佛教、艰难曲折发展的历史：释迦牟尼，一位本可养尊处优的王子为了解脱天下大众生老病死的痛苦萌发出家的念头，进而苦修，最后在菩提树下悟得解脱之道、大彻大悟……

短短一天，我们驱车瞻仰了佛陀当年沐浴过的尼连禅河——它是恒河的支流；拜谒了佛陀接受牧女苏吉亚塔乳糜的所在——一座状似巨型墓地，当地人称作“苏吉亚塔hose”的建筑，它是公元前2世纪时一心崇尚佛教的阿育王为纪念佛陀与苏吉亚塔的相逢而建造的。菩提伽耶寺庙里那高高的菩提显然是人们无比关注的中心，这里人流如织：有拜谒、游览的人，更多的是参拜、打坐修炼的僧侣与居士。更有众多僧侣与居士面朝菩提，不停地在草席上行五体投地的“大礼拜”，如同人们在西藏拉萨所见到的藏传佛教的众多忠实信徒所做的那样。

这里的环境只能以肃穆、庄严来形容。人们的所有表现唯有两个字可以描述，那就是虔诚。

在菩提伽耶，我没有一点人在异乡的感觉，心里尤其安静，没有奢望，

“苏吉亚塔 hose”，阿育王为纪念佛陀与苏吉亚塔的相逢所建造

菩提树下打坐修炼的僧侣与居士

菩提伽耶的庙塔

也没有焦躁，游览途中遇见自称是“难民”的出走印度的藏人的后代，问他们：“可想回家？可想看看北京？”一个轻声的“想”，很快让我们拉近了距离，宛若久别相逢的挚友、亲人，难舍难分。

第二天傍晚回到瓦纳拉西，我们这一次没有去看恒河，而去了瓦纳拉西的老街。这里的街道虽然还只能以小巷相称，但比较我所下榻的旅舍附近的小巷清爽、洁净了许多，我们去一家小饭店吃晚餐，进门竟然还要脱鞋，就像朝拜印度神庙时那样！

在饭店等候的时间里，我翻开手机里的微信，看到一位朋友发来的文字。这位大学教师没有像别的朋友那样对我发给的反映印度的照片或赞叹或鄙弃，而是一字不改地转发给我一段佛学语录：

“佛曰：命由己造，相由心生，世间万物都是化相，心不动，万物皆不动，心不变，万物皆不变。”

印度教是由公元前 10 世纪的婆罗门教发展而来，她成为印度的国教，代替佛教让 80% 多的印度人信奉是公元八、九世纪的事。印度教在发展过程中吸收了佛教的一些教义，时至今日，印度教教义仍有许多与佛教相通的地方。我们暂且不说印度教信徒是否能接受上面这段“佛曰”，我，一个前来印度旅行的中国人是否可以用朋友发给我的这段“佛曰”——佛教的审美取向与理念来分析、审视我在恒河河畔的所见所闻呢？回答应该是肯定的。

在众多印度教徒心里，恒河是一条圣河。对湿婆神极其崇敬的印度教信徒非常相信这样一个传说：那是在十分久远的时代，恒河经常泛滥，当时的国王为了洗刷身上的罪孽，恳求湿婆神相助，湿婆神来到喜马拉雅，躺在河床上，让汹涌的河水从自己披散的头发上流过，从此，恒河流域风调雨顺……湿婆神创建的瓦拉纳西自然也被众多印度教信徒视作为一座圣城！为人一生在瓦拉纳西的恒河畔沐浴，即可洗涤污浊的灵魂，死在瓦拉纳西、在恒河畔火化并将骨灰撒入河中还能解除生的痛苦，超脱生死轮回的厄运……

世间万物都是化相，心不动，万物皆不动，心不变，万物皆不变，一心无比崇信湿婆神的印度教信徒，他们会觉得在恒河畔接受火化恐怖吗？他们

眸子里的那一点白犹如一小颗晶亮的珍珠，摄人心魄

会以为在恒河中洗浴、饮用恒河的水，甚至死在恒河边肮脏、丑陋吗？不会，相反，他们感觉到、体验到的是美、幸福和幸运！

这一天夜晚，我迟迟没有入睡，眼前浮现出许多印度人的笑脸。

在印度的日子里我深深感受到了印度人的善良与真诚，在大街上问路，每一次我都遇见这样的情况：当我们向某个行人打听某一地址时，我们身后的另一位过路人也会停住脚步等候着。待前面那指路者离开后，他立即靠近我们，了解我们需要知道的道路信息，确认前一位指路者所提供信息的是否正确！我们这次前往的都是几个旅游热点景区，我们从未发觉有哪个商家坑过我们，一路上还偷偷为自己在当地的一次次消费活动连声赞叹“便宜”“真便宜”！我们在瓦拉纳西，出门就是恒河，提供免费 wifi，一个标准间仅 160 元人民币，问题是，这个价格竟然低于网上事先商定、经双方认可的数额！这样的事我在国内或许多别的国家是根本没遇见的。我非常喜欢印度人的浓眉大眼，尤其是孩子的。大眼睛里，眼白的白与眼珠的黑对比鲜明，深邃清澈，当他注视你时，眸子里的那一点白犹如一小颗晶亮的珍珠，摄人心魄。这样的双眼所传达的是不容你怀疑的真诚、淳朴与善良！ “相由心生”，我在印度孩子的大眼

恒河的清晨，正在岸边的阶梯上读报的印度教信徒

正在读书的印度教信徒

里为这句“佛曰”寻找到了注解！

恒河之滨的第三个清晨，我仍旧未能等待同房的老胡起床，独自一人匆匆朝恒河堤岸奔去。我没有去理睬那正被祭祀者环绕着的神池，也没有朝火葬点方向走，小心翼翼地迈下石梯，想尽可能近一些接近恒河。离岸三五米处的恒河河面上停泊着一些游船，因为时间尚早，游船上少有游客。迟疑好一会儿，我终于摸出口袋里的100卢比的纸币，比画着朝游船的船主用我笨拙的英语欲言又止：Would you……那船主很快明白了我的意思，立即将游船靠近我，然后跳下船将我扶到船上坐稳——我意欲在恒河之上正面观察在恒河里晨浴的人们。

恒河水里的印度教信徒仍旧在重复我所熟悉了的动作，寡言少语，表情庄重。他们似乎习惯了好奇的游客，正眼也没瞧一下游船上的我。远处的堤岸上，打坐的、朝拜的、练功的，还有读书看报的人，渐渐地多了起来，在恒河堤岸上描绘出一幅色彩斑斓、蔚为壮观的图画。此刻，我虽为自己今早的“壮举”感到得意，同时也为没有同时邀来老胡他们而心生悔意。突然，我听到有人在叫：“老范！”抬眼一看，是老胡。他在岸上示意，要拍摄游船上的我。

也许是老胡的一声叫唤，我忽然发觉，在我来到恒河河岸这段时间，除了老胡那一声“老范”，我没有听到恒河河岸与恒河河面上有谁发出过任何声响！没有人唱，没有人叫，没有人吆三喝四，更没有高音喇叭传出的“拉吧——拉基”什么的！这在我这中国人以为的很正常的事，在人们认为的既脏又乱，并不比中国缺少音乐的印度没有出现。这说明了什么？说明被人们以为肮脏的、不讲究卫生的印度人身上有许多我们中国同胞所缺乏的好品质、好生活习惯。三天前，我给国内的“朋友圈”发过一个微信，题目是“印度未见广场舞”，图片资料来自海德拉巴的广场与公园，我显然是有感于中国广场舞的“扰民”！众多大妈、大伯并非不知晓儒家的“己所不欲，勿施于人”的古训，但在自己高兴之时可就来不及顾及附近楼房里正在酣睡的人了……

我未经高人指点，独自发现恒河堤岸没有“噪音污染”，体会到恒河的美、晨浴的美，充分反映了我对恒河所见态度的改变，这是否表明鹿野苑、菩提伽耶朝拜归来的我的“心”也悄悄地“动”了、“变”了呢？

2015年12月1日清晨，我，一个曾经以为恒河水肮脏而害怕接近她的人，在告别恒河时，虔诚地用双手掬起了一捧恒河的水……

肯尼亚，不穷的“非洲”

每年的7月与8月是有“火城”之称的长沙最为炎热的时日，2012年8月初，我参加了去非洲肯尼亚的旅行团，行装里装了毛衣和棉毛衫，上飞机前，我在电话中对朋友说：“我赤道避暑去啦！”

我在临行前认真读了旅行社发给我的《旅游须知》，得知了肯尼亚8月的天气情况。人们印象中夏天的赤道应该是骄阳似火、酷热难熬的，可位于热带季风区的肯尼亚，全年最高气温仅有26摄氏度，加上7至9月正值雨季，早晨与夜晚的气温更低。来到这儿，我真的看到有肯尼亚人身着毛领小棉袄在路上走的！至于我自己，有两个夜晚，我们一行中国游客被分别安排入住两家野生动物保护区里开设的旅店，一家是所谓“帐篷旅店”，一家是“仿树顶旅馆”——“仿”字，是我给加上的，以与英国女王伊丽莎白曾经入住过的“树顶旅馆”有所区别。说来人们不会相信，在这两家旅店里，我一整夜都偎抱着一个热水袋。

如果说拿肯尼亚一早一晚的天气说事难以让人信服，白天太阳当空时候的肯尼亚又会是个什么样子呢？我们的旅游面包车先从首都内罗毕到马赛马拉，再从马赛马拉开往非洲的第二高峰——肯尼亚山，然后从另一条大道折回到内罗毕，途中两次经过赤道，且都是在中午时分，虽曰太阳当空，但紫外线并未像人们所说的那么灼人。白天虽有阳光，但风是凉凉的，一点也没让人感觉到炎热。不像8月的长沙，站在室外，即使头顶没有太阳照射，身体前后都像有个热风机往你身上吹送热风似的！

非洲不仅没有我估计的那么炎热，也没有我想象的那么贫穷。眼前的肯尼亚与我平日电视画面里见到的赤地千里、饿殍遍野的非洲大相径庭。这个以农牧业为主的国家少有工厂，“面包车”在肯尼亚的原野转了六七天，我还真没有看见一座烟囱，但也极少看见荒芜的土地。我在马赛马拉大草原上坐了十多小时的车，眼前都是茂密的绿草，国家野生动物保护区是野生动物的天堂，保护区范围外的草地与山坡也到处可见成群结队的牛羊。这里似乎少有大江大河，但热带季风区的肯尼亚并不缺少雨水，雨季里，下雨多在一早一晚。来到肯尼亚的第二天晚上，我们就遇见下雨，噼里啪啦，雨点敲打得木板房直响。天亮打开门窗：红灿灿的朝阳把草叶、树叶上的水珠儿映红，顿时像有一千、一万只亮晶晶的眼睛在你眼前闪烁。

离开野生动物保护区，肯尼亚的好山好水也很让我惊喜。我曾经放声讴歌过在法国大平原见到的广阔无边的金黄色麦田，法国大平原上的景象而今在肯尼亚得以重现。那是在前往首都内罗毕的途中，车窗外的坡地满眼尽是金灿灿的小麦与玉米，同样是见不到在田间劳作的人，同样是放眼望不到边际。

面积50多万平方千米的肯尼亚土地上还有近十万平方千米茂密的森林，我所下榻的“仿树顶旅馆”就坐落在一古老的森林中。我们每个游客花30美元让导游带我们进森林与野生动物“邂逅”，也许动物是被我们的游客大军吓得一个个溜跑了，在将近两小时的观光时间里，野生动物没有见到几头，珍奇树木倒是看到不少。有棵六七人才可合抱的大树，“年龄”不会小于五百岁，身上缠满了似有年岁的藤条，长度数米的枝蔓从树上垂下，像是耄耋老人的长长胡须。盛产于肯尼亚的黑木是众多树木中的珍品，这树木的树心呈黑色，质地坚实，即使是将一小段树干放在水中，也会因木质密度高而沉到水下。黑木是制作木雕工艺品的优质材料，我在一个木雕工艺品商店逗留了很长时间，对那儿的一件件黑木工艺品爱不释手，因害怕行李超重，最终仅买了件体积较小的黑木角马。

肯尼亚还有常年积雪的高山，那是号称非洲第二高峰的肯尼亚山，海拔5199米，且就虎踞龙盘在赤道线上，距离首都内罗毕不到200千米。我们一行游客在驶离“仿树顶旅馆”的路途中，得以瞧见肯尼亚山峰的倩影：头披皎洁的轻纱，满“身”绿树葱茏，颇有大家闺秀的风范。当得知肯尼亚山在1997年被编入“世界遗产名录”，我实在难以掩饰神往之情。肯尼亚山是东非大裂谷的一座死火山，山顶积雪常年不化，有15条冰川延伸至海拔4000米处。高山中部的密林面积有7万公顷之多。海拔2000米处多为人力维护、经营的种植园，火山岩发育的肥沃土壤尤其适于咖啡、剑麻、香蕉等作物的种植。肯尼亚山的“脚”下则被一个个“国家公园”与“野生动物保护区”所围绕，我所下榻的“仿树顶旅馆”就坐落在肯尼亚山下的“肯尼亚山国家公园”内。肯尼亚山，一个天然的空气净化器和气温调节器，上天赐给肯尼亚人的聚宝盆！

面对有山、有水、有森林、有草地、有良田的肯尼亚，我实在没有办法将其与一个“穷”字联系起来，但就一些硬件设施的情况来看，比如高铁长度、高速公路长度、钢产量、煤产量、造船数量以及轿车生产量与轿车销售量，肯尼亚确实比中国贫穷很多。我所去的马塞马拉，几百千米的土地上竟然看不见一根电线杆，据说在2012年以后方可考虑通电。在整个肯尼亚仅有两条高速公路，它的修建是几年前的事，且都与中国的工程公司有关。一些部族里普通百姓的窝棚比牲畜所住的牛棚、马厩强不到哪里去。说到这里，我心里特别想说的是，拥有好山好水好天气的肯尼亚不应该是这样的，他们完全可以更好些，更富足、强盛些！

眼前的肯尼亚很像20世纪60年代末的中国，后者也不乏好山好水，但那时的国民经济是不折不扣的“一穷二白”，连一颗铁钉、一盒火柴都要“进口”，铁钉名曰“洋钉”，火柴名曰“洋火”，西南、西北地区山民的居所丝毫不比今日肯尼亚某些部落村民的窝棚强。中国综合国力的空前增强与人

为游客表演跳跃的肯尼亚男青年

马赛族村长的孩子们

民生活水平的迅速提高，是最近三四十年间的事情，是什么力量让中国有了这样的巨大变化呢？有“国际人士”用极其简明的语言概括之：正确的政策与中国人民的勤劳。对此一说，我非常赞同。

何谓“正确的政策”？毋庸我在此多言，“改革开放”四字足以概括，中国人民的“勤劳”倒是我们国人许久没有议论的了。我是6月去的以色列——一个地处非洲与亚洲交界地的国家；再就是这次来肯尼亚，一个穿越赤道的非洲国家。这两次旅行，我都在飞机上遇见了来往于这两个国家的中国工人。一次是从以色列回北京，身旁坐的是一位家在浙江的青年农民，他在以色列特拉维夫市的一处基建工地打工，三年了，这是他第一次回浙江老家探亲，与他同行的伙伴还有三位。小伙子一路话很多，有些兴奋，显然与他即将见到自己的亲人有关。8月这次从广州出发到肯尼亚首都内罗毕，我身旁坐的是一位看似年近六十的男人，开始我以为他与我一样也是去肯尼亚旅游的，一问，才知他是中国在非洲承建的某公司的一名普通工人，年龄仅仅五十出头，老家在福建，这次是休每年四十天的假期后返回工地。这位福建人所去的国家是肯尼亚的近邻。我问他，那儿苦吗？他答曰：还好！但比肯尼亚差点。又说，到了那儿，整天就是工作，没有什么周末，早上7点钟不到就上班，很忙，娱乐时间也不多。难怪他那么显“老”——我心里想。

面对身边的这些远离亲人在异域打工的中国工人，我强烈感觉到中国人民的勤劳。其实，不光以色列和肯尼亚，全世界的各个角落哪里没有中国工人与中国商人的身影？就在笔者写作此文的时候，CCTV告诉我，仅地处北非的突尼斯这一个国家，就有26万中国人在那儿务工、经商。我真想面对整个世界大喊一声：勤劳、善良的中国人民万岁！

中国改革开放政策的一个很重要的成就就是对生产力的解放，在这一点上，中国政府的一些做法是值得肯尼亚人借鉴的。刚来肯尼亚时，我在马塞族村庄里，看到许多闲坐在窝棚前等待外国观光客的年轻男人，我的确为他们着急、惋惜过。在来肯尼亚的第二天，等候修车的时候，我一直在观察一位孤零零坐在路边石头上望着公路发呆的马赛人，正是午饭时间，他似乎没有回家吃饭的打算，但也并非仅为歇歇脚在此小憩一会，直到我们的汽车修好动身走了，他仍然一动不动地坐在石头上，车走得远了，他身上的红布告诉我，他仍然待在那儿。见到这些情况，我想，肯尼亚国家让这么多青壮劳力白白闲着，多可惜啊！

在马赛族村庄，出于好奇，我们一行游客总不忘打听这儿一夫多妻的情况，主人也投我们所好，将其成群的子女一一唤出，让我们给他们照相。在一个马赛族的村庄里，我见到了娶了三个妻子的村长，他有23个子女。另一个村庄村长的妻子似乎更多，他的子女有29个。他们一起挤在我们一行中国游客面前，就像一个班级里的老师与学生。而当我向身边另一位中年男子询问他的年龄与婚姻时，他的回答让我为之黯然神伤：因为家里“牛羊少”，35岁的他至今未婚。一边是儿女成群，为人父者不能保证子女能受到良好的教育，另一边则是众多成年男女无所事事，渴望政府的关爱而不得。这种情况较普遍地存在于大众社会，是非常不利于国家发展的。

但，他们绝非肯尼亚人的全部，肯尼亚人是完全有能力改变这一状况的，我所见到的另一些肯尼亚人告诉了我一切。

我至今难忘在马赛村庄里那位小学女教师睿智的目光，这位毕业于内罗毕大学——肯尼亚最著名大学的知识女性，本可与她的丈夫在内罗毕找到称心的工作，住进首都内罗毕舒适的“洋房”，但她没有这样做，而是住在没有电灯的矮屋里，与用牛粪糊墙的马赛族人为邻，做他们的孩子们的老师。

马赛族村庄里的小学女教师

离开肯尼亚一个月有余了，我至今仍牢牢记得我们的面包车司机的面容，即使让我再一次去肯尼亚，我也会在人堆里一眼认出他。这位成天面带笑容的年轻人，有体操运动员一样健壮的身体，肌肉发达、精力旺盛。肯尼亚的路况实在不敢恭维，坐在车内一路颠簸的游客们，没少大呼小唤，可他依然速度不减，镇定自如。一天下来十多小时的车程，最累的应该是他，但任何时候的他都是面带微笑。出于对他的喜爱，车内的同伴你一句我一句地通过旅行团里懂英语的同伴打听他的情况，方才得知，他已有 38 岁，是四个孩子的爸爸。17 岁时，父母双亡，本来考上了内罗毕大学的他没有去就读，而跟人学习做导游谋生，十年前他就有了导游证。这时，我们方才醒悟：我们车上中文不够流利的肯尼亚女导游，何以在遇到游客提出她无法回答的问题时，每每都用肯尼亚语言向他求教！

说到吃苦耐劳，肯尼亚人一点也不逊色于我们中国人，如果笔者将田径世锦赛、奥运赛场上肯尼亚运动员一次又一次打破中长跑世界纪录、夺得多个冠亚军的事举例说出，任谁也不会反驳我的这一观点。

我也丝毫不怀疑肯尼亚人改变自己国家命运的能力，尤其是当我一次次见到一辆辆宽大、舒适、车体上的“SCHOOL BUS”闪闪发亮的校车时，我对自己的判断更加充满自信。

在肯尼亚，在中国自己家的书桌前，我一次次这样想：今天的肯尼亚政府既然有能力通过“绿带运动”（一个推动妇女就业和改善自然环境相结合的群众运动，由肯尼亚现任环境与自然资源部长旺加里马塔伊发起，她因此在2004年荣获“诺贝尔和平奖”）的开展让肯尼亚到处是高树浅草，有魄力在部分地区严格实施“禁猎行动”，让动物大迁徙的世界奇迹得以延续，有心节省口袋里不多的钱给孩子们提供宽敞、舒适的校车，修建明亮、宽敞的校舍，他们同样将会有正确的政策出台，以充分调动广大肯尼亚人的生产积极性，让肯尼亚人的聪明才智得以发挥。我有理由相信：不需要多久，“非洲第一”“世界强国”的“帽子”必定会戴在勤劳勇敢的肯尼亚人头上。

祝福你：不穷的肯尼亚，不穷的非洲！

它们，让我们抛却不快与疲惫

——肯尼亚国家野生动物保护区巡礼

2012 年 8 月的肯尼亚之旅是我十多年来跟团旅行中遇到“麻烦”最多的一次。我们一行 12 名游客分别乘坐两辆没有空调设备的面包车，其中一辆在前三天时间里抛了四次锚。我们这辆车竟然四个轮胎中有三个先后爆了胎。

所有花钱到国外旅行的游客一旦遇到我上面所说的这种境况，尤其是当我们提出换车的请求被人以“恰逢旅游旺季”为由拒绝时，想不生气也是很难很难的。这种情况如果出现在美国、法国，我们游客会指名道姓地责骂奥巴马和萨科奇，如果萨科奇仍然是法国总统的话。奇怪的是，在肯尼亚，我们 12 名游客不但没有一个开骂，脾气也尤其好。我哩，在人们坐在路边等候修车的时候，一个人捧着相机在公路上数汽车：看看每十分钟里有多少载着中国游客的旅行面包车从公路上经过，我竟为发现了几辆飞驰而去的校车兴奋得摇头晃脑，奔跑着将自己的摄影作品翻出来给旅伴欣赏。校车是 40 个座位的大巴，很新，车型也美，车身上的“SCHOOL BUS”鲜艳夺目。是什么力量让我们一行游客将埋在心底的不快与烦恼排遣、抛弃，是因为肯尼亚人的贫穷？不！旅游既然被作为一种商业性质的有偿服务广为开展，旅游景点所在国家的贫穷与否不是降低服务品质、换取游客谅解的理由。是它们，是大迁徙途中百万头角马、羚羊，是博格里亚湖里灿若云霞的火烈鸟们，让我们将埋在心底的不快与烦恼抛弃！

12 名中国游客中，除了我，都是因为看了 CCTV 有关动物大迁徙的报道来的肯尼亚。我来肯尼亚本是出于这样的考量，整个非洲，我去了南非，到过埃及，这两个国家正好一个在非洲之南，一个在非洲之北，如果将非洲比喻为一个大海，我只能算是在海边、浅海区玩了玩，让赤道在其“腰间”一穿而过的肯尼亚就是我心目中认为的非洲这个“大海”的深海区。不难想象：我这对观赏动物大迁徙毫无思想准备的人，一旦“意外”地遇上无数旅行爱好者梦寐以求的非洲动物大迁徙，看到数百万只火烈鸟在自己面前飞舞、跳跃，会是多么欣喜！

发生在非洲东部一年一度的动物大迁徙，被世界知名旅游杂志 *Lonely Planet* 热捧为“举目世界，屈指可数”的奇观。每年 7 月开始的肯尼亚雨季，会有数百万头角马、斑马与羚羊，为了这儿丰美的水草，为了后代的生育繁殖，从坦桑尼亚大草原迁徙到肯尼亚的马赛马拉大草原，数百年间从未间断。我们一行一下飞机还没有来得及进旅店休息就朝马赛马拉赶路，为的就是来追寻这一奇观，当然，这一切都是我事后才知晓的。8 月 10 日一早，

迁徙途中的角马

我们一行再一次进入马赛马拉国家野生动物保护区。前一天下午，我们一行在旅店小憩后曾来这“逛”过一回，见到了许多角马、斑马、长颈鹿和羚羊。也许是因为清晨的缘故，草原上的动物比昨天下午多得多，尤其是长颈鹿，三五成群，根本不理睬过往的游客，有滋有味地咀嚼珠光闪耀的树叶。汽车走过一段食草动物集聚的草地，在后面的很长一段路上，除了几头在阳光下散步的大象和待在草丛中等候猎物出现的猎豹与雄狮，就再也见不到别的动物了，正当我收拾起照相机准备安坐在沙发椅上稍作调整时，车里有人惊呼：角马、角马，好多角马！车里的人们条件反射地各自将手中的相机举起，动作的一致与迅捷颇有些像电视画面上听到班长口令做持枪动作的战士。没一会儿，车的右前方，我发现一大群深灰颜色的移动中的兽群。事先有所准备的旅伴大喊：嗨！动物大迁徙啦！

我们的车辆终于靠近了这支迁徙大军。它们中以角马最多，也有不少斑马与羚羊。我是生平第一次这么近距离地观察这身子像马、头部像有角的牦牛、长着胡须的棕黑皮肤的动物。它们各个都很壮实，但很是温驯，也有纪律，在“领头马”带领下，一路上不停歇地咀嚼青草，相互跟着往前行进。一旦发现自己跟前面的伙伴拉开了距离，它们会立即停止咀嚼，四肢腾空而

火烈鸟

起，飞奔向前，此时的角马，“马性”毕露，丝毫不逊色于我们内蒙古草原上的那些奔马了。原野上迎面而来的马群越来越多，远远望去像一大片飘移的云彩。

迁徙中的“大部队”没有停止前进，我们的旅行车似乎也没有打道回府的意思，经过一道山冈，肯尼亚司机往前一指说：马拉、马拉！车内又有人禁不住喊了：看动物强渡马拉河，好！据说，动物强渡马拉河是 CCTV 黄金时间段介绍过的“重头戏”，挺值得一瞧的！此时已是下午 2 时，中午饭还没有享用的我跟着车内的旅伴叫唤：到马拉河再吃午饭不迟。

汽车又开了四十多分钟才来到马拉河畔，原以为马拉河是条了不得的大江大河，一看，河道一点也不宽阔，最宽处才十三四米，水流倒是有点湍急，一头死去的角马侧身躺在河面上从上游飘下，没有几分钟就消失在我们的视野里。河中有一沙洲，沙洲上躺着十五六头河马，炽热的阳光照射在它们粗糙、肥厚的皮囊上。待汽车再往河边靠近，我们惊讶地发现：离沙洲不到两米的河中趴着四五条身躯硕大的鳄鱼，纹丝不动，起初望去，让人以为是几块突出于河面的岩石哩！我们在离马拉河很远时就看到的角马群聚集在离河岸不过五米的草地上，它们似乎已在河岸上等候多时，河中的“敌情”早已被它们察觉，马群中没有一头角马单独走动，也没有谁打喷嚏、吆喝什么的。马拉河岸犹如大战在即，气氛凝重，让人觉得窒息。

午饭是在车里进行的。食谱：一个鸡蛋，一块面包，一小盒果汁，一块菠萝。感觉：无可奉告。

漫长的等待给了我静静观察角马习性的机会。此时的角马在我眼里不再是动物，而是一支有纪律、有计谋的军队。没有人类语言的它们似在窃窃私语，又似在举行一个重要会议，但更多的时间是默默等候、观望。时间一分钟一分钟地过去了，看来，没有统帅部发布作战指令，谁也不会独自贸然行动。终于，在整整一个小时后，角马群里有了动静，只见它们走出一长列队伍，它们不是走向河岸，而是朝河岸相反的方向撤离。这显然是听命于某“首长”的指令，至于它们是去别的渡口转移，还是因为天色已晚想早早地寻求一个

正在等待时机渡过马拉河的马群

宿营地休整，等待更好的渡河时机，我就不得而知了。这样的有秩序的“撤离”，在后面一个小时的时间里又相继发生了两次，每一次，角马都数以千计，剩余的这支千余头的“部队”一度靠近河岸，试图有所动作，但很快又退回原处。看来，马拉河里水情与“敌情”仍然不容乐观，是贸然行动不得的。

最终没有耐心的是我们一行游客，在夕阳行将归去之前，轮到我们撤离

河滩上的河马

了。这是真正的撤离，此一去，我们一行再来马拉河就不知是何年何月的事了！而马拉河之渡，今天不成功，还有明日，还有后天，对于数百万角马、羚羊、斑马们，这里是它们的“天国之渡”，是不会因为鳄鱼与河马的阻挡而却步的。

告别马拉河，我的双眼一直没有离开仍然在河边等候时机的马群，直到它们在我的视线里消失。我在心底为它们祈祷，祝它们成功！

不等我们一行从目睹百万动物大迁徙的激动情绪里冷静过来，肯尼亚人紧接着又回馈给我们另一个“数百万”——博高利亚湖畔数以百万计的火烈鸟。

面积达30多平方千米的博高利亚湖距离马赛马拉国家野生动物保护区有六个小时的车程，这也是一个国家野生动物保护区。在肯尼亚，与马塞马拉、博高利亚湖类似的国家野生动物保护区有59处之多！博高利亚湖位于著名的肯尼亚大裂谷的边缘，这是一个碳酸钙湖，湖边多温泉，不仅水温高，而且多蒸汽，是百万火烈鸟无可替代的“温暖”的家！这是从马拉河归来第二天的中午时分，面包车傍着博高利亚湖走了半个小时，我就透过树丛看到湖畔有一大片微微闪动的橘红色的鸟群。火烈鸟有鹅的丰满身躯，鹰的宽长双翅，鹤的细长双腿，而为别的禽类所不具有的，就是它身上火一般鲜艳的橘红和粉红的颜色了！越往近处瞧，“橘红”更加宏大，更加浓烈，灿烂如同云霞，但比云霞更有质感和动感。待我走下车到湖边近距离地观赏火烈鸟，除了“壮观”与“辉煌”，我就再也寻找不到更新更美的语汇去赞美它了！然而更为“壮观”与“辉煌”的是万鸟奋飞的场面。火烈鸟不同于“身强力壮”的角马，它们很警觉，一见有人，就会扑棱一声从水中跃起、相互跟着跃上天空，长长的双脚搏击起尺余高的水花，一时间，在“刷刷刷”水声的伴奏下，水面的“白花花”与湖上、空中的“红灿灿”交相辉映，一时，犹如大型交响乐中大钹突然响起，以壮美的图画作为背景的，人世间最为雄壮、宏伟的视听盛宴回响在听众的耳畔，展现在人们的眼前！

在归去的途中，我在蓝色的博高利亚湖湖面又看到一大片“橘红”。远处，湖的对岸并未见火烈鸟的踪迹，抬眼望天，也未见火烈鸟的倩影，我有些怀疑自己的眼睛，难道是海市蜃楼？抑或是刚刚遇见的火烈鸟奇观让自己产生错觉？车中有来肯尼亚前备过“课”的旅伴解释说：这是博高利亚湖中大量蓝绿藻和矽藻在阳光照射下产生的效果。有时会是黄色，有时会是紫红。啊！无与伦比的火烈鸟，无比神奇的博高利亚湖！

在肯尼亚的几天里，我们极少在城镇逗留，大部分时间住的是山林或湖畔酒店，走的是见不到尽头的乡野大道，看的是各式各样的走兽与飞禽，《旅游合同》中计划游览的“国会大厦”“国际会展中心”，我们一行仅坐在车上瞟了一眼，谁也没有提出下车参观的要求。旅伴们之间似乎在心里达成默契：来肯尼亚，有幸一睹动物大迁徙、欣赏到火烈鸟奇观，足矣！旅伴们的情绪还让我感觉到：角马与火烈鸟们不仅仅饱了人们的“眼福”，也带给了大家深深的思考。联想到中国西北地区藏羚羊的遭遇，想到濒临绝种的东北虎、中华鲟，车内的所有游伴都以一声无奈的叹息来表明自己的不满与忧虑。但几位受过高等教育的旅伴并没有满足于这一声“叹息”，他们继续发表高论：正是由于百万角马与火烈鸟们不是“健康”“愉快”地生活在“富裕”的中国，而是生活在“贫穷”的肯尼亚，这更加证明了肯尼亚人的“高尚”与“伟大”。是的，肯尼亚人远比今天的中国人穷，在肯尼亚的马赛族村庄，我们

树上的鸟巢

马赛族村长与他的家

游客塞了一块极普通的糖果给他们的小孩，他们会高兴得跳起双脚，我们塞给侍者 20 元当地货币（折合人民币一元五角）的小费，也会给他们带来如获至宝的喜悦。他们用牛粪、泥土糊就的供一家十余口居住的窝棚，高不过一米八九，没有电，里面伸手不见五指，但就是这些马赛人，再穷、再饿，谁也没有将长矛与猎枪指向可以给他们换来许多美元的角马与羚羊！尽管撂倒几头角马、羚羊对于他们是轻而易举的事，尽管这些角马与羚羊很快就将迁徙到比邻的坦桑尼亚，至于“挂”在头顶鸟窝中的小鸟与鸟蛋，这是自家小孩都可以轻易将其收入囊中的，他们也给这未列入政府动物保护条例名册中的“弱者”以宽容。可我们中某些“富裕”的中国人却舍不得给野生动物们一处栖身之地。如此说来，在肯尼亚人面前，真正的“穷人”应该是我们！

我真想大声告诉眼前的肯尼亚人，没有你们，我们万千游客看不到百万动物大迁徙，欣赏不到火烈鸟奇观。其实，更重要的是，正是因为肯尼亚人数百年不懈的努力，在广阔的非洲大地上给了数百万角马、火烈鸟、羚羊们这些人类的朋友一方乐土，整个地球村才会在21世纪的今天，仍然可以在东部非洲的大地上看到动物与人和谐相处的生态环境，才有一条让万千野生动物得以繁衍生息、长时期生存与发展的不可或缺的食物链。须知，一旦没有了这一切，没有了一个又一个“肯尼亚”，没有了一个又一个“野生动物自然保护区”，等待着人类的将是一个又一个“极端天气”与没完没了的自然灾害！

朋友，你想想，面对百万角马、羚羊、火烈鸟，面对这些不善言辞的“野生动物保护神”——肯尼亚人、马赛族人，我们这些中国游客除了发自内心的喜爱与感谢，还会因为几个轮胎的爆裂、洗手间少了毛巾、夜晚突然停电什么的，而影响自己的好心情、责怪面前的主人吗？不，不会的！会感觉到疲劳与乏味吗？不，也不会的！

蹒跚在耶路撒冷的“苦路”……

来到以色列，我有相见恨晚的感觉。

去国外旅行，我到过许多座世界知名的基督教教堂：罗马的圣彼得大教堂、巴黎的巴黎圣母院、威尼斯的圣马可大教堂……开罗与迪拜的清真寺我也进去过。我一次次试图让自己弄清楚天主教、新教、东正教之间的关系以及它们与犹太教、伊斯兰教之间的差异。到了以色列，到了耶路撒冷，我方才明白，如果我提前几年来这儿，对这些宗教常识的了解与掌握将少费许多周折。因为，耶路撒冷是世界公认的犹太教、基督教和伊斯兰教这三大宗教的圣地，《圣经》上的许多故事，据称80%以上可以在这儿寻找到它的“根”。

以色列这块被上帝称作流淌着牛奶与蜜的应许之地，曾经是上帝之子耶稣的出生地与受难之地，更重要的，是他向万千信徒传播教义的地方。在以色列的几天里，我去了当年天使给圣母玛利亚报信说她将生下上帝之子耶稣的“报喜堂”，去了当年耶稣降生的“圣诞大教堂”，著名的“马槽”就在这教堂深处。只是这“圣诞大教堂”坐落在距离耶路撒冷十几千米的伯利恒城内，这个城市现在是以色列国的巴勒斯坦人自治区，“隔离墙”将这里与以色列别的城市分隔开来，有带枪的以色列士兵把守着哨卡。还有耶稣预感到耶路撒冷将遭受灾难而为之哭泣的“主泣教堂”，耶稣最后一次登台祈祷的“万国教堂”，耶稣显神迹给信徒们发给大饼与鱼的“五饼二鱼堂”，以及他亲授弟子彼得为天下第一教皇的“彼得献心堂”，我们都一一拜谒过，没有漏掉一处。至于耶稣与十二门徒共进“最后的晚餐”的地方，反倒不是在一座教堂里，那是一幢高约六米的石屋。不仅仅基督教，连伊斯兰教也在其空阔的墙壁上留下了自己的印记，屋子里没有任何摆设，达·芬奇油画中的那张令人过目难忘的餐桌也没能见到。

让我印象尤其深刻并为之震撼的是耶路撒冷城的“苦路”与“哭墙”。所谓“苦路”，基督教“正统”表述是“耶稣受难之路”（VIA DOLOROSA）。公元33年4月2日，根据犹大的告发，罗马士兵在客西马尼园抓捕耶稣，紧接着就宣判所谓耶稣企图当犹太王的罪行，并让耶稣背上十字架游街示众，押他去刑场处死。这条“耶稣受难之路”让后人划分为14站，具体到耶稣在什么地方，也就是在哪一站跌倒、哭泣、劝诫自己的信徒，弟子西曼在哪一站扶起跌倒的他并为之背负十字架，圣母玛利亚在哪一站见到将被处死的儿子耶稣，耶稣在哪一站被钉在十字架上死去等等，非常具体。耶稣受难之路14站中9站的情形在圣经《新约》中均有记载。“苦路”的实际位置在圣殿一侧的街区里，青石板铺就的狭窄的道路两旁是一间紧挨一间的民居与商铺。有些地段有上下坡，有几站走到头后又需我们从原路折回再前往下一站，显然，押送“罪犯”游街示众是由押送者说了算的，由不得背负十字架的耶稣。导游在前面举着小旗，按顺序一站又一站，一一指着刻着罗马数字的青铜牌子叫我们瞧。我们一行十七个旅行团成员小跑着紧跟其后，包括其中一位年过七十的驴友。大家嘴里没喊，心里想必都在叫苦。已在耶路撒冷古城逛了大半天的我此时也有些累了，膝关节感觉到很不对劲，但想到当年耶稣曾身背十字架在这条石板路上走过，又觉得没有什么。好在这“苦路”的后面五站就在圣墓教堂内，里面也还阴凉。教堂里游人很多，进门没几步处有一黄色的大石板前围了许多人，多是朝圣者，一个个将手中的祭品摆在石板上，嘴里念念有词，有的还将额头贴在石板上以示崇敬。我想，这一定是一件可以给人带来好运的圣物，于是也趁人少时将双手趴在石板上

在传说当年耶稣死而复生之处

让驴友给我留了个影。后来得知，这石板是当年耶稣被确认死亡后停放他尸体的地方。但随后我又想，不是说有弟子得知耶稣被处死后，就去寻找耶稣的尸体想要安葬他，可到耶稣的殉难处，发现耶稣的尸体已经不在了，实际上，耶稣复活了，已去另一地方继续他传播教义的“革命活动”了。如此说来，“圣墓教堂”里的这块大石板也是见证耶稣复活的圣物，是十分了不得的——我这关于大石板的猜想不管正确与否，至少可以证明，我在以色列算是已经进入角色了。当然仅是指我对有关耶稣的了解及宗教常识的学习。

与“圣墓教堂”仅百米之遥的“哭墙”则是完全不同的另一种境况。这堵高约二十余米、坚硬的石头墙是犹太人心目中唯一神迹——圣殿的外墙。如今，圣殿不再，这“墙”成了后世犹太信众祈祷上帝、感念民族两千余年来所受苦难的场所。被嘱咐戴上犹太教徒所戴“Kippa”（一种平顶小帽）以示对上帝的崇敬的我也随着人们一起来到石墙下，我没有像犹太信众那样把脸或额头贴在墙上喃喃自语，似在哭泣，我只是将祝福话语写在纸条上塞进石墙的缝隙中。循着“哭墙”进入一旁的门洞中，我顿时被眼前的景象惊呆了。这儿的人有些双手捧着本硕大的经书独自坐在墙边低着头认真地阅读，

古城堡

在马萨达

但更多的则唱出声来，有许多还将头像鸡啄米似的一前一后地晃着，全身心投入其中，根本没去理睬在他们身前身后照相、摄像的游客。这儿的信徒全是男性，大多头戴黑色的直筒礼帽，留着络腮胡，鬓角还扎着小小的辫子。当然，他们身边跟着的小男孩暂时还不是这个模样，虽然他们也手捧经书在认真地阅读。据说，这些装扮与众不同的犹太教徒们每天都这样祈祷上帝、研习摩西“十诫”与《旧约》，这就是他们的工作，政府为其提供必需的经费。

这么集中地接受宗教文化的教化与洗礼，对于我还是第一次。与在别的宗教场所感受不同的是，这儿更多的是悲情，是张扬牺牲与忍耐的坚毅与悲壮。在这里，我第一次听到这样的解释：耶稣的受难不是因为犹大的背叛，是上帝有意让耶稣代替天下所有罪人去接受上帝的惩罚，即使是犹大的“告密”，也是上帝的设计，而非犹大的本意。至于犹太信徒无比崇敬的第一圣殿与第二圣殿的相继被摧毁以及犹太人后来遭受罗马人的屠杀、驱赶，也是神圣的耶和华对犹太人的惩罚、磨难。犹太人需要坚持的就是永无止境的自我救赎，它将让自己的民族因此获得新生，让这里重新成为拥有流淌着牛奶与蜜的应许之地。

离开耶路撒冷驱车前往南面红海，与耶稣相关的宗教遗迹少得多了，导游也没有给我们再讲圣殿、《旧约》、耶稣。车窗外是几乎占据以色列现有土地面积近一半的内盖夫大沙漠。我们一行到了马萨达，一路上听导游讲述有关马萨达的故事，讲叙希特勒的大屠杀，介绍了以色列艰难的“复国”之路，我突然觉得，虽然离耶路撒冷的哭墙与“苦路”渐行渐远，我们这一行中国游客仍然行走在一条涩涩的“苦路”上，这，绝非因为车窗外的漫漫黄沙和人烟杳无。

毗邻死海的马萨达是一座光秃秃的山冈，如果不是有人指点，不是乘坐缆车上去瞧瞧，我们绝不会将它与2200年前的犹太国希律王的夏宫联系在一起。山冈上现已没有一棵植物哪怕是小草什么的，但经过简单修补的残垣断墙告诉今天的游人，这里曾经有过会议厅，有过教堂，有过桑拿浴池，有过国王的寝宫……时光倒回到公元73年，在此之前不久，耶路撒冷已被罗

荷枪实弹的以色列女兵

马军人攻陷，所剩千余犹太难民撤退到昔日国王的夏宫马萨达，凭险坚守。随后赶到的罗马军队不知山上的虚实，将马萨达整整围困了三年！某日，当山上的犹太人知晓罗马军队明日一早必将攻上山来，他们召开了一次全体会议。会上，组织者问大家：待明日罗马人攻上山来，我们的男丁将被敌人宰杀，女人将会受到凌辱，孩子将会被抓去充当奴隶。大家是愿意作为自由人死在自己人手中，还是苟且偷生投降敌军？众人都答：愿作为自由人死在自己人手里。于是，所有青壮年男子参与抽签，以决定哪十名男子执行处死自己同胞与战友的使命，而那十人中又选出一人杀死其余九人，然后自裁。尽管自杀是有违犹太教教规的，人们还是决意这么做了。第二天，攻上山来的罗马官兵看到的是广场上摆放得整整齐齐的九百多具尸体和一封表达犹太人愿做自由人英勇死去的给罗马人的信。罗马人惊呆了，也正是这惊呆了的罗马士兵中的一员，通过自己的一篇日记让后人了解了这一被封存一千多年的秘密。

从马萨达被攻陷以后，犹太人开始了民族大流散，将近两千年，一直到1948年的5月，犹太人都没有自己的祖国，没有一个可为他们说话的政府，流散世界各地的犹太人饱受种族歧视、宗教迫害，起码的人身安全也得不到保障，其最为悲壮、令人发指的就是二战时期希特勒对犹太人丧心病狂的灭绝种族的大屠杀：600万犹太人死在希特勒的集中营、毒气房和万人坑里。

古城堡

600 万呀，这个数字是而今全世界犹太人总数的三分之一！

命运多舛的犹太民族！多苦多难的以色列人！

我在这儿不能不提及我们此次旅行的以色列导游张女士。这是一位有过美国马里兰大学留学、清华大学工作经历的知识女性。七年前，她成了一位以色列高级电脑工程师的妻子，去年不幸病逝的公公曾做过以色列军方的高官。遇上她给我们作导游，我以为这是我们这些中国游客的幸运——精通希伯来语言的她说起以色列的历史和现状口若悬河，让一旁认真聆听的我受益匪浅。

大致了解了犹太民族的历史，特别是这两千余年来，犹太民族在世界各地流浪拼搏，最终回到以色列建立自己的国家的情况后，我无比感慨：人类有文字记载的历史也不过三四千年，一个丧失了自己的国家，在世界五大洲四处流散的民族，人口的数量并非很多，两千余年了，他们没有消失在这个地球上，反而为这个世界奉献了一大批卓越的人才：拉斐尔、马克思、海涅、弗洛伊德、大卫·李嘉图、毕加索、卡夫卡、门德尔松、洛克菲勒、爱因斯坦、卓别林、基辛格，以及占获奖总数29%的诺贝尔奖的获得者们，并且在20世纪中叶成功地建立了自己的国家，在资源匮乏的国土上为现代社会创造了一个又一个奇迹：创造巨额外汇的农业、高科技的研发，比如滴灌技术、海水淡化技术……

我实在太想知道为什么这些犹太人历经两千余年的大流散不仅未垮掉，还能有今天的发展！这显然是我这刚刚接触到犹太人历史的人一时无法完成的，但我仍然强烈地感觉到，犹太人两千余年所坚持奉行的宗教教义，他们所坚持研习的犹太文化，是维系这个民族生存、发展的根基。过去，我们仅仅知道犹太人有自己崇信的“摩西十诫”和朝夕相伴的《旧约全书》，其实，犹太人还拥有另一部伟大的经典：号称“《圣经》第二”的《巴比伦塔木德》。这部经典是数千名犹太贤哲与宗教研究人士以维护犹太教传统及犹太精神为己任，潜心研究、著书立说，用公元2世纪至6世纪的数百年时间编撰的犹太教口传律法集，其内容除宗教训诫和道德说教外，还包括大量的神话故事、历史传说、民间习俗，以及天文地理、医学算术及植物学知识。上述所有这些犹太经典，反复强调自己是上帝的“特选之民”，犹太信众因与上帝有所签契约而存在，因此要“在做生意时恪守诚信”，要“腾出时间学习”，要“尽力工作”，要“渴望得到神的救赎”（见《巴比伦塔木德》）。可以这么说，没有了祖国而四处流亡的犹太人，“摩西十诫”、《旧约全书》与《巴比伦塔木德》就是他们心中的祖国，是他们的精神食粮，是他们赖以生存的生产工具与战斗武器。

苦路，耶稣受难之路。可以这么说，1948年5月14日，以色列宣布复国那天，也是以色列人新的“苦路”的开始之日。果然，不到24小时，以色列的所有近邻——埃及、约旦、伊拉克、叙利亚和黎巴嫩均与之发生正面冲突，史称第一次中东战争。紧随其后是第二次、第三次……短短几十年间，以“中东战争”为名字的战争以色列国竟然参加了六次！在此期间，以色列

在“空中花园”之巅鸟瞰美丽的海法港

的民航飞机两次被劫，以色列国在英国的民航工作台遭受恐怖分子机枪扫射，1972 年 9 月在德国慕尼黑举行的第 20 届奥运会上，9 名以色列运动员遭到恐怖分子劫持、杀害……

面对如此险恶的生存环境，以色列人害怕、退却了吗？没有！他们仍在前行，尽管步履蹒跚！因为，建立以色列这个国家，不，“恢复”这个国家，就像他们在自己的国歌里唱的那样，是整个犹太民族“从未失去”的“两千年的希望”。但要让以色列真正长远地屹立于世界民族之林，以色列人将要比地球上所有国家、所有民族多付出几倍、几十倍的努力与代价！用以色列前总理、以色列国唯一的女性国家领导人梅厄的话说：我们以色列人即使睡觉也睁着一只眼睛！

在以色列的十余天旅程里，我变得有些多愁善感了，我觉得以色列人很不容易，摆在他们国家面前的有做不完的事情、操不完的心。经过六次中东战争，以色列似乎安全了，但事实远非如此。一个等待着建立的巴勒斯坦国至今仍在为着这样那样的问题与各相关国家、组织进行马拉松式的谈判，据说，仅一个耶路撒冷城的归属问题至今还没有定论。一旦巴勒斯坦国成立，现有 27000 平方千米国土面积的以色列国还将“割”掉一大块给新的巴勒斯坦国，日后，水源怎么分配、高速公路如何管理、环境保护工作如何有序开展、两个国家的人民如何进行日常的生产生活交流等，要解决这些问题，是一件很不容易的事。

在地处内盖夫大沙漠的“基布兹”，头上骄阳似火，眼前一片葱茏，我竟一时产生加入其中的冲动。出于好奇，我一遍又一遍地向主人询问他们的分配方式、社员的劳动生活情况，最能吸引我、让我振奋的是以色列人的聪明才智、乐观、积极以及他们的奉献精神。在这儿，我见到了工作中的滴灌操作台：数据往里一输，不用人再去操劳，每棵庄稼用多少水、多少肥料，什么时间段用，全由它搞定。以色列的滴灌系统业经改善、发展到第六代，全世界已有八十个国家使用该技术，笔者在阿联酋的迪拜就亲眼见到过这种技术的运用情况。在“基布兹”的庄稼地里，可以瞧见许多露在地面的塑料

“基布兹”里实施滴灌的农田

水管，有比小手指还细小的，也有比自来水管还要粗的。正是这些塑料水管，让沙漠面积占整个国家国土面积70%多的以色列的农业产出30年内翻了五番，使以色列成为一个农业出口国，成为仅次于荷兰的世界第二大花卉种子出口国。

在一片椰枣林里，我看到一台正在工作的机器，它很像我在中国见到的电力管理人员在街道上检查输电线路用的吊车。所不同的是，“基布兹”的这台机器的操作人员在高高的吊斗里，他一边在吊斗里采摘椰枣，一边指挥地面的机器前后左右移动、行走。这台机器由“基布兹”的一名工人发明，也是他亲自给这台机器命名的，他将自己两个儿子的名字嵌入其中，算是他对自己的特别奖赏。我所参观的这所“基布兹”，牛奶与奶制品是其主要产品。一千余头奶牛，管理人员仅十名。小牛出生十多天就有工人在其身体的某一部位植入一块芯片，从此，这奶牛每天喝多少水、吃多少草料、生产多少牛奶，全部通过芯片将信息传达给工作人员。工作人员根据这些数据可以确定该奶牛的身体状况、牛奶产出的能力，乃至于这奶牛每天三次的挤奶工作都不用工人带领，完全由奶牛与机器相互“对话”，做完它们一天应该做的事情。如何理解“科学技术是第一生产力”？以色列人教给了我们许多。

在物欲横流的当今社会，像那位发明椰枣采摘机器的“基布兹”工人，他们完全可以走出“基布兹”，凭借自己的聪明才智获取自己喜欢的豪车、豪华游艇、私家飞机以及独立别墅。但他们没有走，他们把自己的青春、自己的家庭留在“基布兹”。这就是我心目中敬佩的以色列人、犹太人，他们就像一首以色列歌曲所唱的那样：胸怀藏着犹太人的灵魂，认定了自己信仰的真理，从此义无反顾地走下去。如果不是这些早在1909年就来内盖夫大沙漠这不毛之地扎下根来的“基布兹”人，不是这些生性崇尚团结、互助的犹太人，不是有几支伴随“基布兹”而存在的犹太民兵组织，1948年5月的以色列“复国”就只能是一句空话。

十天的以色列之旅很快就结束了，在整理行装的时候，我感到这次“苦路”之旅太过短促。说来不怕有人笑我，在死海，从进宾馆到第二天午饭

死海的早晨

前启程去另一处地方，留给我的所有时间加起来仅仅十五个小时，我却分别四次从宾馆跑到死海去漂浮。在这儿，我感觉到少有的安全，从不担忧自己的钱包被偷、自己被人绑架、被人体炸弹袭击，即使是在伯利恒的巴勒斯坦自治区逛街，在随处可见挂有巴勒斯坦牌照的车辆的公路上行驶。

我发自内心真诚地为这个国家、为以色列人民、为日后成立的巴勒斯坦国，也为整个阿拉伯世界的人民祈祷，愿仇恨不再、战争不再、杀戮不再、流亡不再！祝愿所有以色列人、所有阿拉伯国家的人民幸福、和平！

再见，耶路撒冷的“苦路”！

再见，以色列！

“上帝有约”，张导对我如是说……

组团去国外旅行，旅行社除了安排一个领队外，还会在当地找一名导游，我们称之为“地陪”，这肯定是因为“地陪”比国内旅行社导游更加熟悉当地情况。我们此次以色列之旅的“地陪”有近二十年在以色列生活与工作的经验，嫁到以色列都有七年了，丈夫家是以色列的望族，说她业已步入以色列的主流社会一点也不过分。正因为她的条件优越，不仅中国普通旅行团抢着“雇”她做地陪，国内一些政府公务团也经常请她来做导游、当翻译。

她姓张，四十出头的年龄，我们称呼她“张导”。她衣着简朴，黑发齐肩，眉目间掩不住她江南女子的秀婉，但举止谈吐大气、率直，兼有中国北方男子的气质。可在以色列的十天时间里，我们正面瞧她的时间，比不上从后脑勺瞧她的时间多，这绝不仅仅因为她是女性。因为，在以色列的公路上行车，是不容许有人在车厢内站立与行走的，坐在大巴第一排的张导给我们车内的游客解说就只得背对着我们了。其实，她的后背也全给皮沙发挡着，我们瞧见的也只能是她乌黑头发遮盖着的后脑勺了。

张导的知识非常全面，加上她还做过记者、在名牌大学工作过，口才是一流的。从她这里我们快速提高了自己对以色列的了解，有“胜读十年书”的感觉。坐在后面，瞧着那后脑勺，我突发奇想：将张导的解说记录下来，

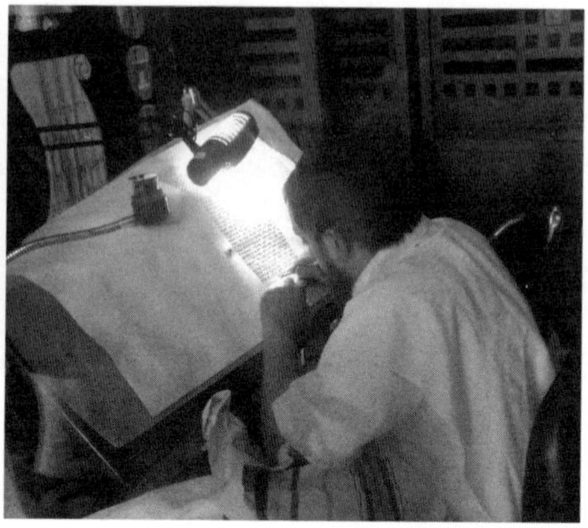

哭墙内的苦读者与手抄经书者

不就是一本《话说以色列》的畅销读物吗？果然，有团友在张导解说的空隙，不无赞许地插话：张导，您为什么自己不写书呀？张导未置可否。急于学些东西的我在后面的几天里特意坐在大巴前面的一排位子上，以便与张导沟通。

过去较少研究以色列的我，一旦“零距离”接触以色列，对什么都感兴趣，都要打破砂锅纹（问）到底。比如，耶稣受难的十四站，我恨不得只用十分钟时间就将耶稣在每一站都干了些什么弄清楚；六次中东战争就甭说了，哪一年、多少兵力、战果若何？还有以色列特种部队千里奔袭乌干达营救人质什么的，我是一边听一边用笔记，整个旅行团里最用功的应该就属我了。有些难度的问题，比如即将成立的巴勒斯坦国将会拥有现在以色列的哪一些城市与乡村什么的，张导也不厌其烦地予以回答，但也有答非所问的情况发生，那是在她忙不过来的时候。

张导一直不停地讲解，除非她明显地感觉到车内的团友旅途困乏，想闭眼小憩了。久而久之，我发现她尤其喜欢谈论一个关于“契约”的话题。她讲到了上帝与诺亚的彩虹之约，讲到了摩西十诫，讲了她在生活中见到的许多反映以色列人讲诚信的事例。“说者无意、听者有心”，回到国内，在整理此次以色列之旅的资料、回顾张导所有的解说后，我觉察到，张导特别青睐并力图让自己的同胞所接受的，不是精彩纷呈的宗教故事，不是以色列人的骁勇与精明，而是以色列人对契约的执着和他们的诚信。我将她所极力表达的意思演绎如下。

《圣经》中关于诺亚与上帝的彩虹之约的传说是很富诗意的。“契约”的内容是上帝“主动”对人类说的：我与你们立约，凡有血肉的，不再被洪水灭绝，也不再被洪水毁坏土地了。为了特别强调自己的承诺，上帝接着说：我与你们并你们这里的各样活物所立的永约是有记号的，我会把虹放在云彩里，这就可作我与土地的记号了。以色列犹太人十分重视与上帝的约定，上帝既然对约定有记号，犹太人作为上帝的特选之民更应如此，因此后来犹太男孩生下来才八天就行割礼——上帝有约以彩虹为证，我与上帝的约定以身体为证。

其实，《旧约》谈的都是上帝与人的约定，《旧约》之“约”，就是契约、约定的意思。《旧约》中就有伊甸园之约、诺亚之约、亚伯拉罕之约、西乃之约和大卫之约等等。亚当、夏娃偷吃禁果，违背了与上帝之约，因此就发生了人类被上帝逐出伊甸园的事情。诺亚时代的人当初也曾“违”过上帝的“约”，因此很快就遭受了洪水的灾害，犹太人后来的行割礼与这很有点关系。从此，恪守上帝之约成为犹太人刻骨铭心的意识。

不过，后人称犹太人“是与上帝签订契约的民族”，犹太人是“契约之民”，绝不仅仅因为《圣经》上有上帝与诺亚的彩虹之约的记载、犹太人有行割礼的传统，乃因在几千年的生产生活实践里，尤其是在商业活动中，犹太人特别讲究诚信、遵守契约的缘故。作为犹太人第二经典的《塔木德》里有这样的内容，上帝在预言世界的审判时考问信徒，第一条就是：“在做生意时恪守诚信了吗？”可见犹太人高度重视在生意中讲究诚信。犹太人做生意尤其重视契约，也就是今天人们所说的“合同”，平日“斤斤计较”的犹太人一旦面对合同，即使吃亏也坦然应对。“不满意可以退货”就是犹太商人、美国的西尔斯—罗巴克百货公司的老板罗森沃尔德倡导并率先实施的。世上有关犹太人做生意讲究诚信的故事可车载斗量，不过，张导在大巴上给我们谈的多是在她身边发生的事情。张导告诉我们，在以色列，即使与孩子有“约”也不得随便更改、爽约。

张导虽然至今还持中国护照，但言语中对以色列人、对犹太人的身份感到自豪，俨然她就是位土生土长的以色列人。在一个个景点，她一次次大声地、不无夸张地对身后的团员们说：大家不要担心小偷哦，在以色列旅游，我带的团还没有遇见被偷窃的情况！在一些吃饭、购物的地方她还会说：大家不要担心身边放着的东西在这儿会被人“顺手牵羊”，等你转了一圈回来，你的东西还会留在这儿，没有事儿的！在以色列的十余天，我们旅行团的确没有谁被偷东西。倒是我对张导所说的在以色列旅游景点的验票口不会有工作人员一个个点验人数的说法有些怀疑，为了验证张导的话，我几次走在队伍后面注意观察景点工作人员的举动，事实果然如张导所说，在马萨达的索道入口，在埃拉特水族馆的检票口……

因为懂得诚信，以色列人的法治意识也很强烈。在以色列境内行车时，我从未见张导站起身来过，非常遵守以色列的《交通法》。在雅法古城的艺术小街，一个店铺就一个店员，顾客也不多，顾客买什么，即使一百多谢克尔，一律给开发票，缴纳税金，以色列人在这儿遵守的是以色列的《税法》。

大巴上的我对讲诚信的以色列人发自内心地敬佩，为俺们中国有些商家缺乏诚信感到忧虑。回到国内许多天了，我一直在琢磨：是什么原因造成这样的反差呢？难道仅仅是宗教信仰的原因？历史上确有统治者利用宗教来“管束”民众的情况，作为一名无神论者，我从来不相信世界上确有一个上帝存在，那么，所谓“与上帝有约”就成了“虚无”了。我以为，挑明了说，是犹太人自己在“约束”“管束”自己，是某位犹太先知有意创造一个神来“约束”“管束”自己这个民族。但一个没有自己的祖国、四处流浪的民族，两千余年来一直坚持这么做，且毫不懈怠，这是难以想象的。犹太人能这样，我觉得与他们竭力维护的良好的人文环境，与他们重视教育、普遍拥有较高文化素养很有关系。“在做生意时恪守诚信了吗？”这是《塔木德》中记载的上帝在预言世界的审判时考问信徒的第一条内容，紧接着第二条就是：“你腾出时间学习了吗？”人与生俱来就要学习，这就是犹太人祖先对青少年竭力灌输的一个重要理念。诚信不是单个人的行为，它是一种风气、一个气场，文化素养的高低和人对诚信的认识与坚持有天然的联系。正是因为有一定的文化素养做基础，拥有一个良好的人文环境，诚信之风才得以在犹太民族中发扬光大。犹太人重视学习在整个现代社会是有口皆碑的。据最近某组织的统计：全世界人均读书、拥有图书最多的仍然是以色列人（以色列人年人均读书44本，中国年人均不到1本）。在以色列，受过大学教育的占40%多，双学历、懂多国语言的不计其数。像张导，她本人精通英语、希伯来语，她的丈夫、丈夫的父母都懂五国语言，丈夫的弟弟是英国牛津大学毕业生。这样的家庭在以色列有很多。

哭墙下的犹太人

艺术品：没有“根本”的树木

从以色列回到家乡，我在此文之前先写了一篇名为《蹒跚在耶路撒冷的“苦路”……》的文章，然后立刻寄给了远在以色列的张导，但想到张导每天忙得团团转，不会有时间看我那一万字的长文，因此也没有指望张导回信。但我心底还是很希望看到张导的回信的。她对以色列的了解对于我是何等重要啊！每天，即使回家很晚我都要打开电脑查看，终于在文章发出的第九天收到了张导的回信，让我非常感动的是张导还在我的原稿上针对一些专业术语逐字逐词地进行了订正，一段新加的文字竟有一百多字，而且用的是红颜色的字体，以便我与原文对照。

张导，一位在以色列生活、工作了二十年的中国女性，一位“与上帝有约”的以色列人的妻子！她的中文名字是张巧艳，家住以色列莫地因市的一个叫 Emek Ayalon 的街区里。

“留学”美国特拉华

接到去美国的通知是 1997 年 3 月的事，起程是在当年的 7 月，一个阴雨连绵的日子。

美国，我是第一次去。它是世界头号经济、军事强国，也是一个政治大国，如今，人们谈到留学与移民，大部分都是指美国。

这次去美国，是一家药厂出面组织的，团队的名称是“高级营销人员学习班”，既然是“留学”，下榻处也就安排在美国特拉华州的一所叫“特拉华大学”的校园里，这儿离华盛顿近，去纽约也不远。

去美国接受的第一个考验是时差。这么多年了，去美国是我最远的一次旅行，在飞机上度过了将近二十来个小时，白天上的飞机，直飞芝加哥，一路上都是阳光灿烂。飞机落地后，我们在华盛顿郊外的一家旅店住下，想到第二天要去游览美国的首都，有些兴奋，躺在床上翻来覆去，总睡不着，失眠算是一件苦事儿。

一大早赶到华盛顿市中心，按计划先去参观白宫。可到了那儿，参观券已经发放完了，这可让我们的领队慌了，只见他很焦急地“逮”到一个黑人交涉什么。身旁有人指指领队对我小声说：他们在做黑市票交易哩！在美国，参观白宫是免费的，但仍有人利用参观券发点小财。大家带着极大的兴趣等

白宫

待领队的好消息，没想到来到美国上的“第一课”，竟然是让我们领略一下身为发达国家美国的首都的黑市票交易情况，颇为滑稽。大约过了半小时，领队摇着头跑了回来，黑人手上虽然有票，但无法满足我们团队的需要，我们一行只得在白宫的围墙外“瞻仰”白宫的白色外墙和绿色草坪了。离开白宫，我们一行结队参观了华盛顿纪念碑、林肯纪念堂、国会大厦。好在这些每天都在不停地影响着世界政治的场所十分集中，两个小时不到就让我们看了个遍。

多年来，我形成了一个习惯：对于一些书本上熟悉的诸多名胜古迹，比如大厦、庙宇、纪念馆，我不是特别有兴趣，反而特别关注一个地方的风土人情，了解一些我的国家、我的家乡没有的新鲜事物。从北京上飞机时开始，我就是这样留心一些看起来十分平常，但我以为的很新鲜的事，当然，我决不会忘记用照相机将它永远地“记忆”下来。

纽约街头的美国国旗

雕塑：硫磺岛上的美国国旗

美国的环境保护看来是相当不错的了。华盛顿的白宫和国会山全让树木和草地包裹着，在白宫外的草坪里，一只只松鼠在大树上爬上爬下，寻找食物，根本不把围观的游人放在眼里。无论是在繁华的城市，还是在郊区的公路旁，到处是茂盛的树木。树木的品种似乎也特别多，红叶的树，黄叶的树，更不用说绿叶的树了，远远看去，像是一道道鲜艳的屏障。郊外的大道旁，厚厚的落叶来不及打扫，把人行道都掩盖得严严实实，让本来行人稀少的郊外更显得古朴、幽静。

夜晚的景色更加迷人，湛蓝湛蓝的夜空看不见一片浮云，月亮悬挂在高高的夜空上，比我在国内的城市里看到的显得更高、更圆，也更明净一些。我想，这一定与这儿的空气质量好大有关系。

美国人似乎特别喜欢悬挂他们的国旗——星条旗。旅店门前要挂、政府机构门厅前更是要挂，麦当劳餐馆一般规模不大，前面的坪地里也竖着高高的旗杆，旗杆上，星条旗迎风飘扬。星条旗悬挂得最多最密的地方是露天的汽车市场，隔三五步就竖着一根飘扬着星条旗的旗杆，有的则将十多面小幅的星条旗并排悬挂着，旗帜的上方与下方分别用木条固定妥当，以避免因为风的吹动而被卷起。为了减小风的压力，旗帜的中央被人有规律地剪开一个个可开可合的小洞，风来了，这小洞一开一合，发出柔和的声响，甚是有趣。在这儿，星条旗无形中成了汽车市场的装饰。我在华盛顿的阿灵顿国家公墓观赏过的一座青铜雕塑，它再现的是1945年2月发生在硫磺岛战役中的情景：在欢庆胜利的硫磺岛主峰上，五名美国海军陆战队士兵正专心致志将一面飘扬着美国星条旗的旗杆竖起，在他们的脚下，是被炮火烧得卷曲了的钢片和发黑的泥土。在青铜雕塑前，我生平第一次那么认真地打量着星条旗：它的颜色、它的图案，我感觉到了它那异乎寻常的美……

在我所“留学”的特拉华大学里，也有许多的“新鲜事”。我住的学生公寓是两室一厅，厨房、洗手间、冰箱、空调应有尽有，相当于我们国内的三星级宾馆。公寓还为残疾人设计了专门的车道，考虑到残疾人坐在轮椅上用磁卡开门不方便，公寓在离大门几步远的地方设置了一个按钮，坐在轮椅上的残疾人只要按一下按钮，公寓门就打开了！不是残疾人的我，试着按了几次，屡试不爽。

校园里来来往往的私家车不少，道口上没有红绿灯，但每个道口都竖着一个写着“STOP”字样的圆形木牌，我观察到，所有经过道口的车辆不管有人没人，来到道口都要“STOP”一下，再往前行。我好几次在道口遇见过往的小车，小车的司机非得看着我过了道口才启动，坐在小车里的他，手掌朝上示意让“您”先走的姿势十分优美。

在美国，可以予人方便的地方，都会有人为你想到、做到。我在一位朋友家住过一天，我随主人坐车上街去银行取款，他坐在小车上不用下来，把磁卡往设在路边的取款机里一塞，美元就出来了；给车加油也如此，把卡片递给工作人员，你自管坐在车里什么都不用操心。对于这些看起来十分平常的事情，我也一一将其摄入了我的相机。

在美国前后十八天，我们一行有十一天被“关”在特拉华大学里，领队每天安排几位美国教授给我们讲课，学习条件倒是不错，课间休息有咖啡、点心，中、晚餐都被安排到当地的中餐馆去吃。但我仍然有些想不通：我们一行不远万里来到美国，当然想多看看美国，如果仅仅是听美国教授上上课，我们去一下国内的清华、北大，绝对不会差到哪儿去。但我也了解此次活动主办者的“苦心”：没有这些学习安排，我们一行是不可能被批准来美国的。尽管如此，我们还是十分渴望到教舍外面的世界去看看：纽约、洛杉矶、迪斯尼乐园……坐在教室里的我自然是“身在曹营心在汉”了。

给我们上课的老师每天都在换，给我印象深刻的有两位。一位是讲授世界经济的，他倒十分谦和，一直鼓励学生提问，据领队课后对我说，美国的老师一般都喜欢学生提问。

我在课堂上提了一个与中国有关的经济问题，这位被称为教授的人沉吟片刻，最后略带歉意地回答我，他对于中国，除了一个万里长城，其他几乎一无所知。这可让我不高兴了！如果他是一个小孩，或是一名普通的工人，我能谅解他。他可是位教授，而且是专门研究世界经济的呀！对于美国，即使是中国的一名普通中学生，也会知道美国这个国家的许多大事，什么南北战争，什么《独立宣言》等等，就甭说是中国大学在读的、有志去美国留学的学生啦！

回到宿舍静静一想，我对那位美国教授很快就表示了理解：都是因为我们中国“穷”啊，虽然如今的中国比过去稍许富了些。我们可以这样换位思考一下：利比亚、阿尔及利亚之类的国家，单从领土面积看，应该算是非洲的大国了，随便找一名中国的成年人，我们又有谁能清楚地知道这两个国家的现任总统是谁，它们GDP方面的数据是多少呢？国家穷，在世界上的影响就小，人们自然不会去关心它，对它的了解肯定也不多！

躺在床上，我还想，如果我们中国将来有美国这么多的汽车、这么多的高速公路，有许许多多让残疾人都感觉到方便、舒适的校舍、宾馆，还有不离开驾驶台就可取款、加油的设备、设施，不要说美国的教授会对中国刮目相看，恐怕连美国的中小学生，一打开课本，就会看到一行醒目的词汇China了。

另一位美国教授的课让我受益匪浅。这是一位女士，比较胖，脸上一直挂着笑，像是一位和善的老医师。她是质量管理方面的专家，给我们介绍了许多有关ISO9000质量认证体系方面的知识。

她先给我们讲了一个发生在上个世纪五六十年代的故事。经历过二战失败的日本为了恢复业已崩溃的经济，往美国出口了许多日本工业产品。刚开始，日本工业产品的质量都很差，在众多美国人的心目中，质量粗劣简直就成了“日本”的代名词。很快，日本货遭到美国消费者的排斥。后来，日本人将一批美国的质量管理专家请到日本，这些美国的专家在日本政府的大力支持下，狠抓产品质量，为日本企业界制定了一系列行之有效的质量管理制度法规。没有用上多少时间，一批批质量优良、价格低廉的日产手表、半导体收音机、电视机、汽车摩托车打入了美国市场，让众多美国企业一下子措手不及……为此，有人戏称：是美国人帮助日本人打败了美国人。

美国质量专家的课让我想到了许多许多！特别是她关于日本的一些话。我想，贫穷与落后都不是上天决定的。一场旷日持久的第二次世界大战应该把资源贫乏的日本搞得够惨了，可仅仅只有不到三十年的时间，一个世界第二经济大国就屹立在东半球的日本列岛，他们靠的是什么？靠的是拼命工作！靠的是虚心好学！我们，与日本列岛咫尺相隔的中国，为什么不能够这样哩？我们完全能够做得到！当然，作为美国的总统，可不希望将来的中国也像日本一样在经济上“打败”自己，但我们课堂上的美国教授显然是在暗示我们这些坐在下面的中国学生：你们中国也完全可以像当年的日本人一样，学习世界上一些先进的理论和工作方法，花比别人少得多的时间而走在世界的前列！美国人民是善良友好的。所有品德高尚的老师，有谁不希望自己的学生“有出息”，将来超过自己呢？

结束了在特拉华大学的学习后，我们一行还参观了一些美国的医药企业。美国的药品消费量很可观，从人均药品消费水平看，中国的药品消费量是美国的几十分之一，但美国的药品经营企业却很少，现在全美国“有名有姓”的仅仅十来家，而我们一个湖南省，就有五百多家从事药品经营的所谓企业！在美国，药品经营企业强调的是规模经营、集约经营，我去了一家医药公司的仓库观摩了他们收发药品的全过程，在这儿，即使是零星药品的拣货、配件、装箱，整件商品的出入库，这些琐碎的事情都是机械化操作。看到这一切，你会不由自主地感觉到，美国医药市场的竞争也必然像眼前的机械化运作一样“井然有序”。因为美国的医疗保险制度比我们中国做得好，药品流通环节的一些不正当竞争（这是一件始终让众多中国人头痛的事）也受到了一定程度的制约。离开美国前的这几天，我一直在想，要改变中国医药市场的现状，把我们自己的医药企业办好，我们回国后要做的事情有很多很多！

十八天的美国“留学”生活很快就结束了，华盛顿、纽约、水牛城倒是去了，但遥远的美国西部地区——那儿有闻名世界的迪斯尼乐园，有拉斯维加斯赌城，可望而不可即，只能留在日后的某一天了！我相信，这一天很快就会来到的。

塞班与天宁，“美丽”的战争博物馆

从广州坐班机朝东南方向飞五个来小时就到了太平洋中西部、临近菲律宾海的北马利亚纳群岛，我们旅行团的目的地塞班与天宁就在这群岛之中。

包括塞班与天宁在内的北马利亚纳群岛自公元1521年被航海家麦哲伦发现后，一直被西方列强作为属地管辖。第二次世界大战结束后，北马利亚纳群岛成为联合国托管领土，但具体对其实施管辖的也并非某个国际组织，而是一个国家——美利坚合众国，它在二战结束前夕用死伤近两万人的代价从日本人手中夺得塞班与天宁。

北马利亚纳群岛经历了美国长达三十年的管辖，到了1975年，距离夏威夷群岛尚有6500海里的塞班、天宁与罗塔岛等11个岛屿举行了全民投票，随之成为美国自治领土，1978年又正式成立北马利亚纳群岛联邦自治政府，首府设于塞班岛。现时的北马利亚纳群岛是美国属土，当地土著持美国护照，受到完善的美国法律保护，自治政府虽受美国管辖，但享有高度自治权。——我在来塞班与天宁前做了这么多有关的“功课”，但仍有许多事情还没有来得及深究，比如：美国国旗上哪一颗“星星”是属于北马利亚纳群岛的？如果没有，联合国有没有北马利亚纳群岛联邦自治政府的席位？还有，我到达塞班与天宁后算不算到了美国？从这儿去美国还要签证吗？需要我了解的

在当年的日军指挥部的石洞前

东西实在太多了，我想，2009年春节前夕我与妻子同机到达塞班与天宁，轻松、实地地看看这平日很少被人提及的岛屿，才是此刻最需要我关心的“大事”。

在塞班与天宁，随处可见战争的遗址、遗物，漫步在风光旖旎的椰树下、金色的沙滩前，时常会“邂逅”废弃的大炮、坦克、军用吉普和碉堡什么的。

塞班与天宁简直就是一座露天的二战博物馆，想了解二战，特别是了解整个太平洋战争，来塞班与天宁瞧瞧远比关在课堂和书斋中读死书的效果强得多。

太平洋战争中著名的战役有不少，按照专家的划分，这其中有号称太平洋战争转折点的“中途岛战役”；有战争胜负分水岭之美誉的“瓜达卡纳尔战役”——这次战役结束没多久，日本联合舰队司令官山本五十六就被设伏的美军飞机击毙；有被称为世界战争史上规模最大海战的“莱特湾大海战”；有被丘吉尔称为“战争史中最激烈、最著名的战役

原子弹的存放地一点也没“排场”

之一”的“冲绳岛战役”，在这次战役中日军伤亡11万人，被俘9000人，损失飞机7830架，舰艇20艘，这是1945年3月的事，从此，太平洋战场再无大战。

至于塞班岛战役，我觉得不必计较它在整个太平洋战争中规模的大小、地位的高低，我们所需记住的极其重要的一点是：塞班岛战役是美国将其在太平洋战场上“逐岛进攻”战略改为“蛙跳战略”的首次，也是非常成功的一次尝试。有史学家因此称，美军在塞班岛的登陆堪称太平洋战区的诺曼底登陆，由此可见塞班岛战役的重要性。

面积为122平方千米的塞班岛距离日本本土仅有1500海里，是北马里亚纳群岛中面积最大的岛屿。自珍珠港遭受日军重创之后，美国总统罗斯福一直考虑空袭日本本土，这对于打击日军的嚣张气焰、提高盟军的士气具有极其重要的意义。尼米兹在1942年接任美太平洋舰队司令后不久就实施对东京的空袭，但因航程太远，空袭任务完成后的轰炸机无法返回基地，只得转降中国。因为没有符合要求的空军基地，美军一时无法实施长时期、不间断地对日军本土的轰炸。据此，尼米兹的“蛙跳战略”——不是按照距离的远近，而是根据其战略地位的重要与否有选择地去夺取日军占领的岛屿，首先选择在塞班与天宁就是很自然的事了。美军占领塞班与天宁后，不断加大对日本的空中打击力度，仅1945年3月9日，美军一次就出动234架次B29轰炸机对东京进行地毯式轰炸，1667吨燃烧弹将东京四分之一的建筑化为灰烬，18.5万日本军民在空袭中非死即伤。这些轰炸的飞机具体有多少架是从塞班与天宁的机场起飞的，我们一时无法弄清楚，我们只要了解1945年8月6日与9日相继对广岛与长崎投掷原子弹所使用的飞机来自塞班、天宁就足够了！

在塞班，我们游览了当年美军的登陆地，这是一处毫不起眼的沙滩，岸上的钢筋水泥碉堡虽然弹痕累累，但仍较为完整地保存至今。1944年6月15日美军在这里成功登陆，日军多次出动军队试图反扑，曾经一度攻入美军阵地，后终因没有后续部队而败退，美军在这里站稳脚跟是三天后的事。

塞班与天宁，废弃的武器随处可见

尔后，美军用了二十来天的时间朝塞班岛纵深地区进攻，占领岛内各个制高点。7 月 7 日凌晨，日军残部向美军反扑，遭到全歼。8 日，师团长斋藤义次自杀。次日，美军占领全岛。

在整个塞班岛战役中，日军投入的是一个混成旅团、一支特别陆战队，共四万三千余人，还有 55 艘舰艇和 630 架飞机。美军登陆部队是两个陆战师、一个步兵师，共计六万七千人，以及 470 余艘舰艇、近 2000 架飞机。

看看下面所列举的双方伤亡数字，我们可以想象得到塞班岛战役的激烈与残酷程度：

美军阵亡 3,400 人，伤 13,100 人；

日军死亡 41,000 人，被俘 2,000 人。

海岛上的战斗与陆地上显然有别，陆地上的战斗有增援，有突围；而海岛四面是海，回旋余地很少，战斗不打到最后一个人，双方都不会善罢甘休，至少在太平洋战场上发生的海岛之战可以这么说。日军从塞班岛战役之初所投入的 43, 000 兵力，打到美军占领全岛，全部日军非死即俘，就足以证明一切。

塞班岛北端的自杀崖与万岁崖为我们解释了日军何以没有伤者，死亡人数与被俘者不成比例的原因。我们去万岁崖看了，它就在海边，远看就像一堵壁立的高墙，崖下是遍布礁石与潜流的浅海。相传，穷途末路的日军与平民为了逃避遭受屈辱与折磨的命运，不管男女老少皆高呼“万岁”后由此跳下，无一生还者，“万岁崖”因此得名。在离此不远处还有一处山崖，高达250米，更加峻峭，我们一行没有上去，仅远远地瞧了瞧，那就是“自杀崖”。相传有千余日本军民在此跳崖丧生，尽管美军一再通过喊话宣传决不虐待战俘的“政策”。

我见到在“万岁崖”及其一旁的观音像塔下摆放了一些祭奠的用品，可以半猜半认地弄明白那上面的日文意思。据导游介绍，前来塞班、天宁岛旅游的国外游客中，70%是日本人，每年有近100万人次之多。我想，这些日本游客来到塞班，绝大多数不是来“游山玩水”的，凭吊战争亡灵才是他们本来的意思。

参观设在天宁的两颗原子弹存放地是我们的“重头戏”。这儿是一处已被废弃的机场，平坦宽阔的跑道还在，让人眼前不由一幕幕地再现了当年战机起降的繁忙景象。

原子弹的存放地一点也没“排场”，两个宽不过20平方米的洞穴，露在地面上的是一个高一米多的锥体透明“罩”，身前石柱上刻写了两个名字，一个叫“小胖子”、一个叫“小男孩”，以及他俩“毅然”离开此处前往广岛与长崎的时间。与我见到的所有“博物馆”大不相同，塞班与天宁这“露天”战争博物馆里没有专职讲解人员，其“展品”的说明词也少见地简短，我以为这是旅游地管理者有意留给游客更多的思考空间。就拿眼前的两颗原子弹来说吧，多少年来，人们对于美军当年在广岛与长崎投掷原子弹议论颇多，莫衷一是。既然如此，塞班景区的管理者有什么必要将自己的立场与观点强加于人，而遭人非议呢？这实在是聪明的做法。

在塞班与天宁这“露天”的战争博物馆里，美军在二战中所作的贡献给我留下了深刻的印象。公正地说，二战中太平洋战争的主角应该是美利坚合众国的军队。在战争中，日军的精锐受到致命创伤，美军的英勇战斗起到了决定性的作用，美军在太平洋战场的胜利对于1945年日军的无条件投降影响很大，这功劳是“小胖子”和“小男孩”无法独自领受的。

在塞班、天宁的这几天里，除了这些战争遗址、遗物，我们夫妇还一同观赏了号称天下奇观的海底喷泉，在丛林中进行所谓的探险，还在村子里看了斗鸡表演。我们在导游的带领下爬上塞班的一处高地眺望远方，据说，那儿有世界上最深的海沟——马里亚纳海沟。海沟最深处达 11, 022 米，这个民航飞机都不能轻易达到的飞行高度是当年俄国人运用超声波探测仪测量出来的。“军舰岛”，当年被误当作日军军舰，挨过不少美国空军的炸弹，“军舰岛”因此得名。眼下的“军舰岛”是整个塞班游客最多的地方，银白的沙滩是游客游泳后的休憩场地，在这里，海上跳伞、水上飞机、浮浅观赏珊瑚、乘坐摩托快艇等娱乐项目应有尽有。当然，这里也不缺少战争遗迹，废弃的大炮、暗堡，“稍不留意”就会在你面前出现。

战争是无比残酷的，在塞班、天宁，战争遗址、遗迹为青山绿树所环绕，与娱乐、休闲共存在，让我不能不在这“战争博物馆”前冠以“美丽”二字。

旅行，倚靠在“父亲”的臂膀

——美国旅行漫记（一）

去美国，感觉有些怪，虽然飞离祖国大地十多个小时，却感到祖国还在自己身边，很近很近。其实，转动一下地球仪就清楚，美国这个国土面积同为 960 万平方千米的国家与我的祖国背靠着背：一个在东半球，一个在西半球，都是在赤道的北面。如果把面朝太平洋的中国比喻为一个巨人，此时在美国旅行的我就倚靠在他的臂膀上，这是父亲的无比宽厚、温暖的臂膀啊！倚靠在上面的我可以清楚地瞧见父亲腮边的胡茬，听见父亲均匀、有力的呼吸声。

走下飞机，我们收拾好行李就急匆匆地往边防检查站跑，边检大厅等候检验护照的队伍快速增长着，很快就人满为患了。尽管很多人都急着早点进入美国，尤其是我的众多黄皮肤的同胞，但大家都很自觉地等候着向边检官员递上自己的护照。大厅里没有一个人吭声，在大厅的边检工作台的上方，间隔几米架着数台彩色电视机，屏幕上一个身披黄色袈裟的老头正在接受一位白皮肤记者的采访。我曾在尼泊尔见过这老头的照片，虽然不敢肯定，但我猜想是他。我不知他在屏幕上唠叨些什么，但肯定不会有一句夸奖中国政府的话。好一会儿了，同样内容的节目反复播放着，这，显

华尔街头坚固的路障

一中年妇女抱着一台婴儿推车爬上街来

然就不是一次“偶然”了。我一时无法知道与我一起排队等候入关的同胞们是如何看待屏幕上这老头的，本来就为排队的事而焦躁的我心里犯了嘀咕：近些年来为如何看待这老头，中美两个大国有过一些“不愉快”，但“有朋自远方来，不亦乐乎”，知书达理的美国人应该懂得，面对远道而来的客人一见面就唠叨敏感的人与事是有违待客之道的。我的不满逐渐转向了对面的美国边检人员：你们难道就是以这种极不友好的态度来迎接我们这些中国游客的？

边检站的这一幕对我后面十多天的美国之旅极有影响。每一天，从床上醒过来的第一件事就是打开电视机看新闻，尽管寻找不到中文频道，不通晓英语的我仍然想从画面上了解今天世界上有没有发生与中国有关的事件，很想近距离了解美国对中国究竟是个什么态度，“山姆大叔”在自己家里是如何“捣”中国政府的“脊梁骨”的？平日，在公众场所，只要听到谁在谈话时冒出“中国”这个字眼，我都会竖起耳朵，想听听他们后面的谈话里有没有关于中国的消息。在美国这些天，我觉得自己从来没有像现在这么关心时事、关心自己的祖国！

旅行，倚靠着“父亲”的臂膀。

十五年前，我被安排在美国东部的特拉华大学里参加一个培训活动，顺便去逛过美国东部的纽约、华盛顿和费城。十五年过去了，导游安排的游览项目竟然没有一丝一毫改变。去华盛顿依然是白宫、国会山、华盛顿纪念碑、杰弗逊纪念堂、林肯纪念堂，三点一线，一个不漏。说是游览白宫、国会大厦，仅是远处眺望，“国会山”的台阶都不让迈上一步，不需要更多解释，只要“当局”提一下“9·11”，任谁也不便再发牢骚了。倒是此次游览白宫有点趣味，正值奥巴马出巡“回宫”，白宫周边实施了交通管制。因为周边人迹罕至，白刷刷的“宫”与绿油油的草坪反差很大，相映成趣。一会儿，果然看到三架直升机出现在白宫上空，其中一架就降落在白宫前草坪上。

在纽约参观的仍然是华尔街、股票交易所、帝国大厦、联合国总部大楼、自由女神像、时代广场……岁月无情，这些美国的标志性建筑的身上都留下了荏苒时光的印记：自由女神像上的锈迹更加厚重了，纽约哈德逊河上的布鲁克林大桥、威廉斯堡大桥少了许多“精气神”，桥墩上的钢梁似乎很久没有刷过油漆了……

相比眼前的美国，我的祖国却显得非常年轻。许多都是“新”的：奥运

圣地亚哥海军基地的航空母舰

村、世博会、浦东新区、西部开发，仍然在不停歇地向远方延伸的高速铁路、高速公路，还有很多城市正抓紧建设的地下铁路和一幢幢即将动工或在建的摩天高楼……

想到现任美国总统奥巴马在一次集会上面对众多美国民众大声称赞中国的高铁，羡慕之意溢于言表，我对美国的“敌意”“消解”了一些。

但仅在美国过了两三天，我就得意不起来了。

我用不着去描述满街飞驰的让众多中国飞车发烧友们直掉口水的加长“林肯”与锃锃发亮的“哈雷”，也没有必要去称赞我曾在美国的领空乘坐了许多趟的各种型号的波音飞机，更没有必要向读者介绍我在圣地亚哥海军基地所见到的业已退役的中途岛号航空母舰和在编的可装载85架飞机的卡尔文森号航空母舰。豪华轿车、波音飞机、航空母舰，这些最能体现一个大国、强国实力的“硬件”，我的祖国只能望而叹息。而今的中国是可以每年生产数以百万辆计的轿车，但我们有一个叫得响、自己研发的、非合资生产的品牌吗？我们国家现在是可以制造大飞机，可飞机上最关键的发动机却要指望别的国家提供，至于最为吸引亿万中国人眼球的航母，中国第一艘航空母舰竟然要比美国业已退役的中途岛号航母“年轻”66岁！

是的，纽约地铁没有电梯的出入口是有些寒酸，可它的“出生日”是1903年，仅晚于伦敦地铁，是世界上第二条地下铁路。

汽车、飞机、航母，我们中国比不过美国，小一些的“东西”又如何呢？就说一个饮用水吧，我与妻子这次在美国十六天，我天天都在洗漱间的水管里接水喝，十多天下来，没有一点不适的感觉。在自己家中，自来水管里的水即使烧开，我也不敢饮用，非得另外花钱买桶装水喝。而美国，它可不是新加坡这样面积不大的蕞尔小国，它有水源充足的平原、湖区，也有西部沙漠、荒原这样的不毛之地，但无论在何处，都有直饮水。

经过这些天在美国的观光，时时拿美国与中国作比较后，我对什么是“老”、什么是“年轻”有了新的定义：“老”，老人、老经验、老资格、“老气横秋”，但更多表示的是“成熟”“老练”；“年轻”，朝气蓬勃，一张白纸、起点低，进步、发展自然显得很快，却难以摆脱“浮躁”与“稚嫩”。

如果让我们再分析一下美国与中国之间的软实力以及各自的管理意识、管理水平，大家更会有我这样的感觉了。

眼下，中国的一些大城市正为空气质量大伤脑筋，自打美国驻北京的大使馆的大门外悬挂了北京地区空气 PM2.5 污染指数的告示牌后，舆论也逼使中国“有关部门”就 PM2.5 指标的测量工作对社会作出解释，一时让“有关部门”颇为被动。今天，我亲身来美国，想看看美国自己在这方面的情况会是怎么样。因为我以为，美国的工业无疑比中国发达，它不可能没有化学工业以及会大量排放“三废”的冶炼企业，私家汽车的总量绝不会比中国少，大城市的 PM2.5 能够符合联合国某组织颁布的标准吗？来到美国后的前两天，纽约阴有小雨，望着天空浓云密布，我的心得到些许安宁。可没过几天，阳光灿烂、白云蓝天，我“私下”很快就认同了美国驻中国大使馆的举动，对传说中骆家辉大使因北京糟糕的空气而领取了美国政府的“健康津贴”的事情表示了“同情”。

我一时无法收集到美国在环境上的诸多数据，只能看看“表面”，但已足以让我惊讶。我们的大巴 5 月 2 日傍晚进入西部大都市洛杉矶，我所下榻的宾馆离闹市较远，晚饭后我去宾馆门外散步，马路上、人行道上真可谓一尘不染，烟蒂也找不到一个。第二天一早去马路上跑步，所见依然如此。

笔者家乡旧房拆除后犹如小山的废砖土

旧金山市区里木质结构的宾馆

此外，我还对美国人在房屋建筑上大量使用木材的事产生了极大兴趣。我这次跑了美国许多知名的大城市，所住的每间楼房都是木质的墙壁，手指一敲砰砰响，隔音不怎么好，走道有人开关门手重了些，别的房间的人都会感觉得到，阳台的扶手、栏板也都是木质的。坐在大巴上的我也看到不少建筑工地采用大量木材搭建楼房。美国坚持这么做，成本低廉是其中的一个原因，更重要的原因还是环保。当然，前提是，这些木材来自可持续管理的森林，美国人称之为“绿色木材”，而不是没有计划的任意砍伐。资料表明，一亩树林可吸收 67 千克二氧化碳、释放 49 千克氧气，拥有将近 3 亿公顷森林的美国，在建筑工程中科学地使用木材有益于树木栽培的持续发展。至关重要的原因在于：相较混凝土、瓷砖、塑料等建筑材料，木材“可降解”的特性尤其突出——木材腐烂后会在泥土里化作肥料，废旧木材亦可用作燃料，而混凝土、瓷砖、塑料等在成为建筑材料之前，在制作的过程中就对环境产生了污染，在变成废土、废渣、废料后，还会因不易降解继续给人类的环境保护工作造成沉重负担。

在美国的十多天，我逐渐有了这样的认识：判断一个国家的发展水平和整体实力，不能仅看它的 GDP 总量或人均 GDP，还要看它的软实力。虽然中国的 GDP 总量接近甚至超过一些发达国家，有了让人称羡的高速公路与高速铁路，有了许多个“世界第一”，但比较我们与发达国家在文化、教育、法律、环境等方面的差距，我们仍然还在“发展”中。

在美国的十多天里，也许是忙着旅行吧，美国政府在他们家里究竟是如何“捣”中国政府的“脊梁骨”的，我未能听到，也忘了去打听。其实，即使是在上个世纪五六十年代中国人民填不饱肚子也没有原子弹的时候，我们也没有顾忌“美帝国主义”的排斥、攻击，21 世纪世界第二经济体的中国还会害怕风光不再的美国的非难与捣乱吗？不会！不仅没有害怕，中国政府还将自己国家的年轻人往美国的学校送，敞开国门让自己的公民去美国旅游。这，不能不说是中国的一个伟大进步！于是就有了我，一个中国老头，一路上一边看美国、说美国，一边不停地拿美国的“长处”与中国的“短处”做对比，就像面对自家的亲人数说邻居家孩子的“好”，没有负气、没有沮丧，因为，这是发自心底的我对自己祖国无怨无悔的爱，对祖国美好未来的坚定信念与热情期待！

旅行，倚靠在“父亲”的臂膀！

由国家的“face”想到的

——美国旅行漫记（二）

本来，看到纽约机场边检大厅的电视屏幕上播放的内容后，我心中很是不快，但当我看到边检官员工作台上张贴的一张彩色宣传画时，火气顿时下去许多。宣传画的背景是一面美国星条旗，画面的正中是一位黑人女警察的半身像：并不丰满但健康的脸庞上，一对闪亮的大眼英气逼人。画面下方是两排黑体的英文标语“We are the face of our nation”。正在学习英语的我没费多大力气就认出了这句：我们是国家的“脸面”。

此刻，我的心跳顿时加速，脑海里泛起许多业已忘却的往事。

那是在前年夏天，我去一个亚洲小国旅行，过边检站之前，导游叮嘱我们团友各自准备10美元小费暗地递给边检官员。但在过关时，我没有主动递上业已准备好的美元，不是我小气，是我觉得这样做是对国家工作人员的不尊重。可那身穿制服、扛着肩章的边检官员竟然不肯罢休，在工作台上的一个本子里摸出一张美元，示意我务必交上同样面额的美元，大有我不交上“买路钱”他就不放行的意思。我很不情愿地递给他一张美元纸币，心底里却在骂这边检官员。我以为，一个边防工作人员就是这个国家的“脸面”，他的一举一动都会被服务对象视作这个国家的一个窗口，他任何有失检点的

在纽约街头与警察合影

在圣地亚哥的海军基地前与老兵塑像合影

行为都会给他的祖国带来负面影响。

在纽约机场为我办理入境手续的是一位黑人小伙子，言语、举止都很得体，给我留下了极好的印象。但要我仅凭他不到五分钟的服务就对美国这个国家的“脸面”作一番评价，未免强人所难，但至少，我不会因为他有什么不良表现而对他的国家说三道四。有些巧合的是，就在我进入美国的第二天，我从一份中文报纸上读到一条很为美国长“脸面”的新闻：2012年4月17日，也就是我来美国的前一星期，新泽西州纽瓦克市的市长科里·布克傍晚回到家中，忽然听远处有女人高喊“救人”，他毫不迟疑地从家中跑出来，当他了解到“救人”声来自失火的楼房时，他二话不说就要往火势越来越大的楼房里冲，这时，楼房的警卫显然考虑到这位市长的生命安全，他张开双手拦住了市长，市长却大声对警卫说：“放开我！她会被烧死的！”说完，他挣脱开来，冲进火海，最后救出了那女子，自己也因此受了伤。纽瓦克市是毗邻纽约的一个历史悠久、拥有大型港口与国际机场的重要城市，科里·布克算得个厅级干部，可当有人称赞他的英勇行为时，他说自己一点也不英勇，当时也害怕过。由纽瓦克市市长，我还想到“9·11”事件中的纽约市市长朱利安尼，这位仁兄可是那场震撼世界的事件中始终参加现场抢救工作的最高级别的政府领导人。出于安全考虑，当时的美国总统、副总统都被“保护”到隐蔽地带去了，朱利安尼的出现给遭受突然打击的纽约人极大的鼓舞与安慰。十年过去了，我这次来到“双子塔”旧址，仍听到有人提起朱利安尼这个名字。我更不会忘记“9·11”事件中那葬身火海的343名纽约消防官兵，343，这个数字可是整个“9·11”事件遇难总人数的十分之一呀！

够了，我所见到、听到、回想到的这一切，似乎可以让我对美国的“脸面”有个谱了。但美国毕竟不是我的祖国，对它的了解十分有限，溢美之词还是留待我更多地了解这个国家之后再说的好，更何况，这个国家里像“水门”“拉链门”之类很丢“脸面”的事情也没少发生过。此时，我心底想说的是：如果我的祖国也时常发生一些让自己国家的“脸面”增色添彩的事，是多么值得人们高兴的啊！

“We are the face of our nation”，这话好就好在它的干脆、明了。三个“关键词”我们、国家、脸面，再加上一个定冠词“the”，一点也不犹豫、含糊。

“We are the face of our nation”，这话还好在它深刻的内涵。一个“face”涵盖了许多内容：国家的脸面是什么？它可以什么都不是，很空泛，但它也可以由一些言行来反映。通过华盛顿、林肯、爱迪生，我们了解了百多年前大洋彼岸的“美利坚”，通过卡斯特罗、格瓦拉和古巴女排，我们“结识”了一个叫古巴的国家，而许多傲慢的美国人正是通过大个子姚明才对中国产生了好感。世界上很多复杂的事情常常就是以这么简约、朴实的方式解决的。

什么人方可自诩国家的“脸面”？对“内”而言：一个国家的执政党的高级干部、各级政府的官员、各个职能机关的“干部”；对“外”而言：执行外交使命的官员，边防、海关的工作人员，经常代表国家参加对外交流的国家“精英”们；如果再扩大一些范围，像正在国外旅行的“我”，还有我的旅行团的团友，我们的言语行动都会被我们眼前的外国人士视作认识中国的“脸面”。

我以为，还是我前面说到的那些人：执政党的高级干部，各级政府的官员，各个职能机关的“干部”，包括那些与我们普通游客一样经常出国的“公务团”成员，他们“代表”国家“脸面”的时间与机会要多得多。无论是对“内”还是对“外”，经常地对他们强调、增强国家形象意识，让他们明白自己的一举一动都有关国家的“face”，是十分必要的。

洛杉矶街景

笔者多么希望有朝一日，也能在我们国内政府官员、“有关部门”公务员的办公室门口看到写有“We are the face of our nation”的宣传画啊！当然，能将这画“贴”在我们心房的“门口”更好！

这里，冰火两重天

——美国旅行漫记（三）

上帝是公平的，给了美国五大湖区25万平方千米的湖水后，也不忘再甩给它一大片沙丘与荒漠。从水草丰茂的美国东北部的水牛城往西飞往拉斯维加斯，瞄见机翼下漫漫黄沙的我，一时竟以为飞机误入了埃及的领空。刚刚还是水声哗哗不绝于耳，不一会儿就是沟壑纵横、寸草不生，我不禁长叹：真是冰火两重天。

很早就想来美国西部，拉斯维加斯固然很有吸引力，但我想，想体验纸醉金迷，逛一下近在咫尺的澳门足矣。当然，实地一看，“师傅”的确比“徒弟”更阔绰、气派：同名“威尼斯”，拉斯维加斯的“威尼斯大酒店”比澳门的“威尼斯大酒店”品位更高，里面的名品店比后者要多很多，贡多拉小船上舵手的意大利男高音的味儿似乎也更纯正些。尽管如此，更吸引我的还是美国西部的雄浑与苍凉。因为内华达山脉一山雄踞阻挡了太平洋上空湿润的云层，造成山脉东面的内华达州、亚利桑那州炎热少雨，日长月久，就形成了沙漠、荒原。这里与我在埃及所见的沙漠稍有差别：埃及是黄沙漫漫，深不可测，一望不见边际；美国西部的沙漠是不毛之地不假，但沙中有石，荒丘“有棱有角”。我以为位于亚利桑那州的大峡谷其实就是我们国家西北

大瀑布

在亚利桑那州大峡谷

地区多见的“塬”，都是江水冲刷形成的沟壑，只是大峡谷更为雄伟壮观，它已经形成了千万年了，在地质学上有活化石的意义，给人类留下了许多想象的空间。在大峡谷周边地势稍平坦的山丘上，荒野里生长有一种我生平没有见过的树，不高，两到三米的样子；枝丫依稀可数，也很短，就像一个人五指张开伸向天空的手掌；叶片也不多，卷曲着像一朵朵花苞；树干呈棕色，皱巴巴的，没有一点光泽，很像百岁老妪暴露在外的手臂。这树大有人力培植的痕迹，隔不几米一棵，成片成片，是林，却不能成荫。有好些稍高些的树从半腰处折断，颇像一个个刚下战场、缺胳膊少腿的伤兵。这树给人一种原始、苍凉的美感，得知它的大名叫“耶稣雅”后，我找人拍了好几张我与它的合影。

从水牛城到拉斯维加斯感受“冰火两重天”是飞机牵的线，我从拉斯维加斯前往洛杉矶，感受另一个“冰火两重天”则是旅行大巴提供的方便了。

吃过早餐，我们换乘了一辆当地公司的旅游大巴，从宾馆直奔洛杉矶。洛杉矶，又一座颇有吸引力的美国名城，那儿有扬名世界的好莱坞电影城、有至今仍为“世界之最”的迪斯尼乐园。更让我激动的是，我们将翻越内华达山，亲眼见证内华达山这座北南走向的山脉是如何影响美国西部的气候的。

早在小学读书时，就知道美国不同于中国，中国的山脉多是东西走向，而美国的山脉多是北南走向，内华达山脉就是这样。不要说是一条高山山脉，在大热天，有个“大块头”站在房门口离你很近的地方，你都会恨不得一把将他推开，因为他挡住了来自门口的风。

四五个小时车程，看不见一幢民居，看不见一幢厂房，没有白云朵朵，也没有芳草萋萋。好不容易见到一幢装饰一新、孤零零屹立在大路旁的大楼，那是经州政府批准在州界上招徕赌客的一幢名为宾馆、实为赌场的所在。但大巴刚刚翻越内华达山，雨点就砸在大巴的玻璃窗上了。内华达山，它也未免太过于“势利”。汽车往山下奔，越往西走，绿色就越浓、越重，从此将荒凉、冷漠与无趣抛在脑后。小雨歇歇停停，到了洛杉矶又戏弄人似的洒下几滴，空气凉爽、清新了许多。

耶稣雅树

岸边的海狮

在洛杉矶待了一天，只差没有被人造的幻景弄昏了头。第二天一早又坐车奔往圣地亚哥，在这里，我们又亲身体验了另一个“冰火两重天”。只是，内华达山东西两侧的“冰火两重天”是大自然的鬼斧神工，我在圣地亚哥所体验的“冰火两重天”则完全是人力所为啦！

圣地亚哥距洛杉矶有四小时的车程，它地处美国西南边境，濒临太平洋，有美军军港坐落在此。关于这里，我只要说出几个词，大家就可知道它的魅力所在：航母、海狮、鲸鱼、沙滩、百年历史的酒店……在一声声啧啧赞叹中参观完“中途岛号航母”，往右拐前行不到两百米，海狮就在那木排上等候着我们的到来。这些海洋动物显然习惯了繁华闹市的生活环境，懒洋洋地躺在木排上，瞧也不瞧前来观赏它们的游人。柯罗那多酒店前面的海滩上，阳光下的沙滩派对，还有那朝你脸庞吹拂热风的立柱式燃气炉，会让你无比留恋这“温柔之乡”，吟道“不辞长做圣城人”！可仅仅跨过一道百米宽的边境，到了墨西哥一个叫蒂娃娜的小镇，时光就宛如倒退五十年。一些贩卖工艺品的小店占领了街道两侧的门面，简陋的门楼，商铺里凌乱的摆设，街上稀稀拉拉就十多个中国游客，没有生意可做的店主，追着游客叫卖手上质地粗糙的产品……

其实，令人扫兴的事还在后头。我们一行从美国这边进入墨西哥边防关卡时，护照都不用检查，“长驱直入”，一点时间都没有耽搁，回到这儿，等待检验护照回圣地亚哥的游人呈“S”形排了数千米长，把马路都堵塞了。等候着入关的私家车成堆地挤着，一排有近十辆之多，好半天也没有要挪挪

一辆辆轻轨列车接连驶入站台

备有残疾人车道的公交车与在现场指挥的司机

窝的意思。正是当地时间下午二时许，太阳正当头，我们排着长长的队伍，一个个直喊“上当了、上当了”！后悔不该来到这乏味的墨西哥小镇。

在阳光下站了一会儿队，导游似觉不妙，他颇有经验地找到一个当地人。此人与导游耳语一番后，我们一行被带上一辆破旧的大巴，本以为我们可立即过关，岂知还是要排队。在我们大巴的前面，还有许多辆车上载着与我们一样花了美元等候着过关的游客，我们得到的好处仅仅是可以不在外面晒太

美丽的夏威夷

阳，有个座位罢了。待在大巴上，我们又干等了两个多小时！

进入美国，如释重负。不远处，一辆闪闪发亮、通体红色的轻轨列车在我的目光下缓缓离开，不等着这轻轨走远，又一辆轻轨开了过来，也是通体红色。可它刚刚停稳，另一方向又开过来一辆轻轨，上下车的游客神态轻松，很快就水银泻地般各奔东西，不见踪影。在我专心于轻轨时，街道右手边的一个公交站台前不声不响开过来一辆公共汽车，大块头，铿锃发亮，那气派远非墨西哥小镇上简陋的大巴可比。车门打开后，等候的乘客正准备上车，司机拦住了大家，只见车的前门口伸出来一个金属滑道，齐车门宽。又一会儿，见司机用手护着缓缓推下来一辆里面坐着人的轮椅。看完整个过程的我一时发呆，竟然忘了按下相机上的快门。

好几年来，我一直对轮椅上下公共汽车的事“耿耿于怀”。我八十高龄的母亲因为关节的毛病要靠轮椅代步，可我所在的城市里至今没有一辆安装了可供轮椅上下车的有滑道装置的公共汽车。有几次，我和家人试图将轮椅折叠起来，搀扶着两腿不方便的老母上汽车，司机也不准许，因为我们的轮椅占了车上的位置，且费时间。碰过几次“钉子”后，我们从此没有再让老母坐过公共汽车。

让我感动的是眼前这位美国司机，我家乡的许多公共汽车司机怕是很难学到他那对待乘客的态度的。我所在城市有条对老人的优待政策：凡年满65周岁的老人可免费乘坐公共汽车。一天，一辆公共汽车在靠站停车时，一位老者因为腿脚不方便，没有按规定从前门上车，司机很不高兴，竟脱口骂了句：老不死的！这一切让我的孙女看在了眼里，放学后她将其所见所闻写进了老师布置的“一天一事”的作业里……本是在说墨西哥、美国，我怎么说到发生在自己国家的一些烦心事上去了呢？圣地亚哥与墨西哥小镇的所见的确让我想到许多，眼前活生生的事实让我感受到：在众多美国人心中装着一个个大写的“人”——人的生命、人的生活需求、人的尊严！

离开美墨边境前，我回过身子再一次瞧了瞧边关那边的小镇，叹道：为什么仅仅一关之隔、数步之遥，就一冷一暖、一亲一疏、两个天地呢？

“开卷有益”，一起来读书吧

——美国旅行漫记（四）

去过欧洲、大洋洲的我，早就想就这些国家爱读书的人们专门写一篇文章，拥有欧洲血统的美国人，他们的读书情况会是个什么样呢？人还在中国，我就给自己制定了“任务”：关注一下美国人的读书情况。

我与妻子起程去美国的这一天正好是2012年4月23日，世界读书日！怎么这么巧，难道是上帝有意在提醒我什么？

有传说，西班牙的加泰罗尼亚地区有位叫乔治的勇士，他在某年的4月23日救了一位公主，此公主回赠的礼物不是金银财宝，而是一本象征着知识与力量的书。从那以后，每年的4月23日，加泰罗尼亚的妇女们就会给丈夫或男朋友赠送一本书，男人们则会回赠一枝玫瑰花。也许是巧合，4月23日是西班牙文豪塞万提斯的忌日，莎士比亚出生纪念日。在这一天降生的还有美国作家纳博科夫、法国作家莫里斯·德鲁昂以及诺贝尔文学奖得主冰岛作家拉克斯内斯。联合国教科文组织将这一天定为全世界的读书日似乎是情理中的事。

我关注欧洲人读书的情况始于2006年的西欧之旅。那是5月的一天，我登上飞往欧洲的飞机没有半小时，就“盯”上了飞机上几位埋头读书的白

皮肤的欧洲旅客。当时的我，一点也没顾忌自己已是一位年过花甲的老人，在飞机上偷偷为他们拍摄了好些照片。后来我去大洋洲、北欧、俄罗斯，在飞机、轮船上，在候机大厅，在公园、街头，我无数次地遇见了许多埋头读书的“老外”，也将他们的倩影留在了我的相机里。

我之所以这么关注欧洲人爱读书的行为，潜意识里，也是对我身边的同胞不爱读书的批评。如果在这些地方，也有我黄皮肤的同胞在苦读，我也就无须这么“较真”了。

正是因为我的这一心态，我去美国，既希望看到我在欧洲、大洋洲见到的“老外”们苦读的情景，也有些害怕见到。可生活就是生活，现实就是现实，我是奈何不得的。

我此次美国之旅是从东到西横穿北美大陆，仅在美利坚合众国的领空上我们夫妻就飞了八次，所逗留的美国国内机场有七座之多。无论是在飞机上，还是在候机大厅，白皮肤、金发碧眼的读书人随处可见，似乎比我在欧洲、澳大利亚、俄罗斯见到的还要多。如果说，我在欧洲等地所拍摄的读书人是“单人照”，在美国，我镜头里却多是“集体照”：成行、成排的人在读书。

世界各国就读书情况做过调查，数据显示欧美发达国家爱读书的人的比率比亚非发展中国家的高。联合国教科文组织日前有个调查，世界上读书最多的是犹太人，人平均每年64本，中国的上海是8本，而整个中国除掉教科书，13亿人每人平均不到1本。数据难免会有误差，其实，我们只要看到那些公共场所很少见到有中国人苦读，我们只要承认一到夜晚，小区里麻将声就此起彼伏，网吧不到第二天天亮不会熄灯，我们心里对中国人读书的情况就有个谱了！令人害怕的现实是，越是发达的国家，这个国家的国民文化素质越高，他们越爱读书；相反，国家越是贫穷、落后，国民的文化素质越低，国民越不读书。联合国教科文组织设立世界读书日、鼓励人们多读书，显然是因为注意到了这一现象。因为，所有文化素质高的人都明白“书籍是人类进步的阶梯”的道理，读书对于他们如同空气与粮食，是须臾不可离开的，他们读书是不需要别人提醒、褒奖的，也是不需要在公众场合“作秀”的。

说到这里，我已经决定将自己与同胞们划在不爱读书的圈子里了，这，实在是很不情愿的事。但承认自己比人家读书少也不是一件坏事。中华儿女，炎黄子孙，五千年的悠久文化，号称“礼仪之邦”，我们怎么能不喜爱读书呢？怎么能不懂得读书的重要呢？更何况，我们现在被称作世界第二大经济体，现代社会，瞬息万变，只争朝夕，有无数新技术、新理念、新思潮需要我们去了解、去掌握。“书是要读的，不管什么书，开卷有益。”这是大文豪鲁迅先生的话。好一个“开卷有益”！朋友，一起来读书吧，尤其是我们那些在机场、飞机、轮船上聚众打扑克、高声说笑、四处走动，乃至于影响了别人读书的同胞们！

墨西哥：精彩生动的壁画，色彩斑斓的国家

2015 年 2 月 1 日，我们到达墨西哥城的第一天，第一个游览项目就是观摩墨西哥著名社会主义画家里维拉的巨幅壁画《墨西哥历史》。墨西哥城有“壁画之都”的美誉，里维拉、奥罗斯科、西盖罗斯，号称墨西哥的“壁画三杰”，是墨西哥壁画的杰出代表。尤其是里维拉，他的头像与作品还“登”上了墨西哥的 500 比索纸币！里维拉的壁画《墨西哥历史》珍藏在国民宫中

里维拉的巨幅壁画《墨西哥历史》

太阳金字塔

央楼梯的回廊壁上，画作从 1929 年落笔，到 1945 年对外开放，经历了整整十六年的漫长岁月。它有 6 米高，近 20 米宽，上面密密麻麻地挤满了 1000 多个人物。我第一眼就认出上面表示太阳金字塔的金色太阳和墨西哥引以为傲的玉米，我还猜测上面那并排持枪射击的有可能是入侵的西班牙殖民军，解说员口中不断吐出的一个个人名、地名、年代，一经提及我就很快在自己的记忆里“对上号”，但也有觉得陌生的……壁画生动形象地反映了墨西哥上下五千年的历史，气势磅礴、色彩斑斓，让我对后面墨西哥的游览充满了期待与激情。

月亮金字塔

观摩完里维拉的壁画，紧接着我们就驱车前往太阳金字塔、月亮金字塔。太阳金字塔、月亮金字塔坐落在墨西哥城东北方向 45 千米外的山谷里，它是公元 100 年的特奥蒂瓦坎城邦辉煌时期的有力见证，特奥蒂瓦坎大概在公元 7 世纪衰亡，重新发现太阳金字塔、月亮金字塔的是公元 1000 年时的阿兹特克人。阿兹特克人惊讶于太阳金字塔和月亮金字塔的恢弘气势，以为只有神灵才可能创造这样伟大的城市，故称其为“众神之都”，并加以修缮与扩建。

太阳金字塔号称世界第三大金字塔，埃及的金字塔是法老的陵墓，墨西哥城的金字塔则是供奉祭祀品的地方。塔身总高度为 63 米，塔的正中央是宽约二三十米的石梯，有 260 级，石梯两边分成五个层级，可能是提供给平民、百官、巫师、祭师、国王这五个阶层的人们参加祭祀活动的所在。石梯的每一级都比我们平日所见的阶梯高出一倍多，有将近 30 厘米，这对于身体超重的我是个严峻考验，我必须四肢并用地一级级艰难地往上攀爬。其实，从上往下走反而更费力，我几乎是回转身子、面对高台一步步朝下移动的。有当地人告诉我：这正是当年的建设者特奥蒂瓦坎人的良苦用心，因为阶梯高，前来参加祭祀仪式的人们就不至于将臀部朝向神灵，这对神灵是不恭的！

与埃及的金字塔不尽相同的地方还有，这座用作祭祀活动的金字塔的外壁上刻有绚烂的图案，上面的符号与图画是后人考究当年特奥蒂瓦坎人与阿兹特克人文化的重要文献，在底层还发现了巨大的洞穴和排水系统，让人无比惊讶的是，没有文字的特奥蒂瓦坎人与阿兹特克人还将自己对星象的观测和气象学方面的知识用在了金字塔的建设上：每年春分与秋分的那天中午，太阳金字塔西面第一层总会出现一道逐渐明亮的笔直的阴影，光线变化时间为 66.6 秒，有人将其称为“永恒的时钟”。

位于大道北端的月亮金字塔塔高与体型均小于太阳金字塔，但建造更加精细，这也许是后人以“月亮”称呼她的缘故吧！据说，月亮金字塔是供王室家族观赏祭祀仪式用的观景台，她的建造可能晚于太阳金字塔。在她的正前方有一石台，这是一座名为鸟蝶宫的美丽建筑的遗址。连接太阳金字塔与月亮金字塔的是一条宽阔平坦的大道，名叫亡灵大道，顾名思义，从这大道上不知被抬走过多少充当“牺牲”的“自己人”或者战俘！大道两旁错落有致地排列着一些面积有两个篮球场大的石台，上面的建筑物虽已荡然无存，但仍可让今天的人们想象两千年前特奥蒂瓦坎鼎盛时期的繁华景象！

曾经去过埃及的我本以为墨西哥人让我“见识”了他们的金字塔、他们国家历史遗迹中最精华的所在，我墨西哥之旅的高潮部分就在此了，当我获知世界十大奇迹中属于墨西哥的“奇迹”并不是眼前的太阳金字塔、月亮金字塔，而是千里之外的奇琴伊察，我一时无言，直怪自己“老了”：怎么这样快就将书本上学过的忘却了呢！很快，一个新的期盼在我胸中泛起了波澜。

去奇琴伊察得先乘坐飞机从墨西哥城飞到一个叫作梅里达的城市。这是一座颇具中世纪欧陆风情的小城，飞机是傍晚时分降落在梅里达的，入夜，我与旅伴相邀乘坐马车在小城的石道上“漫步”，身着墨西哥传统服装的车夫高高端坐在马车的前头，嗒嗒嗒嗒，有节奏的马蹄声在西班牙风格的小楼

街头的情侣椅与古代印第安人的陶罐

间回响，石道旁，一对对情侣从咖啡小店的橘黄的灯光里优雅地晃过，远处的广场中央黑影憧憧、火光闪烁，一些正在表演古代印第安人传统技艺的民间艺人被人们围了个水泄不通……一时间，我仿佛跟随《哈利·波特》中的小主人翁来到了神奇的霍格奥茨。

第二天，我们一行早早地吃过早餐就出发了，为了照顾昨晚没有能乘坐马车游览市容的旅伴，司机特地带我们一行绕道市区跑了一圈。下车后，我没有关注昨晚曾在马车上见识过了的建筑与石雕，倒是对人行道上的一些别致的椅子产生了浓厚的兴趣，两张有靠背与扶手的椅子相对错开来连接在一起，这样可让人相对而坐不至于腿碰腿。没有人告诉我椅子的名字，我在心底里给它取了“情侣椅”的名字，或曰“挚友椅”。这椅子让我不由在脑际闪现出另一幅画面，那是我昨天在“国家与人类学博物馆”展柜里见到的一个印第安人的陶罐。它很有可能是印第安人运输饮用水的工具，为了让挂在人的后背的水罐更加平稳，聪明的印第安人在陶罐的罐身上错位烧制了三个耳环。我认为街头的情侣椅与古代印第安人的陶罐绝不是一种巧合，而是无声的传承与仿效：古代的印第安人与今天的墨西哥人都是善于思考，并将自己的思想成果用于生产、生活实践中的民族。古代印第安人成功地将一种黍类植物——玉米改进为当今人类三大口粮中的一种，让它一度作为一种主要食物养活了数千万美洲大陆的人们，也足可论证我的这一观点。

梅里达一瞥，让我觉得即将见到的奇琴伊察的玛雅人遗迹将会更加神奇、伟大！据我从书本所掌握到的知识，与善于攻战的阿兹特克人有别，玛雅人在天文、地理、数学与星象学上独有建树！

奇琴伊察距离梅里达有将近三个小时的车程。在玛雅语中奇琴伊察是“井口”的意思，它与这儿的一个20多米深的溶洞有关。

正是太阳当空的时分，奇琴伊察没有像墨西哥城的“国家与人类学博物馆”用高大、精致的门厅来迎接我们一行，但在她身上所表现的深刻思想与文化让我由衷惊叹，不由在她面前屏声静气、礼貌有加。没有走多远，我们就被带到一座与太阳、月亮金字塔有些相仿的石塔前。这里有一个让人陌生

羽蛇神金字塔

石梯两边的护坡接近地面处各有一蛇头

蹴球场

的名字：卡斯蒂略。但导游紧接着又教给了我们几个便于记忆的名字：羽蛇神金字塔、玛雅金字塔。

它比太阳金字塔矮小一些，经当地专家稍作点拨，这石质的塔在我面前很快变成一部博大精深的古籍。站在石塔前数米远的坪地里，人们只要合掌一拍，天空中就会听到“咕”地一声鸟叫，屡试不爽。这没有现身的鸟被当地人称作“天堂鸟”。

塔身的四面各有一道宽十余米的有护坡的石梯，石梯旁另有八个层级的阶梯，石梯的立面上排列着许多突出在石壁上的长方形图案，这图案累计共52个，代表52年，52年就是玛雅天文学家认为的一个“干支循环”，这在中国是60年。作为宗教仪式中心的卡斯蒂略，在一个“干支循环”结束之日务必对塔进行一次整修。这整修不是在原有的石塔上对外表做一些修补，而是在不损害原塔的前提下在上面再建一个新塔，也就是说，我们眼前这近30米高的石塔的内层还有不只一座塔。实际情况也正是如此，眼前这石塔的方形塔顶上有一个门洞，它就是内塔的进出口，只是因为在上面曾经发生过游人坠落的惨剧，以后就再也不容许游人进入塔内参观了。塔中有塔，而且空心，互不倚靠，这是采用一种什么工艺呢？导游虽有解释但一时无法让一贯坚持眼见为实原则的我信服。

蹴球比赛所用球门

太阳历石

查尔莫，中央的洞是盛装心脏的地方

“工艺精湛”的断头台

塔正中的石梯每一面有90级，四面共计360级，这代表一年中的360天，正方形塔顶的四个角加上塔顶中央的美洲豹石雕表示5天，一年365天因此各自有了着落。更为神奇的还有，塔的东北面与其他三面不同的是：90级石梯两边护坡接近地面处各有一蛇头，在每年春分与秋分这天的下午三四时，塔的这一面的石梯全部背阴，唯见两个蛇头与护坡的表面被金色的阳光染红，站在塔的侧面远远望去，就像两条身体颀长、头部向下的金蛇！笔者来到奇琴伊察时距离春分日尚差60余天，但景点所保存的照片让我见识了金蛇出现时现场万人观赏的盛况。“春分者，阴阳相半也，故昼夜均而寒暑平”，中国的历法经典用文字明确指出了春分与秋分这两个日子的意义，而仅用象形文字交流的玛雅人却是借助一个建筑物来表达他们对历法知识的掌握，须知，这是对设计者及建造者星象知识的一个重大考验，我不禁为之连声赞叹。

在卡斯蒂略身上，我看到了玛雅人对天文、历法知识的纯熟掌握。一直以来，人们心目中的玛雅人神秘莫测，来到奇琴伊察，我忽然产生这样一个感觉：不是玛雅人神秘，而是我们对玛雅人的了解肤浅。我们可不可以这样说：在星象与历法学科上，玛雅人在其中的某些领域甚至超越了我们现代人，至少可以说，玛雅人与掌握了现代科学知识的现代人之间存在着相互切磋、交流的基础。当然，在整个科学领域，玛雅人与现代人的差距还是很大的。

三代文化广场

作为一座城市的宗教中心，奇琴伊察内还有武士神殿、美洲豹神殿、星象台等多处重要建筑。离武士神殿不到百米处，有一座面积与现代足球场相仿的蹴球场，两边的看台不是现代足球场的梯形状，而是壁立百仞，很像现代运河河道供船舶通行的凹形闸口。球队的球员在队长的指挥下不是用手与脚，而是用各自的胯部或其他关节部位，争抢着将一个与我们今天的排球大小相仿的椭圆的球顶入场地上竖立着的球门内，抢先将球顶入门内的一方为胜。在奇琴伊察，蹴球比赛也是一种宗教仪式，先由祭师占上一卦，双方各七名队员事先并不知占卦内容，一心拼力搏杀，不管最后的胜负与占卦内容吻合与否，都会有至少一个球队队长的头颅献上。

又是头颅，又是牺牲！玛雅人，不，岂止玛雅人，还有我没来得及提到的托尔特克人——他们是长期活动在墨西哥的一个重要民族，与玛雅人有过很长一段时间的联系与合作，在奇琴伊察也有他们辛勤耕耘的记载。在玛雅人与托尔特克人心底，人祭是对神灵的最崇高的敬礼，有远比空气还重要的意义。就说以人的心脏来祭奠太阳吧，古代印第安人认为，太阳是世上一切活力之源，太阳赋予地球生命，也需要从地球获得活力，而心脏是人类和动物身上最有活力的器官，将活人正在跳动的心脏挖出来献给太阳，就可让太阳永远保持它的精力、热量与光明，这是有利于人类的事。因此，让自己牺牲祭祀神灵，是一种荣耀。只是到了后来，这一祭祀的牺牲为战俘所替代。

离球场数百米远的井口实际上就是我们前面所提到的溶洞，它是玛雅人与托尔特克人祭祀雨神的所在。玛雅人与托尔特克人认为，孩子们眼里不断溢出的泪水可以让雨神高兴，从而让雨神为人类降下久旱后的雨水。他们对孩子的挑选颇有讲究，孩子出生的日期吉利与否、他头发的特点等，都是入选的条件与依据。年复一年，溶洞中的尸骨几乎将流水阻断……

一边是让无数现代人惊讶的对天文历法的计算，一边是让现代人毛骨悚然的活人祭祀，在奇琴伊察的我一时几近晕眩。我突然想起里维拉的巨幅壁画，我觉得肯定是古代印第安人的奇特的、让人眩晕的历史影响了他，不然，他的壁画不会那么色彩斑斓。

一时间，“色彩斑斓”四字定格在我的脑海，我认为我前日参观过的三代文化广场与国家与人类学博物馆都可以配得上这句中国成语。

国家与人类学博物馆里大量的石雕与陶器制品反映了古代印第安人生产、生活以及战争的历史。这里让我补习到了许多我曾经在书本上学过的墨西哥地区一些民族的名称及其相关的历史：特奥提华坎、墨西卡、瓦哈卡、奥尔梅克、瓦斯特克……因为时间的关系，这些民族的遗迹都没有被安排进我们这次的旅行中，包括距离墨西哥城仅 40 千米的特奥蒂瓦坎城，这里被称为墨西哥最辉煌的城市文明之都、“众神之都”，城市方圆 40 多平方千米，人口众多，不同时期的居留者有 10 万到 16 万不等。因为缺乏文字记载，至今还有许多有关墨西哥地区印第安人的历史没有被现代人掌握。

古代印第安人在美洲大地创造了三大文明，国家与人类学博物馆为我们介绍了其中的两大文明——阿兹特克文明与玛雅文明，那主要活动在南部美洲的印加文明又会是个什么样子呢？人还没有离开墨西哥城的国家与人类学博物馆，我就渴望日后能有机会前往智利，还有危地马拉、秘鲁，以求更多地了解美洲大地的印第安文化。

三代文化广场位于墨西哥城塔库巴街，距索卡洛广场很近，原是阿斯特克人的集贸市场。所谓“三代文化”分别是指印第安人文化、西班牙人文化、现代墨西哥人文化，在这里，它们是以大祭坛遗址、大教堂以及外交部大厦三座内容迥异的建筑来表示的。大祭坛是阿兹特克人用来祭祀惠奇洛波奇特列战神的，后来西班牙殖民者拆毁了金字塔和塔上的庙宇，现在仅存用十几级石块堆砌成的七个巨大平台。大教堂全名是圣地亚哥·特拉尔特洛尔科大教堂，位于广场东侧，公元1524年由圣方济各会有意“压”在大祭坛上面建造了它，有取印第安人文化而代之的意味。大教堂整个建筑古朴粗犷，具有典型的西班牙殖民时期建筑风格。外交部大厦建于20世纪50年代，是一座乳白色的二十多层的现代建筑。

里维拉的巨幅壁画《墨西哥历史》用色彩与线条叙说了墨西哥的历史，三代文化广场则用“凝固的音乐”——建筑来表达现代墨西哥人对他们悠久的历史、灿烂的文化的理解与态度。久久伫立大祭坛遗址前，面对古朴的大教堂与洋溢现代气息的外交部大厦，我恍惚置身录音棚中，看音响仪表屏幕上的音频标志不停地上下闪烁、跳跃。

墨西哥城改革大道上的雕塑

音频符号在跳，我的心脏也在急促地跳，我似乎听到墨西哥人通过三代文化广场在向世人解说：他们为自己的印第安先辈们所创造的悠久文化而骄傲，也为伴随着殖民入侵而来的殖民掠夺与镇压而愤怒，面对一种融入了近现代先进文明的新型的墨西哥文化，墨西哥淡然接受，但人们更加向往的是一种全新的没有任何殖民色彩的新文化……

我曾经游历了亚、非、欧、美许多国家，在墨西哥的几天里，我一直试图拿墨西哥与别的国家相比较，最后都不得不承认：墨西哥是我遇见到的一个独具特色的国家，对她，用“色彩斑斓”四字概括是再恰当不过的了。

鉴于墨西哥历史的“色彩斑斓”，我对她的了解不过是九牛一毛，许多历史遗迹至今都因为人力、资金的不足而等待着墨西哥人去开发，何况还有我没有提及的后哥伦布时代，西班牙人进入墨西哥后与印第安人的爱恨情仇，墨西哥人为自己民族的独立与自主所进行的前仆后继的争斗……我不得不求教于我的导游——一个来自中国台湾的女大学生，她姓陈。我在参观完里维拉的巨幅壁画《墨西哥历史》后“交”给她一个艰巨的任务：我购买了一张里维拉的巨幅壁画的图片，请她从左至右、从上至下地将图片上的人物、事件一一用文字加以说明。在我们一行打理行装准备离开墨西哥的那天早上，她将“作业”交给了我，密密麻麻千余字，而且都是繁体，其中不乏错别字，难怪她在大巴上谈到语言时特别强调：世界上最难学的语言是西班牙语，最难写的是中国汉字。在西班牙生活了十多年的她因为我的一句话而花费了大半个夜晚的时间，我回到国内不把墨西哥之行写好真有些对不起她！在她的说明文字里我“结识”了几名西班牙将军，是他们带领殖民军朝一些赤身露体的印第安人端起了手中的长枪，随后，又是他们引来神父，让印第安人接受了天主教——图片上的洗礼仪式清晰可见。天主教的传入对墨西哥的印第安人的影响非常重要，从某种程度上说，它对于加速西班牙人对墨西哥的统治进程，起到了润滑剂与粘合剂的作用。但墨西哥人明白，墨西哥不能永远做西班牙王室的附庸与臣民，墨西哥的命运必须由墨西哥人自己掌握。

打响墨西哥独立战争第一枪的是米格尔·伊达尔戈·伊·科斯蒂利亚，

墨西哥人向游客展示用剑麻制作的丝线

高高的仙人柱

是他亲自敲响多洛雷斯教堂的大钟，宣布墨西哥独立战争的开始，史称“多洛雷斯的呼声”。作为最高统帅的米格尔，在带领军队向墨西哥城发动攻击而受挫后，继而转战另一个地方并建立政权，果断废除了奴隶制，并将土地归还给了印第安人，得到了印第安人的广泛支持。在一次与西班牙军队的作战中，米格尔不幸被俘，与昔日战败被俘的印第安人一样，米格尔·伊达尔戈被西班牙人处以斩刑，所不同的是，他不是作为祭祀神灵的牺牲，而是被当作警告他人的用具，这是发生在1811年7月31日的事情。1821年8月24日，在米格尔·伊达尔戈牺牲十年之后，墨西哥终于宣布独立。但独立之后的墨西哥，领土却逐渐减少，起先是得克萨斯州被并入美国，紧接着的三年美墨战争，一纸《瓜达卢佩·伊达尔戈条约》让墨西哥失去了本国一半以上的领土，这些地方包括今天美国的加利福尼亚、内华达、科罗拉多、新墨西哥和亚利桑那州，面积达190万平方千米！

墨西哥不仅仅拥有波澜壮阔、色彩斑斓的历史，她的自然景色同样色彩纷呈、独具特点。她拥有可以制作纸张、布匹、化妆品的剑麻，拥有可供人食用的仙人掌，还有高度超过成人的仙人柱，毋庸置疑，这些都可算是墨西哥的标志性的植物，再加上那常常戴在墨西哥男子头顶的尖顶宽边的草帽！即使是坎昆的海也非同一般，它不是简单地可用蓝色、蔚蓝这些词语描绘得了的，坎昆的海是五彩的海，近岸的草绿、远海的深蓝、跃起的碧玉、旋转的橙红、缤纷浪花的洁白……

其实，现实生活中墨西哥的芸芸众生也是异彩纷呈的，来墨西哥的几天，我经常以为自己到了某个西方国家，而不是我想象中的“第三世界”。墨西哥城改革大道上的现代建筑丝毫不比巴黎、法兰克福逊色；走在路上不经意间就能遇见赌场，它没有澳门赌场那么奢华，而像一间平常的商铺挤在步行街区的路边；彩票发行站的橱窗被花花绿绿的彩票贴了个严严实实，不是广告胜似广告；大街小巷无须走多远，一定会有一尊精致或者锈迹斑斑的铜像在街心花池里恭候着你……

墨西哥，一个色彩斑斓的国度！

古巴，远在西边的红色国家

古巴是一个我很早就想去的国家。许多年了，那段名为《要古巴不要美国佬》的旋律我至今还记得，几十年没有尝过古巴黄糖了，那香味儿似乎还在我舌底留着。2015 年元月末的一个傍晚我终于实现了自己的愿望，转道巴拿马踏入哈瓦那机场大厅。初来乍到，绝没有料想到的是，古巴竟然会用一片“红色的海洋”来迎接我，一条并不特别宽阔的廊桥和一间并不排场的机场大厅被一片红色所包裹：大厅的梁柱、工作台的挡板、乘客的椅子……通通都是红色。

哈瓦那机场，红色的海洋

人行道夹在两条车行道的中间

哈瓦那市区的基督教堂

这熟悉的景象并没有让我“激动不已”，反倒令我有些不安和紧张，因为我不会这么快就忘却自己在朝鲜的遭遇：一过海关就封存了我的手机，刚上旅游大巴就被人“约法三章”，告诫我这里不能走动，那儿不能拍照……但我的不安与紧张很快就随着车轮的滚动而渐渐被抛在脑后。

第二天我们一行将驱车前往巴拉德罗海滩，天刚蒙蒙亮，我只身走出宾馆到附近的街区溜达，潜意识里认为这个国家不存在安全问题，也不会有人在一旁监视我。宾馆前面的街道很宽敞，一条可以称为“大道”的人行道夹在两条车行道的中间，且有树木相隔，古巴人是否想通过这条设计“别具一格”的街道告诉人们一些什么呢？瞧着在“人行大道”上遛狗和慢跑的古巴人，我如是想。快到出发时间我才回到宾馆，此刻，在宾馆的坪地与大门口，旅行大巴排起了长长的队伍，一色的“Made in China”，纤尘不染、油光闪亮，很气派。我以为这是古巴人说给我这中国“同志”的最动听的一句：“Good morning！”这足可让我在早餐时多喝一大碗麦片粥！

巴拉德罗海滩距离哈瓦那有三个小时的路程，从上车到中途休息的一个半小时里，导游给我们不停地介绍古巴的历史、地理、风景名胜、政治与经济，还有我们中国游客最为关注的医疗、教育与社会保障体系。通过他的介绍，我也证实了自己过去听到的一些有关古巴的负面传闻：古巴国内因为物资的匮乏，老百姓至今仍旧凭票购买生活必需品。

到达巴拉德罗海滩已是正午时分，吃过午饭我们就前往海滩。从卧房到海滩要经过好几个室外泳池和一些娱乐设施，当在海滩上看到睡椅上躺着的、浅海区里漫步着的“老外”时，我在心中好几次提醒自己，千万不要因为古巴今天仍旧在凭票供应生活物资就小瞧他们，身在西半球的古巴，曾经是中美洲地区的富裕的国家之一，西方的物质文明他们很早就见识过了，不值得大惊小怪。果不其然，在这家宾馆，楼内楼外所有酒吧、咖啡厅的酒水与点心都是免费的，夜里快 10 点了，室外的剧场仍在表演古巴民间歌舞，没有找到座位的宾客一个个站立在大树下，握着手中的啤酒杯有滋有味地欣赏着，没有一个有离去的意思。第二天一大早，大厅一角的咖啡厅里空荡荡的，仅见一名酒店的服务员在吧台后忙着。我心想，即使是收费的酒吧，也不会这么早营业的，但我仍小心翼翼地向服务员索要一杯咖啡，他很快给了我，还根据我的要求加了糖与奶，不待我开口，他竟然在我之前道了句：“Thank you!”且脸上始终堆着笑。

巴拉德罗海滩是值得我们长途跋涉前来享受的地方，满是细柔金沙的海滩连绵 20 余千米，风不大、浪不高，是休闲健身的美好场地。为了让我们尽兴，导游让我们在海滩上待了一个上午。

我们中午吃过午饭方才离开巴拉德罗海滩，直到到了另一旅游景点我们

巴拉德罗海滩

几乎家家都有天井

楼房都有临街的阳台

才觉悟，因为在海滩所待时间过长，占用了我们在哈瓦那旧城区的游览时间，我们为此大呼"后悔"，甚至认为舍弃巴拉德罗海滩这一行程，把时间全部留给哈瓦那也是划算的。

哈瓦那分为旧城和新城两部分。旧城位于哈瓦那湾西侧的一个半岛上，是昔日总统府的所在地。联合国教科文组织于1982年将其列入"人类文化遗产"。旧城区的普拉多大道、主教大街、武器广场、圣弗朗西斯科广场、大教堂广场周边汇集了许多体现新古典主义及巴洛克艺术风格的建筑：教堂、官邸、宾馆、剧场、雕像……但我更迷恋住宅区里众多西班牙风格的小楼，我将这里的游览看作了我西班牙旅行的继续，是对我西班牙归来后所写《西班牙建筑，爱你没商量》的补充。在那篇文章里我更多描写的是马德里与巴塞罗那的广场、教堂和闹市区的高楼与官邸，那里的建筑别具一格，表现了西班牙人热情、豪放的性格。哈瓦那旧城区里西班牙风格的民宅、商铺与旅馆，让人感觉到的是温馨与舒适，表现出的是西班牙移民和后来的古巴人对美好生活的热爱与向往……

因为哈瓦那坐落在墨西哥湾入口处，是欧洲和南美洲之间的中转站和必经之地，有“墨西哥湾的钥匙”之称，地理位置非常独特、重要，许多年来一直是海盗与殖民军争夺的目标。城堡，作为一个海港城市的防卫重地，自然而然成为了哈瓦那建筑里不可或缺的重要内容，也成为今天的重要景观。哈瓦那市区城堡数量之多。规模之宏伟，是我所游历过的世界各地的大都市都无法与之相比的。我们一行分别在下午与夜晚两次登上圣卡洛斯城堡，下午的登临是为了在城堡之上俯瞰哈瓦那全城，眺望一侧的莫罗城堡——1762年英国殖民者攻打哈瓦那时，就在莫罗城堡前遭到了古巴农民自卫队的英勇抗击。城堡上面有一尊石雕，是一名古巴女郎，她有个美丽的名字——哈瓦那。和这名字紧密相连的是一个与她相关的凄美的故事。离开城堡时，我与同伴们都在城堡进口处的一家手制雪茄老店买了古巴雪茄，尽管我是连香烟也从未抽过的。

夜晚重游圣卡洛斯城堡，则是为了观摩在那儿举行的一个延续了两百多年的鸣炮关城仪式。

步入被一些身着古代西班牙军士服装的哨兵守卫的门岗，踩踏着鹅卵石，我们一行挤进等待参观鸣炮关城仪式的人群里。不一会儿，我们就见到了朦胧夜色中列队走来的一队士兵，他们先是在城堡高处进行巡城换岗，不等他们停歇，又有一些手持火把的士兵出现在城堡高处的门口，此刻，现场突然安静了下来，安静得可听到火把燃烧的声音。在将近夜晚9时的时候，正步走来的手持火把者在队列前停步，口中喊着我们听不懂的话语，然后将火把交给队列中排列在前的士兵。9时整，大炮发出一声有些沉闷的轰鸣，一声，仅仅一声！

这种鸣炮关城仪式源自于两个与古巴无关的殖民者间的斗争。哈瓦那在西班牙殖民期间，多次受到英国殖民者的侵犯。英国于1762年从陆路逼近，并在十一个月后成功占领了哈瓦那。但哈瓦那的存亡关系到西班牙在整个中美洲特别是墨西哥的战略地位，所以西班牙殖民当局不惜血本，最终将墨西

圣卡洛斯城堡

哥湾的佛罗里达地区割让给了英国，换回了哈瓦那，随即就诞生了圣卡洛斯城堡的鸣炮关城仪式：每当黑夜降临，城堡上便以鸣炮为信号，宣告一天中闭关锁城、扼守水陆交通时段的开始……

还原殖民统治时期古巴街市的景象，鸣炮关城仪式即将在城堡举行

哈瓦那旧市区街景

哈瓦那新城区景色

游览新城区是第二天上午的事，穿过海底隧道，大巴就进入了新城区。临海的大道旁，一些似曾相识的美国、西班牙风格的华丽建筑匆匆闪过。眼前的哈瓦那，阳光明媚、彩旗招展，远比我在电视屏幕上见到的气派、漂亮，耳畔不由自主地回响起一首名为《美丽的哈瓦那》的旋律。

哈瓦那革命广场宽广、雄伟。位于广场北侧的何塞·马蒂纪念碑高逾百米，这是一尊五角星形高塔，塔前的何塞·马蒂雕塑与我在画刊上见到的一样：清癯、儒雅的面容，闪烁着智慧光芒的眼神。与何塞·马蒂纪念碑隔街相望的是著名古巴革命家切·格瓦拉的巨幅画像，还有他西班牙语的“永远向胜利前进”的名言。

也许是所谓的“缘分”，我来到哈瓦拉的这一天正好是何塞·马蒂的诞辰。1853 年 1 月 28 日，何塞·马蒂降生在哈瓦那市，父亲是个西班牙农民。1868 年，年仅十五岁的何塞·马蒂就参加了反抗西班牙殖民统治的革命活动，十六岁时被流放到西班牙。作为诗人、作家的何塞·马蒂于 1892 年在纽约主持召开了古巴爱国者团体代表会议，宣告古巴革命党的成立。四十二岁时他牺牲在了独立战争的战场上。他短暂的一生完全献给了争取祖国独立和拉美自由的事业。在古巴，何塞·马蒂思想与马克思主义一起作为党的指导思想写进了古巴共产党的章程里。

我们一行上午 9 时许来到哈瓦那革命广场时，只见广场四面都是学生游行队伍，他们似乎赶着去参加一个集会，红色三角图案上绘有一个象征民族独立的五角星的古巴国旗飘扬在广场上空，学生们手捧何塞·马蒂画像与标语牌，走在队列的前头。我追赶着给学生们照相，他们没有回避，而是将手中的画像与标语牌举得更高！跟着其中一支队伍，我来到广场旁边的大楼前，这里早有许多学生在静静地等候着进入大楼，询问导游，得知这里是古巴国家图书馆，我想，学生们一定是进去参加某个演讲或征文活动。

大巴驶离闹市区，向大海那边疾驰。房屋渐渐地少了，很快我们就看到海岸边一座伸向大海的木桥，与这木桥毗邻的，是一座无顶的石亭，再靠近，

哈瓦那革命广场上集会的学生

可瞧见亭中的海明威雕像。待我在石亭前后忙乎了一会儿，起身要离开时，我抬头看见远处有一道色彩纷呈的光影覆盖在道路的中央，又是游行集会的学生，仿佛是从天而降的神兵，黑压压看不见尽头。

我眼下所见到的一切，实际上是昨天晚上学生集会的继续。由于学生游行集会的原因，昨晚我们前往城堡观看鸣炮关城仪式是绕了道方才到达目的地的，我们有团员回宾馆后在电视里看到了学生游行集会的新闻报道，场面很壮观。参加游行集会的学生年纪比今天见到的似乎都大些，有可能是哈瓦那的大学生或是某些社会青年组织的成员。

来古巴前事先读过一点何塞·马蒂作品的我，心中明白，昨晚与今天白天古巴青少年们所做的一切都是何塞·马蒂所强调的“思想战”的一个内容。早在1891年，何塞·马蒂在他的《我们的美洲》文章中就反复强调“思想观念”的价值，坚信“思想观念一旦为人民所掌握就是不可战胜的力量”。以卡斯特罗为领导的古巴共产党在执政的这几十年中，坚持在党和人民群众中开展何塞·马蒂倡导的“思想战”的思想教育活动，“公众论坛”“圆桌会议”，包括我刚刚见到的游行、集会都是这一活动的表现形式。

古巴共产党如此强调“思想战”，说到底，就是为了生存。美国自立国之初，政治精英们的目光就投向了被他们称为“安的列斯明珠”的古巴。1783年，后来成为美国第二任总统的约翰·亚当斯宣称，古巴是美国的“自

正在进行纪念活动的学生们

然延伸”。托马斯·杰斐逊，即美国第三任总统、美国《独立宣言》的起草者，曾将古巴视为美国领土扩张的一个适当界限，并踌躇满志地建议在古巴岛南端树立美国的标志。1823年，时任门罗政府国务卿、后来成为美国第六任总统的约翰·昆西·亚当斯，将古巴和波多黎各比作北美大陆的自然附属物，并认为“很难抵御”这样一种信念——将古巴合并为美国的一部分对于美国自身延续和完整是不可或缺的。约翰·昆西·亚当斯后来道出了他那影响久远的“名言”：“有物理的万有引力，也有政治的法则：假如被风暴从树上吹下来的苹果只能落向地面，那么被强行从与西班牙那种不自然的联系中拆开而又不能自持的古巴，只能自然地投入北美联盟，而后者受同样的自然法则支配，绝不会将古巴从其怀抱中抛弃。”

19世纪，美国政府逐渐形成一套针对古巴的双管齐下的政策：一方面阻止古巴被从西班牙手中转给其他欧洲列强，另一方面采取措施直接攫取古巴。

在美国居住达十五年之久的何塞·马蒂对美国的野心早有认识，美国统治者对邻国领土的野心出于其对财富的“追逐”，美国国内“政治家与银行家的结盟、劳资之间的矛盾”决定了其野心的不可遏止。在美国，“所谓的民主，不过是一种专制”——对美国的民主选举有过仔细观察与研究的何塞·马蒂在《美国的社会场景》一文中这样揭露美国。

正是在何塞·马蒂坚持民族独立的思想的指导下，古巴人民为争取独立自主而进行了艰苦卓绝的斗争，何塞·马蒂自己也为祖国的独立事业献出了宝贵的生命。他的后继者菲德尔·卡斯特罗与战友坚持何塞·马蒂思想，于1959年1月1日成功地将美国扶植的巴蒂斯塔傀儡政府赶下台，建立了古巴历史上第一个真正独立的古巴政权——古巴共和国。这一变革意味着从此将改变美国在古巴经济中的主导地位，让美国在自己的家门口迎来了传统权力被压缩的一天，这实际构成了美国推行霸权的一大障碍和挑战。

古巴共产党同时也明白：仅仅依赖“思想战”还难以粉碎外国势力针对古巴的野心，古巴政府还必须脚踏实地解决好古巴人民的“温饱问题”，让古巴人民过上领袖卡斯特罗同志所强调的“体面”的日子……

聆听导游有关古巴共产党如何解决古巴国计民生问题的介绍，我脑子里回响着习近平总书记在中国共产党十八次党代会上的一段讲话：

“我们的人民热爱生活，期盼有更好的教育、更稳定的工作、更满意的收入、更可靠的社会保障、更高水平的医疗卫生服务、更舒适的居住条件、更优美的环境，期盼着孩子们能成长得更好、工作得更好、生活得更好。人民对美好生活的向往，就是我们的奋斗目标。”

为人民服务是中国共产党的宗旨，同为执政党的古巴共产党何尝不是这样想的呢？

古巴的所见所闻给予我的感受是实实在在的：这么多年来，古巴共产党在如何给古巴人民提供“更好的教育、更稳定的工作、更满意的收入、更可靠的社会保障、更高水平的医疗卫生服务、更舒适的居住条件、更优美的环境”上做了许多值得称赞的实实在在的工作。

导游颇为自豪地告诉我们：全古巴的学校都实施了电化教育，远在外岛的小学校都可以通过屏幕收看到哈瓦那教授讲课，整个古巴没有文盲，大学入学率是86%；古巴还是当今世界唯一实行全民医保的国家，“哪里有人民，哪里便有医生”，“让人人享有健康”。说到古巴的医疗，导游不无得意地告诉我，在古巴，即使年轻人做整容手术都是全免费的，如果你想做变性手术也可一试！古巴人的人均寿命达到79岁，其中女性为80岁。凭借上面这些数据，还有在对环境与资源的保护等方面的杰出成就，古巴获得了世界自然基金会于2006年度颁发的全世界唯一一个“可持续发展国家”的称号。

古巴共产党一再强调“没有一个统一的党，古巴革命就不可能胜利；没有党的领导和人民的团结，就无法捍卫自由、民主和社会主义的古巴”。古巴共产党深刻明确自己在国家中的地位与责任，他们努力，他们廉政，他们也不搞个人迷信——菲德尔·卡斯特罗领导古巴有五十多年了，但是党章上只提到了马克思、何塞·马蒂，哈瓦那革命广场也只有何塞·马蒂与切·格瓦拉的塑像与画像……古巴人民眼中有杆秤，虽然他们没有独立别墅，没有私车，生活用品暂时还比较紧缺，但他们满足，因为他们相信并拥戴一心为

海明威故居的餐厅

人民谋幸福、少有贪腐丑闻的古巴共产党!

相比中国，眼前的古巴是穷了些，但他们一刻也没有停止变革，在农村，他们也学习中国实施了包产到户，城市里也允许私人经商办企业，对外开放也在抓紧进行中，随着与美国逐渐恢复外交关系，古巴，正如导游所盼望的：“今后的日子会一天天好起来！”

我们一行还去了海明威的故居——维西雅小庄园。这里现在是“海明威博物馆”，墙壁上挂着海明威与菲德尔·卡斯特罗的合影。海明威在维西雅小庄园居住了二十余年，《老人与海》是他从哈瓦那希科马尔的渔民安塞尔姆·埃尔南德斯身上产生灵感写成的“古巴作品”。海明威对“美丽而不幸”的古巴充满感情，他曾经说：“我深爱这个国家，感觉像在家里一样；一个人感觉像在家里一样的地方，除了他出生的故乡，就是他命运归宿的地方。”果然，离开古巴回到美国没多久，这位性格坚强、对生活无比热爱的著名作家，就在美国的家中用猎枪结束了生命。

在离开古巴前，我自问：你喜欢古巴吗？我轻轻地说声：喜欢！但语调有些迟疑。自比海明威，我岂敢！与古巴人比，我远没有他们自信、坦诚！就像眼前我即将告别的哈瓦那机场：也许有人会非议我的“红”，那我干脆就给你“红”个痛快，给你一个红色的海洋、红色的天空！

哥斯达黎加：花儿为什么这样红？

我们是在浓浓夜色中到达哥斯达黎加的首都圣何塞的。

因为时差，我凌晨三点就睁开双眼等待着天亮。待我们一行整理行装走出宾馆，迎面所见是一片火红，那是一大排耸立在停车场旁的开满红花的树，比木棉树显得更高大，没有绿叶衬托的花儿也比木棉花茂密、艳丽。导游说它叫“火焰花”，真是一团火，熊熊燃烧的火！

火焰花树

在去波阿斯火山的路上，成片的火焰花将一些路段的半边山体都染红，非常壮观，让我联想到深秋时节我家乡长沙岳麓山满山似火的枫叶。也许是“火焰花”的缘故，我也开始关注路上看到的一些别的花，比如山坡、旷野中的花和篱笆墙上的花，这一关注一直持续到我离开哥斯达黎加，临行前还不忘买走两本画册，上面汇集了一百多种美丽的花儿……

我们在哥斯达黎加的第一个旅游景点是离圣何塞 40 多千米的波阿斯火山，它是世界上最大的间歇性爆发的活火山。火山海拔 2574 米，下了大巴我们走了一大段坡路才到达安装有木栏的高地的顶部，眼底是一个体积与北京的“鸟巢”相仿的锥形大坑，坑底有一个足球场大小的湖，湖上正冒着袅袅青烟。如果将这色彩浓烈的湖水比作一锅绿色染料，那向上冒着的青烟就像池中冒出的水汽了。哥斯达黎加人给这湖起了个美丽的名字：哥斯达黎加天池。

火山口裸露在外的岩面色彩斑斓，由一些以棕红色为基调的质地坚硬的岩石组成，这很自然地让我将它们与铜矿石或者铁矿石联想在一起。火山一侧有一宽约 30 多米的豁口，越过这豁口往外、往山下延伸的是同样颜色的岩石的“河”，一直延伸至我目光不及处，这无疑是当年火山爆发时红色岩浆的足迹，眼前的波阿斯火山带给我的只有震撼与敬畏。下意识里，我突然觉得自己双脚站立的地球变成了一位会说话、能呼吸的巨人，眼前的波阿斯火山是留在巨人手臂上尚未愈合的疮口，迷人的“哥斯达黎加天池”是疮口处渗出的体液！

我们一行在哥斯达黎加游览的第二座火山有个动人的名字——阿雷娜，她坐落在圣何塞西北方向 200 余千米处的山谷中。和她的名字一样动人的是她美丽的容貌。为了能在云雾消散时欣赏到她的真容，我在她对面的山坡上从早上 5 时起整整守候了三个小时！这是在游览了波阿斯火山后的第二天的清晨，前一天晚上，我们就下榻在阿雷娜火山山脚下的宾馆里。一早，天刚蒙蒙亮我就瞧见了她的头部被浓云遮盖着的优雅身影，随着朝霞渐渐将东方染红，太阳冉冉升上地平线，随着天空中弥漫的雾气渐渐散去，身着绿装的阿雷娜火山就像被一双无形的手褪下上身的毛衣，云雾自下而上在消散，慢慢地、慢慢地可以看到她仍被淡淡云雾遮掩的“额头”与“发髻”。但我很快就发觉，这尚未完全消散的云雾其实是阿雷娜火山“头部”散发出来的烟雾。我的这一发现也符合导游关于阿雷娜火山尚还“活”着的说法。

此刻的阿雷娜火山犹如一位白居易诗中的村姑、蒲松龄笔下的狐仙：脉脉含羞，楚楚动人。

最美还是在阿雷娜火山戴上洁白的云帽之时。早餐后，我们一行乘车沿着阿雷娜火山下的公路前行，骄阳当空，湛蓝的天空上时时有成行的鸟类飞过，就在我无意中回望阿雷娜火山时，我发现不久前还是被烟雾半遮半掩的阿雷娜火山突然被戴上了一顶圆形的、洁白的帽子，那是一顶绒绒的、颇有质感的帽子，比平日藏族姑娘头上的羊绒帽低平、宽大一些，此刻的阿雷娜火山婀娜多姿、风情万种，颇像一位欧洲油画大师笔下头戴白色贝雷的摩登女郎。

但如我第一次见到波阿斯火山所说，火山不是供人们欣赏，而是让人震撼、敬畏的，雷霆大发时的阿雷娜火山是“面目狰狞”“心狠手辣”的。五十一年前阿雷娜火山发生了一次突然喷发，山下的建筑顷刻间化作齑粉，人畜无一幸存，那人间惨剧至今还深深刻画在哥斯达黎加人的脑海里。在阿雷娜火山对面有一个被称作观景台的平坦高地，我们一行来到这里后纷纷以阿雷娜火山为背景留了影。高地中央有一长方形的石台，石台的一头竖着一个石质的十字架。导游指着它对我说，这石台下就埋葬着五十一年前一部分遇难村民的遗骨与遗物。我不禁肃然。

当我进一步了解到，在哥斯达黎加共有火山三十余座，至今“活”着的还有九座，这就是说，在哥斯达黎加每方圆 100 千米的地方就有两座活火山。“活”，意味着火山随时有喷发的可能。2014 年 10 月 29 日，位于卡塔戈省、毗邻波阿斯火山的图里亚尔瓦火山发生了一次大规模喷发，地热蒸汽夹着火山灰最高喷达 1500 米高空，受影响的居民达到 100 万人。在中国生活不知火山为何物的我听到这里不禁倒吸了一口凉气。但随着我后面的游览，见到、

波阿斯火山

阿雷娜火山

听到、玩到许多别的与火山相关的事与物，我几乎忘却了火山会给人类造成灾难，而将我见到、听到、玩到的这些事与物不自觉地往火山上靠。我以为，如此高密度火山的存在对于哥斯达黎加的生态环境，对于哥斯达黎加人民的生产、生活，也能产生一些积极的影响。在车上，导游介绍说，她四十多岁时住医院动手术，身体一度很虚弱，当地老人就叫她每天喝甘蔗水，还用一种当地出产的黑豆煮水喝，很快就将身体恢复到手术前的状态。听完后我随即做出这样的判断：这就是火山的“功用”。火山爆发后产生的含有矿物质的火山灰散落在土壤中后有可能改变土壤的成分，进而影响到植物的生长，需要某种微量元素的患者一旦食用了这样的植物制成品，就会获得良好的效果。哥斯达黎加人均寿命接近 80 岁，其中的奥妙是否也在这里呢?

也正是在此刻，我同时为哥斯达黎加那开满红花的树、那火焰般鲜红的花找到了形成的原因，我认为原因里必定少不了这火山。

哥斯达黎加早有“花的国度”的美誉，车出圣何塞，一路上除了开满火焰花的树，还有许多我叫不出名字的花。路边的加油站、咖啡园无疑就是一个个小花园，墙前屋后让红花装扮得多彩多姿。最让我惊讶的是一家工艺品工厂，那院落用“花园”称呼还有些委屈了它，它简直就是一座植物园。奇花异草、茂林修竹，让人目不暇接，园中水塘边竟然招引来一对从加拿大飞过来的名贵的鸟。我在一棵有无数的根须插入土壤的树前琢磨了许久，导游告诉我这树特别喜爱阳光，老跟着太阳光走，当地人叫它“会走的树”，它那伸入土壤中的无数根须就是为让自己身体能够移动而长出的。

波阿斯火山与阿雷娜火山所在区域就甭提了，近水楼台，这里的奇花异草名目更多。有一种被叫作“穷人的伞”的植物，那与葵叶有些近似的绿叶张开来有一把雨伞那么宽大，还有一种形状像成熟的麦穗的红花，高高的一束伸出绿叶外就像正在燃烧的火炬。许多花木我不能一一叫出它们的名字，但我明显感觉到，波阿斯火山与阿雷娜火山的花，甚至整个哥斯达黎加国土上的花，非常艳丽，红就红到了身子骨里，赛过我家乡湖南常见的红辣椒；紫就紫它个赏心悦目，花瓣像是在浓浓的汁液中浸泡过了似的，让跟前的人

工艺品工厂里的奇花异草

们恨不能亲它一口！瞧着这些花木，我会很自然地在脑海里浮现波阿斯火山那色彩斑斓的火山岩的画面。

在哥斯达黎加数天的游览让我还体察到，哥斯达黎加艳丽的红花也不仅仅是火山的缘故，还因为这里优越的气候条件——上天赐给了哥斯达黎加每年九个月的雨季……

那是在我们的旅行大巴从圣何塞出发朝西北方向行进了两小时后，我们在一段山道上遇到了一场弥天大雾，20 米开外见不到人与物。导游说，如果时间再早点雾会更大，10 米远就看不见人，车辆会被禁止行驶。导游又说，这大雾几乎每天都会在这一路段出现，需要耗费半小时，人、车才能通过。正是这大雾引起了我对哥斯达黎加特有的地形地貌的关注。哥斯达黎加地处中美洲地峡的中段，东南面接壤的是巴拿马，那里有一条巴拿马运河，北边接壤的是据说正准备与中国商人合作开挖另一条运河的尼加拉瓜，提到这两个国家，提到这两条已经存在和将要诞生的运河，哥斯达黎加地形地貌的独特就不言自明了。拥有1000余千米海岸线的哥斯达黎加，东面是大西洋的加勒比海，西边濒临辽阔的太平洋，我行车时遇到的浓雾就是两大洋不同温度的气流在拥有高山峻岭的哥斯达黎加上空相遇时产生的。这浓雾对于哥斯达黎加就意味着丰沛的雨水，是上天赐予的甘露！哥斯达黎加人显然也领会了上天给予的恩惠，COSTA RICA——哥斯达黎加这个国名就是“美丽、富饶的海岸”的意思。

拥有火山和丰沛的雨水，哥斯达黎加的花儿能不艳丽吗？哥斯达黎加不仅仅花红树绿，别的生物种类也很多。据专家研究，面积仅为世界陆地面积0.03%的哥斯达黎加，却拥有全球4%的物种，是世界上生物物种最丰富的国家之一。这次来哥斯达黎加，我可真开了眼界，在波阿斯火山附近的和平瀑布公园里，我观赏到了世界上体积最小的青蛙，它只有大拇指头大，据说有毒；还见到了色彩艳丽的蜂鸟，体积仅仅一个乒乓球大，它们有垂直起落、倒退飞行的本领，翅膀振动每秒钟可达70来次，它们穿梭于绿树红花中，小精灵般十分可爱；巨嘴鸟倒是像一位谦谦君子，即使站立在你的手臂上，它也绝不会去惊吓你，头都不会摆动一下。

圣马努尔安东尼奥国家公园毗邻太平洋，号称热带植物研究者的天堂。进了公园就看见许多扛着望远镜的服务人员在一旁恭候前来游览的客人。绿树丛中的许多珍奇鸟类是游客们用望远镜“捕捉”的对象，但人们更感兴趣的似乎是顽皮的白面猴、浣熊与树懒。

想看变色龙与鳄鱼无须前往公园，在公路边即可一饱眼福。在前往阿雷娜火山的路上，大巴停靠在一间路边小店旁，我生平第一次看到可以用“群”称呼的变色龙，几乎满树都是。某些体型与一条五六斤重的鳜鱼相仿、遍体呈橙黄色的变色龙也许年事已高，它们一旦停在某条树枝上就没再挪动过身子，任凭游人在它身旁指指画画都不予理睬。倒是那体型小些、身体的颜色与赭色的树枝接近的变色龙活泼一些，为捕捉食物在树上不停地爬行。在返

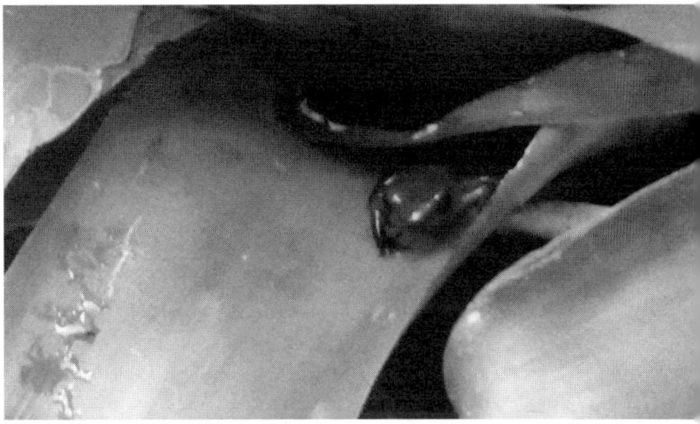

蜂鸟、青蛙、变色龙，湖边“和平共处”的鳄鱼与捕鱼鸟

回圣何塞的路上，我们途经 Tarcoles 河，站在人来车往的石桥上往桥下望，只见桥下的鳄鱼几乎将并不宽阔的河道完全阻塞。据说，曾经有失恋者从桥上跳下，被救起时已遍体鳞伤。

我们最终还是放胆游览了这条被鳄鱼主宰的河流。除了鳄鱼，这儿的鸟类也尤其多，白色的捕鱼鸟与玫瑰色的琵鹭穿梭在茂密的红树林中，累了就亭亭玉立地立于在河滩上晒太阳的鳄鱼的身旁，二者相安无事，“相映成趣”。

商店小卖部里陈列的各种动植物的画册再次证实了哥斯达黎加生物品种尤其丰富的现实，那上面绘着上百种鸟类，还有树木、花草与各种爬行动物，生活在东半球，仅熟悉梅兰竹菊、虎豹豺狼的我对此十分陌生，在这些画册面前我强烈感觉到自己知识的浅薄和哥斯达黎加的神奇！

火山与雨水也直接惠及了不远万里来到哥斯达黎加的我们，在这里享受到的温泉之乐将让我终身难忘。在前往阿雷娜火山的当天晚饭前，我们在宾馆丢下行装就奔往一家名叫 Tabacon 的温泉酒店，这里的温泉池都是露天的，如果没有人事先告诉我这里的水是温热的，我会将它看作一条可供人们漂流的美丽溪流，高树浅草的掩映下，湍急的清泉一泻而下，在好几处落差较大的路段形成了瀑布与水帘。流水欢歌，曲径通幽，人间仙境，舍我其谁？前来泡温泉的客人熙熙攘攘，好在这儿除了主流，还有数条支流，并不觉拥挤。游人中有成双成对躲在支流僻静处谈情说爱的，也有聚集在瀑布前嬉戏的，更多的是静静地蹲在池水中接受泉水的抚慰。最有趣的是一头钻进水帘，或坐、或躺在水帘洞中的石凳上，听帘里泉水哗哗，看帘外红男绿女。此刻的我如是想，世上也许会有比这奢华的温泉，但即使是

火山脚下的温泉

扶手为金、玉石做盆，也难换得一时半刻在这火山脚下与大自然如此亲密的接触。杨贵妃如果在世，让她回眸一笑的必定是哥斯达黎加火山下的温泉，而不会是骊山脚下的华清池。

哥斯达黎加之旅让我陶醉在大自然的怀抱里，我一反常态只字未提及这里的城市建筑与人文景观。曾经两进两出圣何塞的我，很快就对那儿的商业街与中心广场了解了个八九不离十，轻松记住了导游特别提及的几处主要建筑与街道。因为火山，哥斯达黎加人有了不建高层建筑的习惯，但很快我发现，他们压根儿就不在意把钱用在我们以为可以装点门面的城市建筑上。总统府应该讲点气派吧，但实话说，比我们国家一些县政府大楼都差远了：也许是逆光的缘故，躲在大树后的总统府黑黢黢的，就像一小段旧城墙，暗淡、孤零零地半蹲在被铁栏杆围着的小院中。2007 年中哥建交，由中国赠送的国家体育场是圣何塞城区中难得一见的现代建筑，但那规模也只相当于我们国家某个大学的体育场馆。据说，哥斯达黎加人很喜欢这座体育场，对中国工人能在一年两个月的时间内建好它感到非常神奇！其实，他们的体育设施并不少，但多在室外，尤其是足球场、垒球场什么的。

当我得知哥斯达黎加在 1948 年就宣布解散军队，从此成为一个没有军队的国家时，我对这个国家的敬意与兴趣更添了一层。“小富即安”在中国是一个含有贬义的词语，六十年前就对外宣布解散军队，整个国家仅留下不到两万名警察的哥斯达黎加的确是有些缺乏“进取心”，但这正是她的高明。没有军队的哥斯达黎加奉行“积极、非武力、永久中立”的和平外交政策，与所有邻国都没有领土争端，既与中国友好，也没有疏远世界第一大国美国，而今哥斯达黎加的第一大贸易伙伴是美国，中国排在第二。早在美国宣布与古巴建交前，哥斯达黎加就与古巴改善了关系。说到这里，我想大声说的是：我们亚洲，还有非洲、欧洲，整个世界要是多几个哥斯达黎加这样的国家，该会让世界少了多少烦恼！

我并非不清楚哥斯达黎加的人均 GDP 远高于中国的事实，我非常希望得到答案的是：省却大量军费、少有现代建筑的哥斯达黎加政府将国家预算都用到哪儿去了？当导游介绍完圣何塞闹市里远比总统府光鲜的老人医院和儿童医院，并介绍说政府对中小学全部实行免费教育，整个国家有12%的人口接受过高等教育，文盲率接近于零时，我找到了答案。

在Tarcoles河观赏鳄鱼的时候，我注意到一个细节：我们乘坐的是一条可容纳20多人的游船，为了上下船只时游客的安全，岸边的工作人员特别制作了一个可将船头整个“吃”住的跳板，让游客上下船时如履平地。瞧着这特制的跳板久久不想离去的我如是想：一个公共设施、设备并不“现代”的国家，能够在事关人民生命安危的事情上考虑得如此细致周到，这个民族是非常了不得的，这个政府在事关民生的事情上一定会是尽职尽责、全心全意的，当然，她也一定会受到人民拥戴的！

后来了解到的情况告诉我：哥斯达黎加是整个中美洲公认的人民幸福指数较高的国家，社会安定、人民团结，人民群众受教育水平、医疗福利保障都优于周边国家。我为自己差点将哥斯达黎加划在穷国的圈子里而感到脸颊发烧。

在哥斯达黎加的几天里，我十分渴望能去热情好客的哥斯达黎加人的家里做客，从他们的眼神里，我感觉到他们对我们中国朋友的友好与尊重。最终，我总算找到了一个记录哥斯达黎加人民生活情景的机会，这，仍旧没有离开那让我迷恋的哥斯达黎加的花儿！

可将船头整个“吃”住的跳板（蓝色物体是游船的船头）

那是在前往阿雷娜火山的路上，我们在一座名叫萨尔奇的小城广场上小憩。和所有哥斯达黎加的城市布局相仿，小城广场的周边少不了三大

哥斯达黎加总统府

庭阁里的一家子

建筑：教堂、学校与医院。广场中央，教堂前圣母石雕的坪地里满是用花木搭建的游廊和庭阁。游廊内，一些家长正带着孩子玩捉迷藏的游戏，花木的庭阁中的老老少少显然是一大家子，那其乐融融的景象被一旁静静观察的我一次又一次地摄入了相机。

哥斯达黎加，开满鲜花的国家，生活在花丛中的人们！

客观存在与心照不宣

——就墨西哥与古巴给李晖的信

李晖先生：

谢谢您认真地读完了我发给您的每一篇有关中南美一些国家的文章，并提出了您的意见。您说希望我在写墨西哥与古巴的文章中再多一些议论，那就先聊聊殖民统治这个话题吧！

在我去墨西哥、古巴之前，我刚刚去过巴西、阿根廷。以前没有认真琢磨过，但等我来到墨西哥、古巴后扳着手指一算，整个南北美洲，除了北美的美、加，南美的巴西，所有国家说的都是西班牙语，为这，我还真吃了一惊，尽管对此我早有所知。语言是人类相互沟通的工具，对于不同民族文化的传播交流，对于各个国家民族的共同发展具有重要的意义。而在西班牙、葡萄牙人进入美洲之前，整个美洲唯一拥有文字的玛雅民族也仅使用象形文字，而且只允许祭师以上的少数上层人士掌握它；印加帝国虽曰“强大”“富饶”，其信息的传播竟然还停留在结绳记事的阶段。如果西班牙、葡萄牙人公元1500年前后不来美洲，印第安人创造出自己的书面文字会要等到何年何月呢？

西班牙、葡萄牙人进入美洲前，印第安人所在地域的文明程度仅相当于距今三千五百年前埃及的水平，尽管印第安人为人类贡献了他们一手培植的玉米、大豆、番茄等农作物。印第安人时代美洲的落后与他们的与世隔绝——缺少与其他民族的文化交流——有着十分密切的关系，印第安人不仅仅缺乏与东半球人的交流，即使同处美洲大地的各个民族——玛雅人与印加人、阿兹特克人与托尔特克人以及许多别的民族之间也几近“老死不相往来”，民族内部各个部落间也不团结。“从美洲印第安文明的形成时期到西班牙人入侵这样漫长的时期内，没有一件实物或一篇记录足以证明秘鲁和中美洲之间确实存在着相互影响与接触”，一位西方考古学家经过考察后所说的这些话让我联想到“不知有汉、无论魏晋”的桃花源人。

再就是西班牙人与葡萄牙人的入侵对美洲大地延续了多个世纪的大规模杀俘献祭活动的影响。

玛雅人的象形文字

玛雅人对有些历法的计算能够跨越几百万年，他们是够聪明的，但他们却愚蠢地以为用活人献祭可以确保自己在战争中获胜，可以拯救太阳、躲避天灾。还有阿兹特克人，让本部落成千上万的孩子们跳下溶洞以祈求上天赐给雨水，他们为获得战俘进行了对异族、对本民族别的部落的战争，然后将战俘成批地处死，作为祭品献给他们心目中的鬼神。有一位西方学者这样描述：

“我永远不会忘记这个镇区中庙宇附近的地方，那里十分整齐地堆放着许多人的颅骨——可以肯定有十万个……同样，在这个广场的另一角落，你还会看到整齐地堆放着许多人的尸骸，数目多得不可胜计……在这个国家内地的任何城镇，我们都可以看到同样可怕的情景。”

墨西哥城改革大道的现代建筑

我相信这位学者所说的话。我在奇琴伊察勇士庙门前就看到了许多摆放在矮墙上的人类颅骨，玛雅人与阿兹特克人喜爱以颅骨数量向来访者炫耀自己战功的显赫、实力的强大。这些印第安人疯狂的献祭活动无异于自我灭绝。一直以来，人们心目中的玛雅人比阿兹特克人文明一些，其实，为了获得用于献祭的战俘他们也喜好战争。20世纪80年代末，一支包括考古学家、动物学家和营养学家在内的由45名学者组成的多学科考察队用了六年时间，对200多处玛雅文明遗址进行了考察，结论是：玛雅文明是因争夺财富及权势的血腥争斗而毁灭的。

目睹印第安人成批地将战俘献祭，西班牙、葡萄牙殖民军也“毛骨悚然”，他们的来到导致中南美洲大地延续了多个世纪的献祭活动的终结，这，也是一件值得庆幸的事。

西班牙人与葡萄牙人的进入无形中打开了印第安人与外界交往的大门，加上殖民统治者给印第安人带来的统一的文字，美洲大地从此揭开了与东半球各个大洲交往的新篇章。如果议论殖民统治对殖民地的“利”，具体就是指西班牙、葡萄牙人的进入客观上加快了印第安人所在美洲的发展与进步。

但，我们难道可以因为西班牙、葡萄牙人的入侵给印第安人带来的这点“利”，而颂扬殖民统治？显然不能，就像我们不能因为被拐卖的儿童获得比过去优越许多的生活条件而肯定拐卖行为一样。

首先，殖民军不是通过平等交往、互惠互利的方式，而是用武力横蛮地侵入到另一民族的领土上来的，从道义上说，这种野蛮侵略行径是不被允许、应该受到谴责的。

殖民者入侵的目的性也是人们对其殖民掠夺的本质予以否定的原因。殖民者侵占殖民地不是为了开发、建设，对待殖民地，殖民者除了掠夺还是掠夺：贩卖当地的人口，抢夺当地的资源。至于教给被殖民者语言，传授他们生产技术，目的也是为了被殖民者能够更好地为自己服务，做自己的顺民。在墨西哥、古巴、哥斯达黎加游历时我这样想过：16 世纪至 19 世纪西班牙人殖民美洲的几百年，应该是西班牙、葡萄牙人的“黄金时代”，在那几百年里，他们本土应该没有也不可能会出现“金融危机”“失业率攀升”之类的情况，几乎所有的西班牙、葡萄牙王国的臣民成天算计的是如何远渡重洋前往殖民地做官、发财，如何处置从殖民地抢夺回来的金银财宝、珍稀文物。

墨西哥城街头的妇人

一方面是随着殖民入侵带来的先进文明，一方面是殖民军对殖民地的疯狂掠杀与剥削，这就是发生在美洲大地的延续了近四百年的客观现实。我认为墨西哥人、古巴人及所有美洲的原住民或是欧、印混血人种，早已为如何面对以上现实有了自己的认识与立场。与东半球诸国不同的是，在墨西哥、古巴等许多拉美国家，土著人多被杀害或因传染病死亡，现在占人口绝大多数的是欧洲移民或是欧、印混血儿，但这丝毫不影响他们强烈要求摆脱宗主国西班牙、葡萄牙殖民统治的决心与意志。古巴革命先驱何塞·马蒂的父亲就是西班牙人，可何塞·马蒂十三岁时就具有了鲜明的反对殖民统治、坚持民族独立的思想。墨西哥城改革大道上树立的七十座人物石雕，他们多为历史上对墨西哥独立作出过重大贡献的米盖尔、华莱士们，而绝非某西班牙君王，这就是明证。当然，这也得力于西班牙人带来的西方先进文化让美洲人民（包括具有西班牙血统的美洲国家的人）较早具有鲜明的独立、自由、民主的意识，所以，美洲人民的民族斗争运动普遍早于东半球诸国，如印度尼西亚、印度及非洲诸多被英法殖民者统治、第二次世界大战后才纷纷独立的国家与民族。

在如何对待曾经遭受过的被殖民统治的悲惨历史上，墨西哥、古巴人相比东方殖民地的人民也似乎“淡定”“现实”一些，古巴至今仍向老百姓演示西班牙殖民时期的关城点炮仪式，墨西哥旧城与哈瓦那旧城区保留完好的西班牙殖民时期的建筑，说明了这一点。

说到古巴，必然会涉及“社会制度”这个所谓的敏感问题，其实说说也无妨。

社会主义与资本主义是当今世界两种主要社会制度，古巴前几十年经济发展缓慢，老百姓因为物质匮乏至今仍坚持凭票购买生活必需品，这已经证实苏联与中国曾经走过的这条计划经济老路在古巴也是行不通的。但市场经济也并非资本主义国家的专利，实行社会主义制度的国家也可以运用市场经济这个模式以推动本国经济的发展，中国的改革开放为古巴提供了成功的参考经验，现在的古巴农村也在搞承包责任制，城市也允许私人经济，情况一天天地好起来。

卡斯特罗不搞个人迷信，这一点我在文章里说了，他很节俭，不搞特权，其次，也是尤其重要的，他的心始终是系着古巴人民的。无须我去古

哈瓦那革命广场上的格瓦拉像

巴民众中做调查，一个长时期遭受美国封锁的国家，有能力研制出许多国际尖端水平的新药，我作为一名在医药界滚了一辈子的老药工心里明白，如果不是因为有一个一心扑在人民健康事业上的政党与政府，这一切是绝对做不到的。

古巴共产党在对待美国的态度上也表现了他们坚决维护古巴人民利益的决心与意志。过去我一直觉得奇怪，他们在美洲，离美国那么近，为什么反美意识那么强烈？原因要在美国身上找。美国历届总统毫不掩饰他们忠于美国国家最高利益的态度，古巴所在的中美洲是美国的后花园，美国政府将领土“自然延伸”到这些国家，在政治、经济上操控这些国家，这是符合美国国家的最高利益的；远在东半球的中国有可能感觉不到这一点，身处美国后花园的古巴对此是早有体验也有所警觉的。与美国山水相连的墨西哥独立许多年了，在经济上至今仍对美国有很大的依赖性，作为一个产油大国，自己开采的原油还需送到美国去提炼，然后返销给墨西哥；坎昆，一个世上少有的沙滩泳场，海滩边上的 73 家豪华宾馆竟然没有一家属于墨西哥，如何解释这些客观存在的事实呢？在这里，我想再一次提起何塞·马蒂，他说过“美国总为自己的繁荣骄傲，总是千方百计满足自己的欲望”，“缺乏一个自由国家对其他国家的尊重”，我第一感觉是何塞·马蒂对美国的分析即使在一百多年后的今天也

莫罗城堡，1762 年，古巴农民自卫队曾在此抗击英国殖民军

少有人能比及。

何塞·马蒂的思想对于后来的卡斯特罗影响是深刻的，坚持独立自主立场、绝不向美国妥协，这是卡斯特罗用以维护古巴人民利益的基本国策。20 世纪 60 年代，远在东欧的社会主义阵营土崩瓦解了，作为世界上第一个社会主义国家的苏联不复存在，与美国近在咫尺的古巴却依然屹立，这本身就是一个奇迹。小小的古巴不仅没有倒下，还以她的两个“唯一”给世界交出了一份满意的答卷：世界上唯一一个实施全民医保的国家；根据世界自然基金会 2006 年 11 月公布的报告，古巴是目前世界上唯一实现可持续发展的国家。

一党执政，将人们用在党派竞争、互相拆台上的精力与钱财用在民生上，同时，也是更为宝贵地，它确保了正确方针、政策执行的连续性，提高了事关国计民生大计的各项工作的效率。这样的政治体制也有生存的理由。

坚持马克思主义的共产党只要想认真办好一件事是完全有能力达到目的

的。而今，中国共产党也完全有能力领导中国人民完成中华民族的伟大复兴。“世上怕就怕‘认真’二字”，只要中国共产党“认真”，民生、民主、反腐、小康……任何事情都是可以办好的！

李晖先生，有关墨西哥与古巴的话题，我们就说到这里吧！很想听到您的高见。

此祝

春祺

您的朋友：老范

2015 年 3 月 11 日

“如果中国是我们的邻居……”

——中南美洲归来给李晖的第二封信

李晖先生：

从您的几封来信里可以发现，您对中美洲诸国，还有南美的巴西、阿根廷似乎情有独钟，您要我更多地写一下这些国家，让远在东半球的国人对那儿多一些了解，并以为写这些国家的文字将是我新书的一大亮点。实话实说，我在中美洲诸国身上所费笔墨已经够多的了，字数近五万不说，为了弥补过去与南美国家接触较少的缺憾，羊年春节前后的三四个月时间里，我都在为这五万字忙碌：《世界通史》我又通读了一遍，为了增强对拉美国家的了解，我是握着钢笔、边看书边做笔记地将《百年孤独》读完的，因为小说中人物的姓名太难记了。去古巴，我更不会忘记将刚刚读完的《何塞·马蒂评传》塞进行李箱……

中南美洲诸国值得一书的内容实在太多了，当下，拣我最想说的——我在这些国家感受到的这里的人民对我们中国人民的友好情谊、对我们中国游客的热情与友善——先说说！

我跑了不少国家，富裕的、贫穷的，信仰基督教、伊斯兰教、佛教的都有，谁对我们中国人最友善？排在首位的无疑是非洲、拉美国家，还有一些

哈瓦那宾馆门前的旅游大巴，一色的“中国制造”

亚洲的发展中国家，也就是我们平日开玩笑说的“穷朋友”们！我们在墨西哥、古巴旅行的领队，一位姓张的年轻人，他常年在国外，跑的国家自然比我多得多，岂知他也有跟我一样的感觉。他不仅对欧美国家某些老外的态度颇有微词，即使是在这些国家打工的“自己人”，他也认为，对待来自家乡的中国游客的态度“怪怪的”，远不像我们在拉美、非洲国家旅行时感觉舒坦。

也难怪小张的话有些尖刻，中国有句俗话：出门看天色，进门看脸色。在拉美，无论是巴西、阿根廷，还是墨西哥、古巴、哥斯达黎加，情况就与欧美国家的所见大不一样了：走在大街上会有许多当地人主动用不标准的普通话或英语朝你打招呼：“您好”，“契纳”……有正在街边酒吧饮酒的，也有坐在的士上开车的司机。如果你向他们问路就更不用说了，不目送你走上三五十米，他们是不会移动自己的脚步的，他们眼里闪烁着的真诚与友好、感激与钦佩，是可以让我们明显感受、领会得到的。

中国与亚、非、拉美国家的友谊是经过了长时间考验的。小时候的我就听着“雄赳赳、气昂昂”“胡志明—毛泽东”“要古巴，不要美国佬”的歌声一天天长大；班达拉莱克夫人，一位慈祥的女人，我无数次在广播里听到她的名字，错以为她就是紧挨着中国的某个社会主义国家的领导人；那时在我的心目中，亚、非、拉人民就是自己的兄弟，他们的事就是我们中国人自己的事。一条坦赞铁路，不知牵动着多少中国人的心，建成它，比建成一条通往西藏高原的天路还让中国人觉得骄傲与高兴！

最近三十年，富起来的中国与亚、非、拉国家之间的联系越来越密切。就说这几年吧，2013年，习近平主席在去南非参加金砖国家会议时，同时会晤了安哥拉、阿尔及利亚等十多个非洲国家政要与非盟组织的负责人，继2012年胡锦涛主席在北京举行的中非金融合作论坛上承诺给予非洲国家提供贷款200亿美金之后又在多个项目上对非洲国家给予援助；2014年7月，习近平主席出席在巴西召开的金砖国家领导人会议，随即出席了在巴西利亚举行的“中国—拉美和加勒比国家领导人的会晤”，在基础设施建设上给予拉美国家巨大支持，包括即将动工的从秘鲁到巴西的“两洋铁路”以及阿根廷两个大型水电站项目，一时在世界范围内掀起了一股“拉美热”。

巴西金砖国家首脑会议前后，习近平主席还访问了巴西、阿根廷、委内瑞拉及古巴四国。仅与古巴政府就签订了29个合作协议，对于古巴今后的发展具有深远的意义。在探望菲德尔·卡斯特罗时，习近平主席亲手将五千克辣木种子送给了他，引出一段为舆论界称道的“辣木之缘”的佳话：那是在苏联解体后，由于能源供给不足，古巴农业尤其是蔗糖业极度萎缩，粮食自给严重不足，三分之一出口收入用于进口粮食。卡斯特罗采纳了国际知名生物技术专家的意见，决定选用辣木替代部分粮食，对此，中国方面给予了极大的支持。辣木是一种原产于印度的植物，可食用部位含有丰富的蛋白质、维生素和氨基酸，被世界科学界誉为“奇迹之树”。中国云南热带作物科学研究所挂牌的“中国—古巴辣木科技合作中心”就是中国政府为进一步促进辣木在古巴的广泛推广而与古巴政府合作建立的。

我们在古巴旅行时的导游是卡斯特罗的首席汉语翻译，显然是在见证了中国与拉美国家友谊的一切，他才会对我发出以下感叹：“如果我们的邻居是中国，而不是美国，就好了！”

“如果我们的邻居是中国……”这话让我感慨万千。

在现实生活里，朋友是可以选择的，而邻居是无法改变的。因为听导游这么一说，我第一次这样认真地思索：亚、非、拉“穷朋友”喜欢我们中国，将我们中国人视作他们最可信赖的朋友，难道仅仅是因为我们在金钱与物资上给他们提供了支持？

金钱与物资，许多富裕的国家都有，有些甚至比中国还多，但真正可称作朋友、希望能成为自己朝夕相处的邻居的，是非常少的。中国之所以会被一些亚、非、拉国家视作知心朋友，是因为中国在给予他们金钱与物资上的支持时是不附加任何条件，也不图回报的；在中国这样的知心朋友身上，弥足珍贵的不是他手中所拥有的金钱与物资，而是在他身上所体现的勤劳、善良、正直、勇敢、光明磊落、乐观向上、热爱和平、乐于助人的优秀品德……

哈瓦那的华人记功碑上刻写着：“没有一个古巴华人是逃兵，没有一个古巴华人是叛徒。”

在哈瓦那贝达多区利内亚街的一个小广场上矗立着一座高8米、直径2米多的黑色圆柱形大理石纪念碑，它就是有名的旅古华侨记功碑，许多访问古巴的中国代表团都要前来记功碑敬献花篮以示追怀。故事要追溯到19世纪时在古巴进行的两次独立战争。当时有许多华工踊跃参战，为推翻殖民统治，他们在战场上舍生忘死、英勇杀敌，在万里之遥的古巴流尽自己最后一滴鲜血，这其中有一些华工还因战功卓著成了起义军的指挥官。这座纪念碑就是为缅怀华侨在

中国赠送的“哥斯达黎加国家体育场”

古巴独立战争中的卓越贡献，根据著名爱国者盖萨达的提议而竖立的。纪念碑正面镌刻着“旅古华侨协助古巴独立记功碑”十三个大字。碑座上镶嵌着一块铜牌，上面用西班牙文刻着盖萨达将军的名言：“没有一个古巴华人是逃兵，没有一个古巴华人是叛徒。”

李晖先生，当我第一次听古巴导游说出碑上的内容，一时感觉到浑身的热血直往上涌。这是比任何勋章与荣誉证书都要宝贵的崇高褒奖。二战时期，

与中国游客合影留念的巴西人

中国驻奥地利维也纳的总领事何凤山出于正义和对犹太人的同情，不顾德国纳粹的压力为数千犹太人签发“生命签证”，拯救了许多犹太人的生命，至今为许多被拯救的犹太人及其后代所追怀；多少年来，有数不尽的中国人为了异国他乡人民和平幸福的生活贡献出了自己宝贵的生命，在朝鲜、在越南、在美国西部……如今，斯人已去，他们身后留下的灿烂阳光、美丽河山就是一座座无字的记功碑！

除了坚持正义、勇敢牺牲的精神，中国人的勤劳与智慧也是有口皆碑、为拉美人民称道的。哥斯达黎加因为地震与火山，城市里少有现代高层建筑，中国赠送的一座体育场在首都圣何塞显得格外引人注目。它占地面积近10万平方米，可容纳35000人，哥斯达黎加将其视作中国朋友赠送的最心爱的礼物，命名为“哥斯达黎加国家体育场”。哥斯达黎加人最为钦佩的是这座建筑所体现的中国人民无所不能的创造精神与勤劳的品德。哥斯达黎加人最后的结论是：不论什么艰难、复杂的工程交给中国人做，他们都可以用最快的速度、最好的质量完成它。在世界上没有什么事情可以难倒中国人！

正在忙碌的华人女老板

两个月前我在巴西旅游时就听一名巴西利亚人这么说：过去对中国不够了解，2008年的奥运会在北京召开，才知道中国人是多么神奇、多么了不起！六年过去了，拉美人心目中的中国人的“能耐”如今又有了什么“长进”，他们心底是有数的。

李晖先生，这些年来我去了许多国家，所到之处都有中国人在那儿打工，在那儿开餐馆；改革开放以来，在国外承建工程的中国人多了起来，在柬埔寨，在非洲肯尼亚，我都遇见过许多在那儿负责水电工程的工人、技术人员。乌斯怀亚——世界上最南边的城市，那里的一家中国餐馆尤其红火，乃至口口相传，所有来乌斯怀亚的中国游客没有不知道这家餐馆名字的，没有不前往一饱口福的。还记得是我去阿根廷的这天，飞机到达布宜诺斯艾利斯时夜幕已经降临，等我们的大巴开到一家中国餐馆，已是当地时间夜晚 9 时了，接待我们的是一位白发苍苍的中国女人。直到我们吃过晚餐，她还在那儿忙乎。一打听，她是七十多岁的人了，而且是这家餐馆的老板，曾经是国内一家杂技团的演员，定居阿根廷已有三十多年了！

在一些发达国家，高福利让他们的公民一天天失去对劳动的热情。有某个西方国家，失业者的失业救济金与一个普通工人的税后收入相差无几，每天起早贪黑去打工对于这里的打工族还有什么吸引力呢？周末与节假日应该是夫妻俩一同上街购物的大好时间，但市区的诸多商店却关门大吉，因为商店的老板与营业员也是“人”，他们也要和成千上万渴望得到服务的顾客一样与家人一起去郊野或国外享受人生……即使是一些发展中国家，因为种种陋习，勤奋工作受不到应有的尊重，人们的劳动积极性也不高。在一个发展中国家，我就亲眼见到这样的情况，家中的男人成天忙乎的是斗鸡与聊天，干活是女人的事……

李晖先生，相比之下，我能不为我们中国人的勤劳与智慧而感到骄傲吗！

李晖先生，下面的话将回到我们要议论的主题上了：对待同一个中国，为什么亚、非、拉“穷朋友”有更多好感，西方社会（仅仅是少数人）包括那里的某些“国人”却是另一副面孔呢？原因主要是，西方社会某些人多是站在他们经历了两百多年的努力才到达现代文明这一层次上，来看待刚刚将双脚迈出国门的中国人的，更多关注的是某些中国人身上的毛病，觉得眼前的中国人远远不如自己。这就有些像中国古代绣楼上的夫人小姐凭栏一观街景，无论如何，她们都会觉得眼皮底下的游人个个都不如自己漂亮，除非对方是自己早已心仪的白马王子。我们的亚、非、拉“穷朋友”则与之截然相反，他们看中国人是“平视”而不是“俯视”：中国人民受过的苦难他们也受过，他们了解中国人的苦难的过去，也理解中国人现在的“不容易”。正是因为如此，他们就很容易地在中国人身上感觉到自己的某些差距，看到中国人做出了自己一时所不能取得的成绩时打心底表示钦佩，为中国朋友的成功而高兴！因此，他们脸上的笑意才会让我们感觉到无比亲切、纯真！

至于说到某些身处异乡的国人，他们对来自中国的同胞所表现的冷漠，除了受西方舆论负面影响的因素，多是因为他们自身的某种心理障碍所致。三十年前，出国就意味着跃入龙门，身价倍增，那时，从国外归来的人，在家乡人的眼中都是富翁、大款，即使是在国外做保姆。如今的情况反过来了，大批出国旅行的国人在国外大把花钱，大碗吃肉；想到自己在国外举步维艰，即使衣食无忧，但远比家乡的亲友、老同事活得累、寂寞，久而久之，这些异国他乡的国人看中国来的游客就有些不顺眼了。

李晖先生，我最后要说的话是，拉美国家的人民对中国人民所表现的友好与善意，不仅仅是因为中国人给予了他们无私的经济援助和中国人身上的勤劳、勇敢，还因为坚信“可以没有钱，但不能没有朋友”的拉美人的淳朴、善良、热情与好客。提到这儿，要说的话又会有不少，就留在下次我们见面再聊吧，我们不是下个月就可在北京见面了吗？

顺祝

春安！

您的朋友：老范

2015 年 3 月 28 日

巴西！巴西？

很小的时候，因为亚马逊河，我知道了世界上有个国家叫巴西；后来，因为足球，成年人的我对这个远在西半球的国家增添了许多兴趣；再后来，巴西成了金砖国家，从此我给予了她更多的关注。所以，当我与旅行社谈论去南极的计划时，我一再强调，因为时间紧，秘鲁、智利可暂且不去，但非得去一趟巴西。这不，2014 年的 11 月，我真的来了！

飞机从乌斯怀亚直接飞往伊瓜苏。伊瓜苏是巴西的一座与阿根廷交界的边境城市，来这里没有别的想法，就是想观看这里世界著名的大瀑布。美国、加拿大边境上的尼亚加拉大瀑布以水量之大名闻遐迩，巴西、阿根廷边境上的伊瓜苏大瀑布则是以瀑布之宽、之多而闻名于世的。

车过边境检查站，已是当地时间晚上 9 时了，车厢里鸦雀无声，我心里可在犯嘀咕：世界上哪有这么巧的事，一个尼亚加拉大瀑布，一个伊瓜苏大瀑布，怎么都分别在两个紧邻国家的边境上且为两个国家所共有呢？此刻，我突然记起中印边境上的麦克马洪线，心想，造成这个结果是否与相关国家都曾经做过人家的殖民地有关呢——今日的美利坚也曾经是“大英帝国”的殖民地。这问题我以为太过“专业”，加上时间太晚，我也没有去请教导游——一位在巴西待了十多年的女同胞。

伊瓜苏大瀑布

基督山下的美丽风光

第二天，我们早早地来到伊瓜苏大瀑布公园。公园尚未开门，坪地里比我们更早来到的巴西人突然见到这么多中国人，许多都跑上前来与正在留影的我们一起合影。公园里面的空气有一丝丝甜甜的味儿。乘坐公园提供的专用车辆进入瀑布区后，我们先是坐上机器船，在景区驾驶员的带领下二话没说径直奔向大瀑布，让大瀑布给自己先来一“醍醐灌顶”。我们即使个个身披雨衣，也让劈头而下的瀑布浇了个透心凉，一船人大呼小叫，忘乎所以，异常痛快！在我们转战到一个叫“魔鬼喉”——峡谷顶部的一个地方后，才得以全方位欣赏了伊瓜苏大瀑布。那里可瞧见一个U型的瀑布群，泼金撒银、声如铜钟，不绝于耳。瀑布下方的湖泊上建有类似我们上海豫园九曲桥那样的木桥，只是桥上现已被游人挤得水泄不通。步移仅到半程，因为正面对着飞流直下的瀑布，瀑布所形成的水雾又将我们的雨衣浇湿，但相比我们坐船“疯”到瀑布底下，伊瓜苏瀑布这一回表现得温柔许多。

基督山公园里的巴西人

来到里约热内卢这巴西昔日的首都，基督山是非去不可的。一尊石质的基督屹立在海拔700余米的基督山的山巅上，基督双臂左右张开而立，远望像个白色的十字。他身高38米，伸臂宽28米，这给一心想与他合影的我出了个难题：在他膝下，照顾到我却让他缺胳膊少腿；离他远些，有了他却没有能顾及我，后来我转移到另一山头想与他来一张满意的合影，山巅上的他又显得太小。看来，上帝与神仙只能是也必须是唯我独尊的。

亚马逊流域两河交汇处

魔鬼沼泽

相比高耸入云的基督石像，我更青睐基督山下的美丽风光。远处，蓝天与大海二者合为一体共同映照着基督山下星罗棋布的现代建筑，包括那一刻也少不得的足球场，一些仙山般的小岛点缀在画面正中，画面上下树木葱茏，一幅绝美的三维图画。

在里约热内卢，我们一行两次出入烤肉店，那里，牛与羊的不同部位被编了号码印在菜单上供懂行的顾客“圈点”。啤酒被盛在一个小桶里摆在桌子中央任凭你自斟自饮，那境况让你明白，只有到了巴西你才会懂得什么叫“巴西烧烤”；那境况也让你突然醒悟，“乐不思归”这四字不仅仅属于年轻人。

再就是亚马逊河了，这是一个远比伊瓜苏瀑布出名的地方。我们花了四个小时的时间从里约热内卢飞到玛瑙斯，在离玛瑙斯不远的水道，内格罗河与索利蒙依斯河在这交汇最后形成亚马逊河的一道支流，游轮上的我得以目睹了两河交汇的胜景：黑颜色的内格罗河与黄颜色的索利蒙依斯河合二为一，一黑一黄两种颜色“泾渭分明”，在宽阔的河道上共同绘画出一个接一个的太极图案。两河交汇后的亚马逊河河面更加宽阔，由此向东直指大西洋。据说亚马逊河入海口的河面竟达40千米宽，因为流量大，那里海水淡淡的，含盐量很低。想象那里宽阔如湖泊、水量丰沛的亚马逊河，我不禁心生嫉妒，准确地说，这是一个缺水国家的公民发自心底的羡慕。

在两河交汇后的河道上我们继续前行，来到一个河湾，上岸走过一段木桥参观了一处名为魔鬼沼泽的地方。据称当年葡萄牙殖民者在这里屠杀了许多印第安人，难怪这里至今仍死气沉沉，枯木倒伏水中，浑浊的沼泽里时有鳄鱼露出它那与淤泥一样颜色的头与背脊。

导游介绍那食人鱼与钻孔鱼的凶与狠，很快打消了我们一行想去森林探险的冲动。尤其是想到那钻孔鱼一旦钻进人的嘴、鼻或耳，不找到出口绝不消停，让人不寒而栗。导游的话我也不能不信，在亚马逊河畔，我就见识了亚马逊河里鱼的厉害，我曾尝试将一条我们旅行团队友钓上来的十多厘米长的小鱼扔进河中，可这离开河水十分钟有余的鱼不待我的手指接近，突然一抖，身上的翅扎得我像被钢针扎过一样痛。可就在当天傍晚，我们享受了旅行社安排的一顿丰盛的河鱼大餐：食人鱼、水果鱼、沙丁鱼、巴西桂花鱼，还有身子近一米长、被刀切成几段的银龙鱼，也算是对没有在森林探险项目上过足瘾的我们的一种补偿吧！

圣保罗市是我们巴西之行的最后一站，我们将从这里起程回国。

建市三百年的圣保罗的发展得益于圣保罗州的经济，从开始的巴西咖啡的集散地到后来的巴西最大的工业制造业基地，圣保罗的发展历史近似中国的上海。机翼下的圣保罗广厦万千，道路纵横，国际大都市的风范很快在我们眼前显示。

巴西，除了她的物产丰富、环境优良让我十分羡慕甚至嫉妒，她的免费教育，她的公立医院，她的对服刑罪犯的宽容——家庭中有亲人在狱中服刑，可以在其服刑期间从政府那儿领取到一人份的工资——甚至巴西的公共厕所里与一些西欧国家一样一律备有手纸，都让我由衷赞叹。

但眼前的巴西似乎也存在不少令政府头痛的事情。在圣保罗繁华的街区里，我瞧见不少外墙满是涂鸦的大楼，三五层的，甚至三四十层的都有，这些楼门窗紧闭，人去楼空，一打听，原来是因为产权问题，楼房废弃已久。我不禁心生疑问：在偌大的城市里偶见一栋两栋这样被废弃的楼房尚可解释，但数量一多就表示有问题了。是因为经济萧条，抑或有贪腐的背景？

在巴西的几天，让我感觉最差的就是糟糕的治安。我曾经为我们国家城市的住宅大多安装了金属窗栏而觉得难堪，而在巴西的城市里，民房的墙头为安全考虑竟然安装了通了电的电网！这境况伊瓜苏有之、玛瑙斯有之。这电网如同一张罩在我心头的蛛网，弄得对巴西充满好感的我闷闷不乐。原以为圣保罗这巴西经济最繁荣的大都市的情况会好一些，岂知这里电网更多，即使是在圣保罗的闹市街区，在一些豪华住宅高高的墙头……

在圣保罗，除了游览圣保罗独立公园、逛商场、吃饭，我们一行就没有再下过大巴。两次路过圣保罗主教堂，面对这南美大地最大的、位于圣保罗闹市区的大教堂，大巴上的我们一行被告知：为安全考虑，教堂只能远观，

墙头上对付小偷的电网

门楼下正在酣睡的流浪汉和他的狗

客人不得下车。透过大玻璃窗，我清晰地望见教堂前的坪地上坐着、躺着一些衣衫褴褛的流浪汉与乞丐，全副武装的警察从身前走过，各不相干，依然故我。听导游介绍，这教堂周边，少有东方面孔的游人出现，原因是他们怕遭抢劫与偷扒。我睁大双眼仔细观察，的确如此。据称，这附近的一些餐馆与商店经常被人持枪抢劫，一些商店一次接着一次遭遇抢劫，一直被抢到关门倒闭为止。

离大教堂稍远的地方也建有漂亮的住宅和别墅，墙头都一律安装了电网，一些早早关闭的商店门楼下躺着似在酣睡的流浪汉。

瞧见圣保罗这极具反差的画面，我不禁惘然。我真想对圣保罗的市长发出这样的质询：当你繁华市区的市民需要在住宅的墙头安装电网后才可安稳地入睡，身为一市之长，您在市长办公室还坐得下去吗？我还想致电巴西的旅游局长：当一群群国外旅行者在您的国家旅行时为安全考虑不敢走下旅游大巴，你如何去向总统解释这种现象？

因为巴西糟糕的治安，我对巴西的疑惑逐渐增多，脑海里浮现出在里约热内卢见到的贫民窟的画面。物产丰富的巴西，制造业似乎乏善可陈。巴西现代工业的历史比中国早，但发展有限。比如汽车，巴西 20 世纪 50 年代就有了自己的汽车制造业，可至今还没有一个拿得出手的自己的品牌。除了足球、桑巴舞、咖啡这些非工业产品，人们能举例说出几个“巴西制造”呢?

巴西，比中国早百余年就有了自己的宪法、议会，有了公民普选，比中国早许多年就接触了西方文明，加上那么好的地理气候条件，自然资源丰富，工业基础良好，且长期远离近现代战争发源地、交战地的欧亚大陆，她本可以走到世界更前列一些，为世界的进步繁荣作出更大的贡献，但眼前的巴西显然还有许多地方不尽如人意，有许多需要改进、变革的地方……

巴西，一个矛盾的巴西，一个反差较大的巴西。

家家都有一本难念的经，可爱的巴西，我们一起努力吧!

宽阔的广场，无尽的遐想

——布宜诺斯艾利斯五月广场巡礼

一早，刚在大巴上坐稳，我们就被告知今天直奔五月广场。其实，我在昨天下午就已经去过五月广场，只是遇上大雨，未带雨伞的我和几位旅伴一起在一旁的大教堂里躲雨躲了一个多小时。教堂大门旁一侧的柱廊的墙壁上有一盏铜灯，火焰在铜灯里熊熊燃烧着，它有个让人敬畏的名字——“阿根廷火焰”。

五月广场是与布宜诺斯艾利斯这座城市同时诞生在阿根廷大地的，那是四百多年前的事了，是 1810 年 5 月发生在阿根廷的独立运动赋予了它新的生命。而今，我环顾明媚阳光下的五月广场，四周各具特色的建筑许多都可与 1810 年 5 月兴起的阿根廷国家独立运动联系在一起：玫瑰宫，一座粉红颜色的意大利风格建筑，是 1816 年阿根廷正式独立后历届总统的办公地，里面一部分房间现在辟为博物馆，收藏着历届总统使用过的私人用品。广场中央的五月金字塔，底座上雕刻的“25 MAYO 1810”字样，我不认识西班牙文字，但我猜想这是阿根廷独立运动开始的时间——1810 年的 5 月 25 日。两百年前的这一天，有民众代表参加的代表大会决定要求总督辞职，并解散政务会，重新组建新的政务会，正式宣布脱离西班牙而独立。当时会议

五月广场

7月9日大道

的场地就设在五月广场另一侧一座白色小楼里，它是布宜诺斯艾利斯最早的市议会办公地，现在是布宜诺斯艾利斯市的历史博物馆。

离开五月广场这个阿根廷共和国独立的纪念地、阿根廷的象征，不一会儿，旅游大巴将我们带到了7月9日大道上。这是一条当今世界最宽敞的城市大道，长4.6千米，宽148米，共有18车道。用“7月9日”这个表示日期的字眼来命名一条街道，原因与五月广场一样，也是特意用来纪念阿根廷的国家独立运动的。1812年圣马丁领导了反对西班牙殖民军的大规模的武装斗争，四年后即1816年的7月9日，终于得以在这里发表《独立宣言》，一个独立的阿根廷共和国最终正式宣告成立。

7月9日大道不仅以道路的宽敞闻名于世，让人着迷的还有在她身上所表现的欧陆风情。大道两旁几近一色的欧式建筑，形态各异，坚固、美观，加上街道的格局有意仿效巴黎，你会时不时地觉得自己来到了西南部欧洲的某个大都市——马德里、罗马或者巴黎。11月，南美大地的春夏之交，正是蓝花楹盛开的季节，紫色的、形态大小如同樱花的蓝花楹爬满枝条，温文尔雅、楚楚动人，给7月9日大道平添了一份高雅、秀丽。

顺着7月9日大道向前，两旁是看不完的欧式大楼，时而还有城市花园和高档住宅楼闪现，不多久，我们就来到一个名为“玫瑰园”的地方。玫瑰本来就美，人们常用它来向异性表达爱情，这集爱与美于一身的花一旦聚集为“园”，就只能用“美不胜收”这四字来形容它了！红的、白的、黄的，许多种不同色彩，许多种不同的形态，花团锦簇，妙不可言。玫瑰园里不仅仅有美丽的玫瑰，还有许多珍稀的树木，这些树木都是阿根廷政府当年从意大利、法国、英国等西欧国家漂洋过海购买过来的。听到这里，想象当初阿根廷所表现出来的慷慨、富有，我不禁咋舌。

五月广场—7月9日大道—玫瑰园，导游给我们安排的这条游览路线是否是一种暗示？站在玫瑰园一株株美丽的玫瑰前，我心底突然产生这么个念头。进而我想：导游心有所想并有意表达，这一点也不奇怪，发生在1810年5月并在1816年7月获得成功的独立运动，在阿根廷国民的心目中具有

街边的蓝花楹与玫瑰园里的玫瑰

极其重要的地位，正是这场运动让阿根廷永远摘下“西班牙殖民地”这顶帽子！既然如此，导游，还有她身后的四千万阿根廷人为什么不能认为他们的先辈在1810年代的阿根廷大地上所开辟的是一条开满鲜花的大道呢？

然而我又想：我们为什么不能认为这本来就是独立运动领导者在运动进行之初就曾有过的思想呢？我相信，即使当年独立运动的领导者们嘴里没有道出，心里也会是这么想过的：同胞们，在反对殖民统治、争取国家独立的道路上勇敢向前吧！迎接我们的必定是美丽的鲜花与歌声的海洋！

但是，阿根廷自1816年发表《独立宣言》，两百多年来走过的道路上有鲜花也有荆棘。此刻，我的思绪又回到五月广场。五月广场一旁的五月大街上有幢罗马风格的大厦，那是阿根廷的议会大楼，紧挨着议会大楼有一幢楼房，大门紧闭，外墙黑黢黢的似有烈火的痕迹，里面也不见灯光。导游告诉我，2001年阿根廷经济崩溃时期，骚乱中一些愤怒的布宜诺斯艾利斯市民在楼里点燃大火。十三年过去了，这里一直就是这么个模样。据说，当年这楼里的咖啡生意尤其兴隆，常常是人满为患。在这楼前，我发了好一会呆，在想：布宜诺斯艾利斯当局至今仍将此楼保持原状，是因为政府手头拮据，还是有意留下它以让如今的阿根廷青年铭记2001年发生的经济危机与社会动乱？

站立在阿根廷的土地上重温这个国家近两百年的历史，干巴巴的文字的后面，我脑海里浮现出长篇小说《百年孤独》中的场景：

> 出于对自由派有关私生子的主张的好感，奥雷里亚诺，父亲是小镇上一位对新生事物充满好奇的普通村民，他决心站在自由派一边，尤其是目睹了在小镇上进行的投票选举后。
>
> ……星期天早上八点，广场上安放了一个木箱，由六个士兵看守。投票完全自由，这一点奥雷里亚诺完全可以作证。晚上，士官打开票箱计票，红色选票与蓝色选票的数目不相上下，但士官们只留下十张红色选票，其余用蓝色补足。然后他们用新标签重新封好票箱，第二天一早便送往省城……
>
> “自由派会开战的。”奥雷里亚诺不无担忧地说。
>
> “不会的，已经留下一些红的，免得他们有意见。”小镇的长官、奥雷里亚诺的岳父这么回答。
>
> “如果我是自由派，我就会开战。”奥雷里亚诺又说。
>
> “如果你是自由派，就算你是我的女婿也不会让你看到换票的事。”岳父如此回答。
>
> 奥雷里亚诺从此开始了他为自由派的利益舍生忘死战斗的“革命”生涯，很快，他就成为军队里受士兵拥戴的首领，尽管这些士兵一直到战死也不知道“自己是为谁而战”。奥雷里亚诺一生发动了32场战争，是屡败屡战的英雄，也是人见人爱的情种，17个额间刺有灰烬十字标志的青年是他的天各一方、有各自母亲的儿子，后来，他同政府和解，开枪自杀竟然奇迹般活了过来。但

他毕竟老了，告老还乡没多久，他的17个额间刺有灰烬十字标志的儿子被一一猎杀，也奈何不得；他老了，即使是政府在离他家不远的车站血腥屠杀了参加罢工的3000多香蕉种植园工人，他也没有像过去一样站起来组织军队进行反抗。他，最后在孤独中死去……

（引自中译本《百年孤独》，范晔译，南海出版社，2011年6月。）

诺贝尔文学奖获得者马尔克斯的《百年孤独》，反映的是哥伦比亚近百多年来的现实生活，同为南美国家的阿根廷在他们1816年独立后的很长一段时期里，是不是也发生过《百年孤独》里所写的人与事呢？

直至1983年，阿方辛民选政府上台后恢复并大力推进民主化进程，再后来梅内姆执政，推行新自由主义经济政策，阿根廷国家经济方有了较大发展。但好景不长，他们很快又进入了经济衰退时期，直至2001年爆发因经济危机引起的社会动乱，仅仅十天时间里，5名市民在动乱中丧生；仅仅十天时间里，阿根廷换了几个总统。后来，直至正义党人当选总统，进行了一些必要的整顿治理，阿根廷的经济才得以复苏，政局逐步稳定，国际和地区影响力回升……

阿根廷，世界上面积第八的国家，近300万平方千米的土地，仅4000万人口，地广人稀，物产丰饶，两百年来没有外敌入侵，两次世界大战都未曾“打搅”过她。百余年前，她就有了南美的第一条地下铁路和颇具欧陆风情的宽阔的7月9日大街，这一切都在“暗示”人们，阿根廷完全有可能成为南美的美利坚，可她竟然连自家门口的一个“马岛”都没有守住，直至今日仍旧位列“发展中”，这是颇让人惋惜的。对于阿根廷，我们可以用“中等收入国家陷阱”来解释这里发生的一切，但对我们更具有意义的是，我们可以通过阿根廷这一事例深入探讨民主的本质，进而深入剖析民主政治制度对于一个国家发展的意义。十分明显，自1816年独立以来，阿根廷在很长一段时间，包括分裂与动乱时期在内，虽然很早就实行了选举制度，有自己

布宜诺斯艾利斯街景

的议会，民选政府也执政过，但并未实现真正意义上的民主，《百年孤独》里实际上也有她的影子：她的选举，她的军政府对民主政治的践踏、对人民的掠夺与蹂躏，官僚们没有节制的贪污腐化，伴随而来的必然就是经济建设上的倒退、滑坡，国力以及军力的衰弱……阿根廷的近现代史无疑在告诉人们，公民选举制度与多党轮流执政并不是民主政治的全部，没有真正意义上的民主政治，公民选举、多党轮流执政仅仅是民主政治的掩人耳目的幌子，因此说来，西方某些人将公民选举、多党轮流执政作为衡量一个国家是否是民主国家的唯一标准，这是对人民大众的误导。民主是一种政治制度，民主既作为目的存在，也作为实现目的不可或缺的手段存在。民主，更重要的，是一个先进文明的现代国家的必须具备的品质，是人民大众核心价值观的一个重要内容。它更多要求的是法治，是人民的表达意志与需求的知情权、话语权、申诉权，是确保人民正常行使权利的制度与环境，包括舆论；民主要求政府的公务人员是人民的公仆，而不是以权谋私的利益集团……我应该为自己的布宜诺斯艾利斯之旅感到庆幸，是布宜诺斯艾利斯，是阿根廷让我认真思考了民主是理想社会的目的也是手段这个话题……

玫瑰园在身后渐渐隐去，很快，大巴又驶入 7 月 9 日大道，五月广场就在前面不远的地方了！我的思绪仍没有止歇……

再见，阿根廷！再见，带给我无尽遐想的五月广场！

乌斯怀亚，梅花香自苦寒来

那是飞机将要在乌斯怀亚机场着陆的一刻，透过窗口仅仅一瞥，我就被窗外的美丽景致给迷住了，浓郁暮色也难遮掩皑皑雪峰的柔美身姿，幽亮的街灯闪烁在雪山怀抱中小城静谧的街市间……突然间，我在心底里默默念叨“乌——斯——怀——亚”，一个多么动听的名字！

乌斯怀亚，原意就是“美丽的海湾”，她坐落在南美大陆最南端的陆地火地岛的尽头，是地球最南端的城市。这里有整个世界距离南极洲最近的港口，我们一行来到这里固然是为了换乘邮轮前往南极，观赏这里的优美景致

这里有世界最南端的邮局

乌斯怀亚倩影

也是一个重要内容。实际上，世界各地许多旅游者来到这里，来到乌斯怀亚所在的火地岛，也并不都是为了去南极。这里有世界最南端的邮局与银行，还有地球最南端的自然保护区——火地岛国家公园，这里至今还保存有当年为方便犯人砍伐木材而建造的小火车。整座城市依山临海，婀娜多姿。

乌斯怀亚的美，是一种独具气质的美，首先就是她的明净、她的清纯。来到乌斯怀亚的第一个清晨，破门而出时，我一瞬间为之一振，我一时以为自己是戴上了特制的滤色镜片在观赏乌斯怀亚的山水，满日所见，无论是雪山还是小楼，都比我别处所见的同一景物更清亮、更透彻一些。同一棵大树，同样是绿，或深、或浅，或明、或暗，你可清晰地欣赏到十余种效果；同一座雪山，明亮处晃得人眼花，阴暗处可让人感受到白雪质地里幽幽的蓝；最迷人的是平静水塘、湖泊里山水的倒影，岸上的雪山、小楼与水中自己的影子合并为一个椭圆，红是红、白是白、黑是黑、蓝是蓝、青是青，对比鲜明，清新宜人。

优雅、别致，也是乌斯怀亚所特有的一种气质。没有宽阔的城市大道，也没有摩天大楼，小城依偎雪山，湖泊点缀其间，幢幢小楼清爽、雅致地坐落于蜿蜒山道旁，堂前屋后红花绿树，室内室外几净窗明，更让人叫绝的是，许多小楼屋顶的瓦或挡风的墙体被主人涂抹上不同颜色的油漆，目的是在雪地里便于辨认，乌斯怀亚人为这座风光无限的城市平添了一道生机勃勃的风景线：明净的空气条件下，五颜六色的建筑物在皑皑白雪的衬托下色更艳、景更美！

乌斯怀亚独有的气质，与她独处地球最南端的特殊地理位置不无关系。天之涯、海之角，乌斯怀亚完全有资格为自己污染源的稀少、为 PM2.5 指标的超完美而骄傲自豪。

然而，地处地球最南端，面朝太平洋、大西洋两大洋，临近世界上最冷、最干燥且没有地球人长期定居的南极洲，昔日的乌斯怀亚人、曾经印第安人的栖息地，也意味着刺骨的寒风、冰冷的雪地，还有饥饿与孤独！据说，火地岛名字的来源就是因为它的寒冷。因为寒冷，当地的印第安人经常四处点

乌斯怀亚的树木

燃篝火以御寒，前来探险的西方国家的探险家见此地四处浓烟滚滚，以为是火山喷发山口，火地岛的名字由此而来。因为它距离阿根廷首都将近3000千米路程，又是在一座孤岛上，气候又寒冷，百余年前阿根廷当局就将乌斯怀亚辟为罪犯的流放地。火地岛国家公园里的一些林区就是当年犯人们砍伐树木的地方，如今仍保留着一个又一个几近腐朽、高出地表30～40厘米的树桩，通过它们可以揣测当年积雪的厚度。这里树木躯干的颜色大部分是深灰色，如同耄耋老人裂痕纵横、没有血色的皮肤，许多树木树皮剥落的枝干上寄生着一些看似青苔，又有些像蓬草的植物，可以想象这里风暴的猛烈、雨雪的阴冷。树木尚且如此，人何以堪！在这样的环境里终日伐木，无异于对人体极限的挑战，是对生命的摧残。公园深处，一些空旷的坪地里横七竖八躺着许多根朽木，在我眼中，它们就是当年流放地犯人的尸骨，正不停歇地向远道而来的人们诉说他们曾经的苦与难、屈与冤……

从火地岛国家公园出来回到温暖如春的宾馆，我突然觉得自己之所以尤

在阿根廷欣赏到的探戈舞

其赞赏乌斯怀亚的美，欣赏她的气质，是否因为我对乌斯怀亚还有整个火地岛曾经有过的苦难尤其关注的缘故呢？我的审美情趣里的确常有这样的怪念头，总觉得作为一种人生经历，苦难也是一种美。两天前我为转机在阿根廷首都布宜诺斯艾利斯作短暂停留时欣赏了一场探戈舞后，也将我这审美方式用到了探戈舞者身上。一直以来，探戈在我眼中就是私人舞会上“上等人”呈献给“上等人”的娱乐形式，看到一些中国小男孩，本来长着一张东方人的面孔，却要穿上燕尾服，在舞台上甩头扭腰，我很不以为然。阿根廷原汁原味的探戈舞让我为之痴迷，舞者不仅甩头扭腰很是专业，双腿的动作也十分夸张，非常美，尤其是女舞伴，前踢、后踢，还常常在空中画上一道弧线，或是急促的晃动，高潮时甚至双腿一跃整个身子钩在男舞伴的胯下。奔放、热情、优雅！我第二天前往闹市不远处的博卡观光昔日的港口时得知，探戈舞的原创者是早年经常来博卡港口休整的水手们，探戈舞是他们苦中作乐的副产品，从此我对探戈就不仅仅是欣赏，而伴以怜爱的情感，很快对它“另眼相看”啦！

对于乌斯怀亚，我又何尝不是这样呢？世上可与乌斯怀亚比美的雪山小城，在阿尔卑斯山间、在新西兰草场尽头岂止三五座？我也曾赞美过她们。我欣赏乌斯怀亚所独具的优雅气质，并爱怜她，显然是注意到了她苦难的过去与这儿仍然十分严酷的自然环境的缘故。

我不在乎有人或许因此怀疑我的审美情趣，早有中国古诗为我“帮腔”：宝剑锋从磨砺出，梅花香自苦寒来。

体验险恶，人在南极

——南极见闻之一

南极是世界上平均海拔最高的洲，是世界上冰雪量最多的大陆，酷寒、干燥少雨、烈风是南极的气候特点。南极酷寒，最低气温曾达零下89摄氏度；南极干燥，降水量出奇地低，大陆内部年降水量仅30毫米左右，极点附近几乎无降水，“白色荒漠”于是成了它的别称；南极的风被人称作“杀人风”，风速可达每小时85千米，南极大陆海拔高的极点地区向地势低缓的沿海地区运动形成的“下降风”，速度甚至可达到每小时300千米。凡此种种，最终让南极洲成为地球上唯一一个至今没有人类定居的洲，世界上最孤独、最晚被人类发现的大陆！

2014年11月1日的凌晨，我们旅行团一行108人没有理会这些有关南极的危言，开始了自己渴望已久的南极之旅。

首先考验我们的是万米高空中辗转万里的跋涉。从上海到迪拜，我们飞越过的是中西部亚洲、印度洋；从迪拜到里约，然后转机布宜诺斯艾利斯，我们跨越了非洲大陆、辽阔的大西洋；最后，从布宜诺斯艾利斯南下直奔南美洲的尽头乌斯怀亚，大半个阿根廷在我们的机翼下向后隐去。结束了我们长达30多个小时、2万余千米的空中之旅后，等待着我们的还有宽约900

德雷克海峡的惊涛骇浪

千米的德雷克海峡。岂知，有关德雷克海峡的介绍比南极大陆更让人恐怖，因为太平洋与大西洋在这里交汇，加之纬度又高，风暴成为德雷克海峡的主宰，终年狂风怒号，有无数的船只葬身在这里，故有人用“杀人的西风带”“暴风走廊”“魔鬼海峡”来称呼它。

如果说空中跋涉考验的是我们游客的耐心与体力，德雷克海峡给人们的则是痛苦的折磨。

首先是它带给人们的孤独与寂寥，五十多个小时的航程里我们未能遇见

受阻于利马水道

布满浮冰的南极海域

一艘同行或对面驶来的船舶，没有通讯信号，海面上望不见远处的山冈或近处的岛礁，茫茫难见边际，从邮轮驶离乌斯怀亚那一刻，我们就开始了与世隔绝的日子。人在旅途中应该说些吉利的话语，原谅我在这个时候却想到了马航 MH370，时间过去了大半年，尽管地球人有登月球、探火星的能耐，可至今还没有找寻到马航 MH370 的踪影。卧房里，瞧着玻璃窗外翻滚着的、黑森森的海水，我如是想：假如现在有人给我一身救生的装备，在这茫茫大海中，我能够生存多少个时日？有谁能在我尚有呼吸的时候找寻到我？由此我们可以想象找寻马航 MH370 的艰难。船行德雷克，我感受到了在大自然面前人类的弱小与孤独无助。

可怕的还有海峡里没有一刻消停过的风与浪，海水像皮鞭一样无情地抽打着船身，时而可见海水从天而降一般扑向邮轮最高层观景台的玻璃窗，发出沉闷的吼声。排水量 8000 多吨的“海钻石号”此刻就像一块薄薄的浪板被海浪折腾得前仰后合，左摆右摇，让我在甲板上寸步难移，但躺在卧室的床铺上，耳听卧室门窗因挤压发出的吱呀声，更是让人觉得恐怖。不一会儿，同伴中头晕者有之，呕吐者有之。无法入睡的我走出卧室来到三层的楼梯口，扶着栏杆，瞧见告示牌上正文的上头引用了一位学者的语录：如果这个世界还有奇迹，那一定发生在水中……此刻，我想说的是：如果说世界有可能发生危及人类的灭顶之灾，那一定是因为大海……

邮轮终于闯过了德雷克海峡，进入南设得兰群岛海域，海风渐渐地小了，海浪也因疲惫停止了折腾。尤其是某些海湾，平静得像内陆湖泊，没有风，没有海水的涌动，也没有声音，一时反倒让人觉得有些异常。在后来驶向南极大陆的航程里，风浪即使再大，也没有再强过德雷克海峡。我们下海乘坐冲锋舟有意加速迎着海浪奔驰，海浪也仅显摆它将我们的衣裤浇湿的能耐，此时的弄潮儿不再是海上的狂风，而是我们游客！

但好景不长，邮轮继续向南，浮冰渐渐多了起来。有些航道里放眼望去满目都是浮冰，邮轮简直就像在冰上滑行。我们在利马水道无功而返就是因为浮冰。可以想象，如果不是南极的暖季来临，这里是绝不会允许船舶航行的。在浮冰略少的海域，我们尝试着走下邮轮驾驶冲锋舟在海面行驶，即使是绕过浮冰，船底仍不时撞击到半浮半沉在海水中的浮冰，发出沉闷的碰撞声。冲锋舟驾驶员告诉我们，这冰是可以割破橡皮舟的，好在我们的冲锋舟装备有六个气囊。

南极大陆上的积雪与厚厚的冰层也与浮冰一样暗藏杀机。旅行社在南极海域为我们组织过几次登陆，高耸的石山我们是没有攀爬的份儿的，等候我们的都是较平缓的山地，那儿都是齐膝深的积雪。积雪并不可怕，我害怕的是自己一脚踏进冰的洞穴，在邮轮为我们上课的英国地理学专家就有过这样的经历。其实，不用他说，我在南极海域乘坐冲锋舟巡游时，就亲眼看到过海上漂浮的冰山上面的大大小小的洞穴，有的洞穴高约两三米，可供一人侧身而入，幽幽的蓝光从洞穴中散发出来，给人以神秘莫测的感觉。南极大地99% 的地表都是被积雪与冰层覆盖的，书本上说南极大陆平均海拔高度超过2000 米，其实南极地表真实的平均海拔高度仅为 400 多米，是地球上海拔最低而非最高的洲。这也就是说，南极大陆是被厚厚的冰盖包裹、覆盖着的，一旦南极的冰雪融化，整个地球海平面将升高五六十米！地球上无以计数的陆地会因此变成水乡泽国！多么伟大又多么让人恐怖的南极！在南极旅行的十多个日夜，我们没有遇见吓人的杀人风与难耐的严寒，我们团队中不少团友甚至还跳入大海，一试身手。但一直处于兴奋状态的我明白，我们选择的是11月，这是南极暖季的开始之时，是最适宜旅游的季节，更何况，这些天来，我们仅仅是在南纬65度以北的南极海域上游弋，距离南纬90度、南极极点还有2600多千米的路程，我们实际上触摸到、见识到的仅仅是南极这“冰山”的一角，南极的险恶，我们根本没有去深入感受。因为，我们不是探险家，我们是旅游者，其中不乏年逾七十的长者，还有好几位包括笔者在内年近古稀、身患多种疾病的人。

体验，更能够了解南极，正是因为有了这体验，有了他人所没有经历过的体验——我飞越三大洋、跨越三大洲，我勇闯德雷克，在一年中最适宜旅游的季节登陆南极、巡游南极海域——我才能相比其他人更真切地了解到南极大陆的遥远、孤寂以及它环境的险恶：它的零下89度的严寒、它千真万确存在的杀人风。正是因为我亲身来到南极、踏上了南极大陆，我对曾经的南极探险者们，对当初发现德雷克海峡的德雷克先生，对第一位到达南极极点的挪威人阿蒙森，对随后到达极点、归途中因饥饿与严寒而献出宝贵生命的英国探险家斯科特，方能表示出极大的热情与钦敬，感觉到自己与他们是那么贴近、那么亲切，进而反复再三地、不停歇地去收集关于他们的可歌可泣的故事。

以下关于英国人厄内斯特·沙克顿（Ernest Shackleton）的故事，是无数南极探险英雄可歌可泣故事中的一个。那是1914年的某一天，沙克顿率领的由医生、船员、科学家、气象学家等28人组成的南极探险队开始了寻找南磁极点的探险。他们搭乘的“坚忍号”探险船从阿根廷南端出发，两个月后被冰雪围困在南纬74度的南极海域，海上的浮冰将他们挤推到靠北的海域，离他们计划的目的地越来越远。又过了几个月，“坚忍号”被浮冰挤压而破裂，探险队员们只得弃船上岸在大象岛的冰雪上扎营，以猎食海豹与企鹅为生。坐以待毙很快将成为这支队伍必须面对的可悲现实，但身系探险队员安危的沙克顿决心冒险到800千米外的捕鲸站去求救。一艘无遮篷的木造救生艇载着他与两名探险队员在海上颠簸了17天后，终于登上了捕鲸站所在的南佐治亚岛，只可惜弄错了方位，捕鲸站在岛屿的另一头。饥寒交迫中的沙克顿仍然没有放弃，强烈的责任感驱使他与同伴翻过冰天雪地的高山，不眠不休地又步行了36个小时终于找到了捕鲸站，最后在捕鲸站人员的协助下拯救了所有探险队员！此时，沙克顿一行已分别在南极海域奋战了整整22个月！沙克顿一行在南极的壮举被后人称赞是“创造了20世纪最激动人心的生还奇迹”，他与同伴在南佐治亚岛的36个小时的徒步行走被誉为“世界上最经典的冰雪徒步”。七十年后，有科学探险家使用先进的装备以求“复制”他们在南佐治亚岛的徒步，也未获成功……

说到这儿，尽管会让我丢人现眼，我还是不得不继续说：在南极圈内，组织方为我们旅行团员组织了三次登岛，95千克体重的我害怕摔倒或掉进冰窟，每一次都远远落在队伍后面，三次登岛我所走的路程总计不到500米！这，也许是我在众多南极英雄故事中特别挑选沙克顿“说事儿”的一个缘故吧！

体验南极，你会觉得自己一生中所遇见到的任何凶险，摆在南极面前、摆在沙克顿们面前都是小巫见大巫，根本不值一谈！

体验南极，你会深深感觉到大自然的伟大，它威严、让人畏惧，同时你也能感受到在大自然面前显得十分弱小的人类的无比坚强、无穷智慧和崇高的牺牲精神，他们对事业的永不舍弃，对自己战友、同胞的不言抛弃，让人从心底觉得：沧海横流方显英雄本色，人类一旦为了一个共同的宏伟目标团结在一起，是可以创造出惊天地泣鬼神的伟大事业的！

南极之旅，我的体验之旅，为人一生能有这样的体验，幸甚！足矣！

美丽南极

——南极见闻之二

“海钻石号”邮轮破浪乘风闯过了德雷克海峡，前面就是南极大陆了，想到这，一股热流在心底深处缓缓地涌动，此刻，距离我们驶离乌斯怀亚港口已是整整五十多个小时了！按照旅行计划，登陆长城站或将成为我们一行南极之旅的开始。岂料我们很快被告知，尽管长城站的中国同胞们非常欢迎我们的到访，但因为海上风浪依旧很大，冲锋艇无法停靠，我们只能将渴望已久的客访长城站移到邮轮回程时进行了！

中国南极长城科考站位于南极的南设得兰群岛的乔治王岛上，南设得兰群岛是南极洲距离南美大陆最近的地方，真正的南极大陆还有待我们继续向南航行！听说前头有无比瑰丽、神奇的景色在等候着我们的到来，延迟登陆长城站的不快很快被我们抛在了脑后。

进入南极海域，不时有雪山在远处闪现，再不是德雷克海峡那一望不见尽头的景象了！邮轮越往前行，雪峰与岛屿的数量也越多了起来，一些雪山的山坡上，我们可隐隐约约看见山坡雪地里黑压压的印迹，一片又一片，那是群聚的企鹅！黑黑的印迹是它们的排泄物。最让我们为之连声欢呼的是越来越靠近邮轮的一座座雪峰，有通体为白雪覆盖的，也有被白雪半遮半盖、

“金山”

巡游

与海豹近距离接触

天堂湾美景

蓝冰与黑冰

如刀劈斧锉般嶙峋立于水道旁的。在一个个被群峰环抱的峡湾里，海面波澜不惊，湖泊如同镜面般平静，黝黑的山石与其在平静海面上留下的被白雪半裹的倒影连成一体，宛如一幅宏大的水墨长卷。一时间，几近呆傻的我竟然琢磨着有哪位中国国画高手可以将其复制？但我觉得，即使有这样的大师，满世界怕也找不到合适的染料来表现山体那幽深、冷峻的神态，冰雪那闪亮、纯净的白！

船行利马水道是第二天将近黄昏的事，热心的船长为让我们满船中国游客一饱眼福，决定一试他从未尝试过的新航道。据传，利马水道相比别的水道尤其狭窄。果然，进入利马水道，那感觉与自己当年航行三峡无异：水道两旁的雪山虽不及三峡高峻，但蜿蜒连绵，亦颇为壮观，莫道前途无路，舵盘一打，又是柳暗花明！可怜见夕阳越过船体将光芒投射到另一侧全被冰雪覆盖的雪山上，将山体染得一片金黄，像红高粱爬满山坡，像是丹霞地貌在极地再现！

越往前走，利马水道上浮冰也越来越多，有裂开来的平整的冰块，也有

登顶南极雪山

高矮不齐的小冰山和一个个不规则的冰的砖石、冰的岩。随着船的深入，我们越来越像是在破冰前行了，冰块破裂的声音清晰可闻，我们也逐渐感觉到船行速度的减缓，到后来，几近停步不前，为安全着想，我们的邮轮终因水面冰块太多而原路折回，计划中的一次登岛也只能改在第二天进行了。

但我们没有因此沮丧，置身眼前这神奇的景色中，这足以让我们一行陶醉，更何况原路折回还可让我们多一次观赏利马水道的机会，一个个心底里不知怎样地暗自在乐哩！

改走另一水道后，浮冰稍见减少，渐渐地，一路上见到的黑冰或蓝冰多了起来！

黑冰体积不大，是一块块形体不规则的双肩背包大小的冰块，一眼望上去，海水中的黑冰颜色黑黢黢的，待我们后来在冲锋舟上巡游冰河时将其从海水中拾起，方才发现它颜色一点也不黑，晶莹剔透，硬如坚石，很沉。据说这冰有上万年历史，是冰雪常年挤压、体内的气泡与杂质悉数清除而形成的，将黑冰砸碎后配制饮品饮用是人们一生中难得一遇的幸事！

蓝冰的美是无法形容的，在一座座漂浮于海上的冰山与冰岩的接近海平面的部位，浮冰闪现出纯蓝的光亮，那光亮如同我在巴西珠宝名店展柜里看到的蓝宝石一般晶莹、清纯，即使浸入海水中，也无法令其光色衰减。在一些冰山自然形成的洞穴入口处，这可与蓝宝石比美的蓝冰将整个洞穴的入口浸染，一直到人们目光不及的深处，那景致可以唤起人们无边的遐想，想到阿里巴巴的宝窟，想到《西游记》中的龙宫……

蓝冰的形成无疑也与生长年代的久远和质地的洁净相关，蓝冰在人视觉上表现出的蓝还涉及光学知识——日后的七八天时间里，有关蓝冰的一切成为我在邮轮上四处向高人求教、研讨的课题，我一时间竟以为，遇见蓝冰、了解蓝冰就代表领略了南极的美、南极冰河的美！

登陆南极大陆的一个个岛屿是我们南极之旅的高潮，是我们游客一早双眼睁开就盼望进行的乐事。在南极的十余天时间里，我们在驶入南设得兰群岛水域到达南极半岛后折返，先后在半月湾、尼科港，天堂湾、乔治王岛等数处登陆。人未登陆，心就与陆地上的企鹅及海豹连在一起了。零距离接触是不敢说的，因为组织方有言在先：面对企鹅与海豹必须保持5米以上距离，但乐见游人的企鹅或摇摇摆摆地主动与你亲近，或“目中无人”地从你身前迈步走过，也就责怪不得身为游客的我们了！我们登陆的地点都有群聚的企鹅，这也许与我们前来南极的时间有关——暖季正是企鹅求偶繁殖期。成为我们关注焦点的是那出双入对的企鹅，群聚的企鹅倒成了我们拍摄“焦点”时的“背景”。

海豹的数量似乎不很多，我所见到的海豹多在雪地上呼呼大睡，它们也时有动作，比如滚动一下肥硕的身躯，或朝着游人晃动一下细小的头颅，随即又呼呼睡去，那模样让人们很难将它们与猎豹联系在一起。据说海豹大量出现的时间在来年一二月间，那时，海上可以充作食物的品种增多，是海豹们大显身手的时刻。

登顶雪山是我们游客与大自然共同参与的杰作，百余位登山者身着由旅行社统一定制的金黄颜色的冲锋衣依次行进在白雪皑皑的山道上，从下往上眺望，堪称一幅绝美的雪地行军图。待到达山巅，将五星红旗——那不是一面普通的旗帜，是旅行社前往北京“天安门管理处”费了许多口舌“要”来的——展开，百余人众星捧月般“捧”着五星红旗，面对骄阳齐声高呼“中国”“南极”！那境况不禁让远在山坡下的我胸中热血喷涌！

站立在雪峰之上观赏雪山与海湾景色更让人心旷神怡。半月湾是意译的中文名，当初发现并命名的人显然是注意到环绕着雪山的海湾有如一弯明月。天堂湾犹如白雪覆盖的杭州西湖，如果能再在平静的海面上建造一道七孔或九孔石桥的话就更像了。其实，没有石桥也无妨，白山黑水间有红色的小木屋与身穿金黄颜色冲锋衣的旅行者点缀其中，活泼光鲜，宛若仙境！

登临中国南极长城科考站为我们的南极之旅画上了一个圆满的句号。相比在其他岛屿上见到的其他国家的一幢幢形同水泵房的科考站，坐落在乔治王岛上的中国长城南极科考站更像一家小型工厂。这里有钢筋水泥的码头，有先进的通讯设施，有锌皮的库房与办公楼，篮球场与休息室就建在同一个

一个个路标指向同一个方向

留影长城站

屋顶的楼房中，楼房里温暖如春、整洁舒适。看到自己国家科考站的同胞们能在如此良好的环境里工作，我心底感到无比欣慰。科考站出入口的雪地里树立着一尊奇异的路牌，上面一块紧接着一块张挂着不同地名的路标共同指向一个方向，木牌上的地名分别是：北京、上海、广州、武汉、昆明、信阳……我知道，这是岛上的科考队员各自的家乡。南极与中国相隔千山万水，科考队员时时刻刻将自己的祖国与亲人挂在心上！此刻，这路牌似乎也在提醒十余天来为南极的美丽景色所陶醉几近“乐不思蜀”的我：快快回到亲人的身旁吧！久未通讯联系的亲人正等待着自己的归来！

美丽南极属于世界，家乡与亲人属于我们！

王氏心学让我结识了他们

——南极见闻之三

遵照旅行社的意见，我在前往南极的行囊里，带足了一年四季必用的衣衫、帽子、手套、游泳衣，还有药品、防冻防晒用品等，再加上照相、摄影器材，我新买的大旅行箱一时被塞得满满的，但书本是必须得带的，可瞧着桌上的《百年孤独》《世界通史》《寻觅中华》等一大摞“入选”书籍我发愁了。考虑再三，我终于痛下决心，仅在旅行箱里留下一本介绍王阳明的专著，外加一本薄薄的杂志。

邮轮上的十来天正是读书的好机会，更何况没有人烟、没有通讯信号的南极是那么的安静。我是这么为自己“辩解”的：我要用阅读三本书籍的时间与注意力读好有关王阳明的这本书。这理由看似并不充分，但足以说明我对王阳明及他著名的“心学”的重视。

岂止是在南极，在从上海辗转前往乌斯怀亚的飞机上，我就开始了与王阳明的“零距离接触”。王阳明，因为他人格的魅力、理论的卓绝，一位伟大的中国教育家从其名言“知行合一”中取出两字作为了自己的名字，一个日本的海军大将留给了人们一句发自肺腑的名句：“一生伏首拜阳明！”到世界上最安静的地方以求读懂王阳明，值！

一本不算太厚的20万字的书被我在飞机与邮轮上“啃”了三遍，王的有关心学的议论带给我许多思索。“吾心即天理”，“圣人之道，吾性自足，不假外求”，“天地虽大，但有一念向善，心存良知，但凡夫俗子，皆可为圣贤”。按照王阳明的说法，人自身所有未被扭曲的“良知”就是他心中的天理，再不需要另用哪个圣贤的说教去约束他、强求他如何做人处事，为人一生只要能坚持实践自己的“良知”，即使是白丁一领，他也可以成为圣贤。

我不敢说王阳明理论完美无缺，但近些年来，从我眼前走过的一个个贪官污吏至少可以以反面教员的身份为我佐证王阳明理论正确的一面。已成过去式的胡长清、郑筱萸与徐才厚、谷俊山们，他们并不缺少甚至可以说“精通”“外求”而来的“天理”，但他们所犯下的却是违反“天理”的罪行！他们也曾经是“人”，有过王阳明所说的与身俱来的“良知”，是外界的诱惑与自己的私欲让他们失去良知，最后不是成为圣贤，而成了不耻于人类的罪人。

南极暖季的太阳“起床”早，时钟还指在当地时间清晨五点的位置上，天就通明透亮了，就在我登上“海钻石号”邮轮后的第九个早上，急着摄影的我穿上衣衫就往六层甲板上跑，那儿有邮轮宽敞的后甲板，健身房也在那儿。已经接近德雷克海峡了，可以望见企鹅与海豹的雪山被抛在很远处，甲板上的风明显地大过了昨日。没有在甲板上待多久，我就折身进入健身房。里面已有一人，还是她，一位身材可以用健美二字形容的金发女子，跑步机上的她跑得正欢，仅出于礼貌地轻轻地朝我点了下头。一旁的我还是使用自行车，连一句“Good morning”也没有说出口，实在不想去打搅她。她是我每天早上都可在健身房遇见的人，但每一次都是她先来，直到我满头汗水离开健身房，她还在那儿跑。在与她共处一室的时间里，我能多一点时间注视她的机会，就是在她停下步来用毛巾擦拭头上汗水的时候。她是邮轮上雇佣的随团探险队员，我更多一些了解她的信息是在当天下午五楼会议厅船方举办的义卖会上，在拍卖第六件义卖品时，她站起身作为拍卖画作的作者被介绍给现场的竞拍者。拍卖品是一件画着两只企鹅的油画，主持人对画者的介绍是：Nicki, 与邮轮合作七年的探险队员，曾经举办过个人画展。

我是一名文艺爱好者，也有惺惺相惜的意味吧，我对 Nicki 立刻刮目相看了！因为她，我对随团的探险队员与专家成员也产生了更大的关注，后来的两天时间，我开始收集他们每个成员的个人资料。其实，岂止是因为 Nicki，我在乘坐冲锋舟下海巡游的第一天，就有些喜欢这些由船方聘用的为我们游客服务的探险队员与专家组成员了。那天，为我们冲锋舟充当驾驶员的是一位脸上留有些许雀斑的男孩，不苟言笑，说话还不敢面对着我们，问一句，答一句，稚气未脱的脸庞常常泛起带着一点点羞涩的微笑。听说他才二十岁，家在加拿大，仰头瞧着他时我在想：他的父母难道放心让他从地球的北端只身来到这地球最南端闯荡？我对他的喜爱显然存有一名长者对一名“后生”的怜爱。后来我了解到，他叫 Cam，七岁便能自己单独驾驶皮筏艇，年少时就热爱极限雪地运动。我甚至为自己没有生养一个像他这样的男孩而惋惜了！

Nicki 的义卖品被我们旅行团的一位团友用 800 美元拍得，散场后挤在人堆里欣赏 Nicki 画作的我一时很是后悔自己未能将其拍下，也就是在这个时候，一个念头在我心中形成：Nicki，还有 Cam，王阳明老夫子再三强调的

拍卖品是一件画着两只企鹅的油画

加拿大籍的探险队员

“致良知”不就是说的他们吗？

随着后面几天对船上探险队员与专家成员情况的深入了解，我对上面这一想法更加坚定了。

船方不仅仅出于对游客安全的考虑为我们聘请了一些有极地运动专长、经验丰富的探险队员，还为我们签约了一些对南极的历史与地理、海洋知识有过研究的专业人士，让他们在船上开展一场场有关南极的科普讲座，以增强我们游客对南极的了解。这些专家对自己从事的极地探险、研究工作十分热爱，都很敬业。Victoria，一位年过三十的英国女子，剑桥大学毕业，没有子女，丈夫留在伦敦做电脑销售工作，她常年只身在外从事海洋探险历史研究。这一次，与船方四个月的合同期满后，她还将前往北极继续自己的工作。谈到自己，她承认她与自己的同事们都有些怪异，时常让人难以理会：怎么能让自己长时间地在这与世隔绝的地方工作呢！“没有法子，因为爱好！”她两手一摊，耸耸肩，微微一笑这么说。那笑有些苦，也有些甜。

邮轮上的最后一天，离登岸仅有三个小时的时间了，游客们都忙着整理行装，准备下一个旅程的旅行，似乎没有心思再坐在会议室听专家的讲课了。我们旅行团的领队显然理解大家的心情，未等与船方商议就取消了最后一堂有关地球板块运动的讲座。可在我走出房间登楼去办理离船手续时，在走道上我发现，讲座仍在进行，只是因为会议厅被占用，改在四层的走道与七楼的休息室了，因为那儿有科普知识挂图和直径一米多的大型地球仪。听课的团员就这么相互跟着从四楼走到七楼，又从七楼回到四楼的走道，那情景就像一群幼儿园的小朋友跟在阿姨的屁股后转悠。这领头“阿姨”是专家组的成员，一位挺绅士的名叫 Wdfgan 的年过六十的英国地理学者。

还有 Ryan、David、Shelli、Alex……

与我们许多中国人的追求不同，他们都是一些没有稳定职业和安定舒适的家庭环境的人，不会有某一个组织、某一位长者或领导者给他们说教为人准则、指引人生道路，号召他们创建某个人生伟业，他们自己似乎也不稀罕这些……“人只贵于自修”，“但能实地用功，久当自释”。这些金发男女，

探险队员在海上

他们虽然不像那位日本海军大将一样曾经读过王阳明的《传习录》，也不知道什么叫“心学”，但他们与王阳明的心是相通的，他们赖以生存于这个社会，并为这个社会所接纳、所欢迎，就是因为他们拥有王阳明所强调的“良知”并“致良知”！所以，他们能够像Nicki一样洁身自好，不断地提高自己的专业技能，生活得充实、惬意；就能像Cam一样即使没有父母兄弟在旁，远离老师挚友，也能按照自己制定的人生目标走自己的路、过好自己的每一天；就能像Victoria那样术有专攻，从事自己喜欢的事业，无怨无悔，笑傲江湖！

他们，就是王阳明心目中所赞许的“圣贤”！

企鹅，定居在南极大陆的“人”

——南极见闻之四

不知是特邀还是巧合，著名摄影师贺延光与我们一行同团前往南极旅行，北京环球国际旅行社特地让他在邮轮上给我们上了两堂摄影知识讲座。贺延光的作品很多，《小平你好！》是他的“名片”。他在课堂上说了许多，我记得最牢的就是这句：如果画面上有许多人物或动物，一定要注意突出其中的一个或两个并将他（它）们拍摄好！我在南极大陆拍摄企鹅就是这么把握的。我的作品里——如果我这摄影门外汉的照片也能叫作作品的话——只要是企鹅，都是成双成对或独处的，群聚的企鹅都离得远远的，无形中成了焦点企鹅的“背景”。

11月是南极大陆暖季的开始，也是企鹅发情繁殖的季节，南极的各个小岛、陆地到处可见黑压压的一片，企鹅的身子下，满是它们的排泄物，黑黑的颜色，散发出难闻的腥臭气味，人们一登上陆地就可闻见。让企鹅的排泄物与美丽的企鹅一同出现在画面上，是有违“雅致”二字的。我的作品里少有企鹅群聚的场面，较多的是企鹅的“特写”，原因在于出双入对的企鹅很容易地让我联想到家庭、爱情，还有一个写法简单但无比珍贵的字——人！

在我的心目中，眼前一对对企鹅有人类的情感，并敢于直率地表现。它们似乎都钟情于对方，它们的肢体语言告诉了我这些。那是登陆半月湾岛的事，还没走几步我就看见一对企鹅远离群体躺在雪地里，平着头，一样的姿势，一动也不动，它俩显然是在熟睡，压根儿不担心不怀好意者的侵扰，实际情况是——我待在一旁观察了十几分钟，即使有企鹅从它们身前路过，也没有谁去打扰它们。登岛后有一个小时的时间活动，等我回转身再一次来到它俩身前，它俩还在酣睡。此刻，我不禁心生恻隐：它们不会因此着凉吗？

企鹅之间表达感情的姿态十分优美，常常是嘴对着嘴，头挨着头，有时竟两颈相交，拥成一团，十分亲爱的样子，相互间，它们似有说不完的话语，有时似在辩论某个生活哲理，一个仰着脖子高声叙说，一个微微低首兴趣盎然地听；有时又似在喁喁私语，说着说着，其中的一只突然间爬上另一只的背，开始了它们最让自己陶醉的肢体语言的交流。

企鹅们对彼此的爱情是专一的。我亲眼看见为惩罚第三者，一只雄性企鹅，也许是雌性企鹅吧，扑打着双翅愤怒追杀侵犯者，与发生在人世间的斗殴毫无二致。只可惜不待我拿出相机，夺命追杀就谢幕了，只留下胜利者高仰着头、拥着伴侣离开旁观的企鹅们的场面。

南极的企鹅

让我怜悯与同情的是那独自在山头竭力呼唤伴侣的企鹅。它的头与嘴指向 12 点钟方向，不停地叫啊喊啊，几近声嘶力竭，虽然身后不远处有无以计数的同类可供自己挑选、追求以组成新的家庭，但它心中似乎只有那共同走过一段爱情旅程的它！也有一种说法是，朝天大声呼叫的企鹅不是在求偶，而是向天空中正在觊觎雪地的企鹅蛋或幼小企鹅的贼鸥示威并驱赶之。这一说法同样说明企鹅对于“家庭”情感的专一和它们中为父为母者的强烈的责任感！

据说，企鹅在结为夫妻后不久，雌性企鹅很快会生下一只或两只企鹅蛋，孵化小企鹅的任务就会由雄性企鹅承担。雄企鹅双腿和腹部下方之间有一紫色的育儿袋，即使是在低温条件下也能让蛋在零上二三十度的温度下顺

企鹅之间表达感情的肢体语言十分优美、动人

正在与配偶“亲热”的企鹅

利孵化。此刻，夫妻俩会短暂地分开一段时间，雌性企鹅会离开正在孵化小企鹅的配偶到别的地方去找寻食物，一段时间后，它还会回来，找到自己的丈夫和尚未谋面的儿女，夫妻俩在完成一个子女的交接手续后，雄企鹅也会离家而去，继续找寻食物的工作。多么有责任感的父母，多么温馨的家庭！只是，我在一个视频里看到也有夫妻俩的子女交接工作不顺利的，因为某种原因，孵化失败，小企鹅夭折，情绪失控的雄企鹅竟然会去抢其他家哺养的幼企鹅，进而大打出手，那场面真让人忍俊不禁。

听专家介绍，南极是企鹅的天堂，有人甚至说：南极属于企鹅！对此说法，我颇为认同。物竞天择，适者生存，我想，这是否与企鹅坚守严谨的爱情观，对家庭敢于担当、勇于负责的精神大有关系呢？

独自在山头竭力呼叫的企鹅

南极的企鹅有金图企鹅、帽带企鹅、阿德利企鹅和帝企鹅等许多种类，一个个黑油油的背脊，白绒绒的胸脯，仰首鹅步，颇有绅士风度。初来南极，我一下子很难分辨出它们的类别，有内行告诉我一个窍门，区别不同种类企鹅主要看它们的头与脸，果然，有些企鹅黑色额头的两边接近双眼处有大片清晰、闪亮的白斑，嘴角鲜红；也有些企鹅耳朵的羽毛是橘黄色的，个个眉清目秀；更有趣的是有些企鹅在白色脖子底下有一长条黑色条纹，好像一根系在脖子上的军帽的带子，神气活现、憨态可掬。企鹅在我心目中都很美，我非常喜欢它们!

权威机构有言，南极是地球上至今为止唯一没有长居人口的大陆。非也！南极企鹅就是常年居住于此的“人”，更具有人情味的人!